Klarant Verlag

Bärbel Muschiol wurde 1986 in Weilheim, Oberbayern, geboren. Glücklich verheiratet lebt und arbeitet sie mit ihrem Mann und ihren zwei Kindern, heute noch immer im tiefsten Bayern. Im Genre Erotik und in der Belletristik hat sich die Autorin mittlerweile einen festen Platz in den Bestsellerlisten geschaffen.

Bärbel Muschiol

Rocker Bastard

Dead Riders

Klarant Verlag

Klarant Verlag, www.klarant.de
ISBN: 978-3-95573-601-9
1. Auflage, 2017
Umschlagabbildung: Klarant Verlag unter Verwendung von shutterstock Bildern.

Printed in the EU.

1. Kapitel

Razzor

Schweigend lehne ich an meinem Bike und beobachte den Raben, der an einem Kadaver herumpickt, der am Straßenrand liegt.

Seine dunklen Augen huschen aufmerksam hin und her. Trotz seines Hungers vergisst er nicht die Gefahren, die auf ihn lauern. Vom Jäger zum Gejagten zu werden geht schneller als man denkt.

Ein Auto fährt an dem schwarzen Vogel vorbei, schnell schluckt er den großen Fleischfetzen, den er mit seinem spitzen Schnabel abgerissen hat hinunter und schwingt sich mit ein paar kraftvollen Flügelschlägen gen Himmel.

Er kreist kurz über der Straße, so als würde er abwägen, ob die Mahlzeit das Risiko wert ist, ehe er sich dagegen entscheidet und abdreht.

Er wirkt ziellos, einsam und irgendwie verloren – diesem Raben geht es wie mir.

Die Sonne steht hoch im Westen, in wenigen Stunden wird sie untergehen.

Die vergangenen zwei Wochen bin ich völlig ziellos durch die Gegend gefahren. Um mir etwas Geld zu verdienen, nehme ich an den Wochenenden an illegalen Straßenrennen teil oder trete in Cage Fights an.

So sehr ich auch versuche meine Emotionen zu unterdrücken, in manchen Augenblicken zwängen sie sich an die Oberfläche und überschwemmen mich.

Meine Kindheit habe ich in verschiedenen Heimen verbracht. Hin und wieder kam es vor, dass ich in Pflegefamilien gesteckt wurde. Doch aufgrund der hohen Aggressivitätsbereitschaft, die ich schon immer in mir trug, hat es keine Pflegefamilie länger als ein paar Wochen mit mir ausgehalten.

Erst als ich mich vor knapp drei Jahren dazu entschieden habe, mich dem Motorcycle Club der Dead Riders anzuschließen, habe ich erfahren, was es heißt, so akzeptiert zu werden wie ich bin.

Fortan war der MC meine Familie und das Clubhaus in Tacoma mein Zuhause.

Von ihnen getrennt zu sein, macht mich fertig.

Natürlich könnte ich mich auf mein Bike setzen und zu ihnen fahren, doch so leicht ist das nicht. Den Grund, aus dem ich mich dazu entschieden habe fortzugehen, gibt es schließlich noch immer. Wie soll ich meinem Präs in die Augen sehen, wenn ich ihm am liebsten das Wertvollste, das er besitzt, stehlen möchte.

Es fällt mir schwer, mir einzugestehen, dass meine Loyalität wegen eines Mädchens an ihre Grenzen stößt.

Amy....

Alleine an sie zu denken, raubt mir die Luft zum Atmen

Amy ist Aces Old Lady und zugleich die faszinierendste Frau, der ich jemals begegnet bin.

Es war weiß Gott nicht geplant, dass ich mich in sie verliebe, und dennoch ist es geschehen. Zum ersten Mal in meinem Leben war ich bereit, mich an eine Frau zu binden, und ausgerechnet diese Frau ist für mich so unerreichbar wie der Mond.

Ace war immer fair zu mir. Er hat mich unterstützt, mir dabei geholfen meinen Platz in dieser Welt zu finden. Und was tue ich?

Ich verliebe mich in sein Mädchen.

Holy Shit....

Das schlechte Gewissen, das mir die Eingeweide zerfrisst, habe ich mehr als verdient.

Der MC ist eine Gemeinschaft, die zu 100% zusammenhält. Wir Riders gehen füreinander in den Tod. Wir decken uns den Rücken und stehen füreinander ein.

Lieber sterbe ich, als dass ich gegen die Regeln der Bruderschaft verstoße.

Es ist mir egal, wie lange es dauert, es spielt keine Rolle, dass mich das Heimweh quält. Solange es mir nicht gelingt, meine Gefühle für diese Frau abzulegen, werde ich nicht zurückkehren.

Meine Entscheidung hat nichts mit Sturheit zu tun, sondern mit Respekt. Ich bin es Ace und Amy schuldig, mich selbst in den Griff zu bekommen.

Mein Unglück für ihr Glück, ein fairer Deal, wie ich finde.

Es ist leicht, in guten Zeiten Versprechen abzugeben, die Kunst ist es, sie auch an dunklen Tagen einzuhalten.

Damals, als sie von ihrem psychopathischen Exfreund entführt wurde, bin ich vor Sorge um sie beinahe umgekommen.

Es hat nicht mehr viel gefehlt und ich wäre Amok gelaufen. Diese extreme Situation hat dafür gesorgt, dass ich beinahe die Kontrolle über mich verloren hätte. So weit darf es zukünftig nicht mehr kommen.

Lieber schließe ich mich den Nomads an, bevor ich aufgrund meiner unangemessenen Gefühle Unruhe in den MC bringe.

Nomads gehören keinem Chapter an, weil sie entweder ständig auf Reisen sind oder ihr zuständiger Mutterclub zu weit entfernt ist.

Alleine die Vorstellung, völlig heimatlos zu sein, geht mir gegen den Strich. Alles, was ich derzeitig besitze, passt in die abgewetzten Ledersatteltaschen meiner Harley. Aber wenn es sein soll, werde ich auch damit klarkommen.

Erst als der Rabe aus meinem Sichtfeld verschwunden ist, setze ich mir den Helm wieder auf, atme tief durch und steige auf mein Bike.

Es hat keinen Sinn, mir stundenlang den Kopf zu zerbrechen. Fest entschlossen verdränge ich sämtliche Gedanken aus meinem Kopf und konzentriere mich nur noch auf die Straße und die Meilen, die vor mir liegen.

Im Bundesstaat Oregon, genauer gesagt in Junction City, findet in vier Tagen der größte Untergrundkampf dieses Jahres statt und ich werde daran teilnehmen. Noch befinde ich mich mitten im Nirgendwo irgendwo auf der Interstate, es liegen also noch jede Menge Meilen vor mir.

Immer auf der Interstate bleibend passiere ich erst Albany, ehe ich in Springfield ankomme. Hier werde ich über Nacht bleiben. In einem kleinen Motel direkt in der Stadtmitte nehme ich mir ein Zimmer.

Der minzgrüne Teppich hat denselben Farbton wie die Vorhänge. Die kleine Lampe, die auf dem Nachttisch steht, spendet ein schwaches Licht, während ich meinen Rucksack in die Ecke knalle und mich mit einem erleichterten Seufzen auf das, in Safrangelb bezogene Bett fallen lasse.

Die Luft im Zimmer ist stickig, es riecht nach Schweiß und schlechten Entscheidungen. Mir ist das egal, ich bin weitaus Schlimmeres gewohnt.

Für einen kostbaren Augenblick schließe ich meine Augen, stelle mir vor, was meine Brüder zuhause in Tacoma gerade treiben und wünsche mir, bei ihnen zu sein.

Wie es wohl Slide und Ellen geht?

Ich vermisse die lauten Club-Partys ganz genauso sehr wie die ruhigen Tage.

Es nützt nichts, mir etwas vorzumachen, ich muss meine Scheiße endlich geregelt kriegen, damit ich zurückkann.

Das leise Vibrieren meines Mobiltelefons reißt mich aus meinen Gedanken. Mit geschlossenen Augen taste ich meine Hosentasche ab und ziehe es heraus.

Catchers Name blinkt im Display, ohne den Anruf anzunehmen schiebe ich das Telefon zurück in die Tasche.

Es ist nicht das erste Mal, dass er versucht mich zu erreichen, und es wird auch nicht das letzte Mal sein.

Fluchend schlage ich mit der Faust neben mir auf die durchgelegene Matratze des Motelbetts. Unschlüssig starre ich auf den leicht schief hängenden Flatscreen, das Letzte, worauf ich jetzt Bock habe, ist irgendein beschissener Film. Träge richte ich mich auf, hole meine Waffe aus dem Rucksack, checke das Magazin und stecke sie mir hinten in den Hosenbund.

Ohne einen Blick zurück werfe ich die Moteltüre hinter mir zu, sperre sie ab und steige auf mein Bike.

In Pleasant Hill, einer kleinen Stadt nicht weit von Springfield, beginnt das Revier der Crazy Devils. Der MC ist seit Jahren mit den Dead Riders befreundet. Wie der Name schon sagt, geht es in diesem Motorcycle Club immer etwas verrückt zu. Und ganz genau diese Verrücktheit ist das, was ich jetzt brauche.

Mit einem kraftvollen Tritt starte ich den Motor, setze den Helm auf, gebe Gas und rase vom Parkplatz. Das blinkende Motelschild wirft ein diffuses Licht auf die Umgebung. Auf der gegenüberliegenden Straßenseite befindet sich eine Pfandleihe, in der selbst um diese späte Uhrzeit Menschen anzutreffen sind, die ihre letzten Habseligkeiten gegen ein paar Dollar eintauschen.

Diese Stadt hat dank Homer Simpson und seiner gelben Familie eine gewaltige Berühmtheit erreicht, leider hat die Realität nicht viel mit der bunten, heilen Welt der Comicserie gemein.

Die rote Ampel, die mich zum Anhalten zwingt, verhöhnt mich und die ansonsten komplett leere Kreuzung.

Fuck off..., ohne auf Grün zu warten drehe ich mein Handgelenk und gebe Gas.

Der kalte Fahrtwind fährt mir unter die Jacke und lässt mich erbeben. Schneller und immer schneller jage ich die Meilen und lege mich so tief es geht in die Kurven. Ich werde eins mit der Straße, eins mit meiner Maschine und eins mit der Freiheit, die ich nur dann verspüre, wenn ich mir und meinem Motorrad alles abverlange.

Vergessen sind alle Sorge und Probleme.

Nicht mal die Erinnerung an Amys katzenhafte grüne Augen vermag es, das Hochgefühl zu mildern, das sich in mir ausbreitet.

Schneller als gedacht komme ich in Pleasant Hill an. Das rot-goldene Schild, das mich willkommen heißt, wird von dem Licht meines Scheinwerfers kurz erhellt.

Der Liquor Store in der Tillicum Avenue hat den besten Schnaps, den ich jemals getrunken habe. Alleine diese Straße entlangzufahren erinnert mich an viele, verdammt geile Nächte.

Das letzte Mal als ich bei den Crazy Devils auf Besuch war, haben mich Slide und Skorpion begleitet.

Oh verdammt...

Ich weiß nicht mehr viel von der Party, meine Erinnerung ist lückenhaft. Alles, was ich weiß ist, dass ich am nächsten Morgen mit drei Bitches im Bett aufgewacht bin. Ich war so besoffen und erschöpft, dass ich mich aus der Blondine, die unter mir lag, nach dem Ficken nicht mal rausgezogen habe, ehe ich eingeschlafen bin.

Vielleicht ist das ja die Lösung für mein Problem?

Bei den Crazy Devils gibt es Pussys ohne Ende. Es wäre doch gelacht, wenn da nicht eine dabei wäre, die mich von meinen Gefühlen für Amy kurieren kann

Heilige Scheiße!

Ich war noch nie scharf darauf gewesen, mir eine Old Lady zu nehmen, und ich bin es auch jetzt nicht. Diese ganzen Emotionen bringen einem Mann nur Ärger.

Heute Nacht werde ich mir die Seele aus dem Leib bumsen, ich werde mir so viele Pussys gönnen wie nur irgend möglich, und morgen wird Amy nur noch die Frau meines Präsidenten sein – nicht mehr und nicht weniger.

Fest entschlossen, diesen genialen Plan in die Tat umzusetzen, biege ich in die Straße ab, die direkt zum Clubhaus der Devils führt.

Zwei Meter hohe Gitterzäune grenzen das Gelände des MCs von der restlichen Welt ab. Am Tor, das von zwei Prospects bewacht wird, beginnen zwei schwarze Wachhunde ihre Zähne zu fletschen. Prüfend sehe ich die Biester an, ehe ich dem Anwärter, der auf mich zukommt, direkt in die Augen sehe.

Es dauert nur einen Atemzug, ehe er den Blick senkt, um sich meine Kutte genauer anzusehen. Wenige Minuten später sieht er mich respektvoll an. Dank der vielen Patches, die sie zieren, weiß er ganz genau, wer ich bin.

Auch wenn ich nicht so berühmt bin wie Slide und Ace, ist es mir in den vergangenen Jahren sehr wohl gelungen, mir einen Ruf aufzubauen.

„Fahr durch, Razzor, ich werde Sam über deine Ankunft informieren."

Sam ist der Präsident der Crazy Devils. Er ist ein guter Kämpfer, ein fähiger Anführer und ein gefürchteter Rocker. Von hier bis Nevada gibt es keinen Cop, der bei seinem Namen nicht sofort den Schwanz einzieht.

Kaum dass ich mein Motorrad abgestellt und meinen Helm über den Lenker gehängt habe, kommt Sam auch schon auf mich zu.

Er streckt mir die Hand entgegen, ich ergreife sie. Er zieht mich in eine freundschaftliche Umarmung und klopft mir hart auf die Schulter.

„Es tut gut, dich wiederzusehen."

„Ja, das finde ich auch."

Seite an Seite gehen wir Richtung Clubhaus. Es ist groß, alt und voller Menschen. Trotz der Tatsache, dass wir heute erst Donnerstag haben, ist die Stimmung ausgelassen. Die drei Girls, die sich an einer Art Pole Dance Stange in der Mitte des Raumes schlängeln, sind schon mal genau nach meinem Geschmack. Mit dürren Frauen, an denen ich jeden Knochen zählen kann, kann ich echt nichts anfangen. Ich stehe auf weiches, festes Fleisch und Rundungen an den richtigen Stellen. Nichts ist besser, als beim Sex die Finger so richtig im Arsch oder im Busen vergraben zu können.

„Was hat dich hierher getrieben, noch dazu allein?"

Sams Stimme reißt mich aus meinen Gedanken.

Wir setzen uns an die Bar und er bestellt uns zwei Bier.

„Es wurde Zeit für etwas frische Luft."

Sam sieht mir prüfend in die Augen, ehe er zustimmend nickt.

„Ja, das kenne ich. In deinem Alter bin ich auch noch quer durchs Land gezogen und habe mich in jedes Abenteuer gestürzt, das ich finden konnte."

Wenn ich sein Alter schätzen müsste, würde ich auf Ende vierzig tippen.

„Und warum hast du damit aufgehört?"

Er grinst.

„Es gibt nur einen Grund, aus dem ein Rocker sesshaft wird."

Sofort muss ich wieder an Ace und Amy denken, mein Magen rebelliert.

„Aye, das stimmt wohl."

Erneut sucht er meinen Blick.

„Es kann aber auch sein, dass eine Frau der Grund dafür ist warum wir uns für ein Leben auf der Straße entscheiden. Es liegt in unserer Hand."

Meine Finger umrunden den Flaschenhals. Das Kondenswasser, das sich gebildet hat, glänzt im Licht.

„Frauen sind der Grund für viele verrückte Entscheidungen."

Sam lacht laut auf.

„Das hast du gut erkannt, mein Freund. Und dennoch ist ein Leben ganz ohne sie völlig wertlos."

Die nächsten Minuten sitzen wir Bier trinkend und schweigend an der Bar. Ich lasse meinen Blick über die Menge schweifen, klemme den neongrünen Totenkopfstecker meines Zungenpiercings zwischen die Lippen und entspanne mich zum ersten Mal seit langer Zeit. Es fühlt sich gut an, wieder in einem MC zu sein, auch wenn es nicht mein Mutterchapter ist. Vielleicht sollte ich nach dem großen Kampf in Junction City eine Zeit lang bei den Crazy Devils bleiben?

Zufrieden trinke ich mein Bier aus und zünde mir eine Kippe an.

Sam winkt zwei Mädels zu sich. Das linke ist groß, schlank und hat schulterlange braune Haare, das rechte ist einen Kopf kleiner, hat einen vollen Busen und einen prallen Arsch. Beide tragen kurze Röcke, hohe Stiefel und knappe Tops.

Sam legt mir seine Hand auf den Arm, zwinkert mir zu und wünscht mir viel Vergnügen.

Dieser Drecksack und sein Geschwafel von Frauen ...

Er hat mich durchschaut und bietet mir jetzt die Lösung, auf die ich ebenfalls gekommen bin - Sex ohne Ende.

In der einen Sekunde spiele ich noch mit dem Gedanken, die Blondine wegzuschicken und mir nur die Brünette zu sichern, doch den verwerfe ich gleich wieder.

Warum nur eine nehmen, wenn ich auch beide haben kann?

Nach einem letzten Zug lasse ich den Zigarettenstummel auf den Boden fallen und trete ihn mit meiner Stiefelspitze aus.

„Lasst uns von hier verschwinden, Mädels."

Dank der letzten Besuche weiß ich, dass sich im hinteren Teil des Hauses ein paar Schlafzimmer befinden, die auch als Gästezimmer genutzt werden.

Nachdem wir uns einen Weg durch die feiernde Menge gebahnt haben, öffne ich die feuerfeste Stahltüre und schiebe die beiden in den dahinter liegenden Flur.

Die Leuchtstoffröhre, die über unseren Köpfen hängt, hüllt alles in ein bläuliches Licht.

Rechts von uns befinden sich die Zimmer. Aus dem ersten dringt ein lautes Stöhnen, ich öffne erst die zweite Tür.

Die abgestandene Luft, die uns entgegenschlägt, riecht nach Erbrochenem und Muschi. Schnell schließe ich diese Türe wieder und öffne die nächste.

Hier ist es besser. Das Bett sieht einigermaßen sauber aus und bis auf einen String, der an der Lampe baumelt, ist es für MC-Verhältnisse erstaunlich ordentlich.

Um sicher zu gehen, dass wir nicht gestört werden, drehe ich den Schlüssel, der im Schloss steckt, zweimal rum. Noch bevor ich mich umdrehen kann, spüre ich, wie sich eines der Mädels von hinten an mir reibt. Ihre kleine Hand schiebt sich vorne in meine Hose und umfasst ohne die geringste Scheu meinen halb erigierten Schwanz. Gekonnt massiert sie ihn, umschließt ihn mit ihrer Faust und sorgt so dafür, dass ich regelrecht spüren kann, wie mein Körper das Blut von meinem Kopf direkt in mein Glied pumpt. Meine Eier puckern sehnsüchtig, die Muskeln in meinen Oberschenkeln spannen sich ungeduldig an. *Yeah... Das hier kann verdammt gut werden....*

Entschlossen packe ich ihr Gelenk, ziehe ihre Hand aus meiner Hose und drehe mich zu ihr um. Ein animalischer Laut entweicht meiner

Kehle, als ich sie hochhebe und mit dem Rücken gegen das Holz der Tür drücke. Automatisch schlingt sie ihre Beine um meine Taille. Gierig presse ich meine Lippen auf die ihren, dringe mit meiner Zunge in sie ein und wühle mich durch ihre Mundhöhle. Rund und weich reiben sich ihre Brüste an meinem Oberkörper. Ich vergrabe meine rechte Hand in ihren langen braunen Haaren, während sich die Finger meiner linken in ihren Po graben.

Jesus, Maria und Josef...

Die kleine Bitch, die Sam mir da geschenkt hat, weiß genau, was sie mit mir anstellt. Im Augenwinkel sehe ich, wie sich die Blondine langsam auszieht. Ich unterbreche den Kuss und ziehe die Frau in meinen Armen ebenfalls aus.

Kaum dass ich sie wieder auf ihre eigenen Füße gestellt habe, legt sie sich mit weit gespreizten Beinen rücklings in die Mitte des Betts. Feucht, geschwollen und zartrosa locken mich die weichen Falten ihrer Pussy.

Noch bevor ich dem süßen Lockruf ihres moschusartigen Dufts folgen kann, kommt die Blondine auf mich zu. Sie ist zwar etwas dünner als das, was ich bevorzuge, dennoch hat sie tolle Titten mit perfekten Nippeln.

Langsam streckt sie ihre Hand nach mir aus, öffnet, ohne unseren Blickkontakt zu unterbrechen, meine Gürtelschnalle und zieht mir die Jeans runter.

Das zufriedene Grinsen, zu dem sich ihre Lippen verziehen, verrät mir, dass ihr gefällt, was ich ihr zu bieten habe. Langsam, beinahe ehrfürchtig streckt sie ihre Hand nach meinem Schwanz aus und streicht über die pralle Spitze. Mit ihrer Daumenkuppe verteilt sie den ersten Lusttropfen. Sie leckt sich die Lippen, beugt sich vor und züngelt geschickt über den kleinen Schlitz an der Eichel.

Noch immer hält sie unseren Blickkontakt aufrecht. Ungeduldig vergrabe ich meine Hände in ihren Haaren, presse sie so immer tiefer auf mein Glied.

Mit einem kraftvollen Ruck schiebe ich mein Becken vor und versinke bis zum Anschlag in ihrer Kehle.

Weich – heiß – eng – das absolute Paradies.

Keuchend genieße ich das Gefühl. Blondie weiß genau, was ich von ihr erwarte. Saugend und leckend verwöhnt sie jeden harten Zentimeter. Ihre Nasenspitze reibt über die Haut an meinem Bauch, die Finger ihrer linken Hand massieren meine Hoden.

Stöhnend sehe ich zur Brünetten, die damit begonnen hat, kreisend über ihren Kitzler zu reiben. Ich beobachte sie dabei. Der Anblick dieser feuchten Pussy in Kombination mit den saugenden Lippen an meinem Schwanz sind der Wahnsinn.

Mein Kopfkino läuft auf Hochtouren, ein heißer Schauer rinnt über mein Rückgrat, lässt mich erbeben.

Holy Shit!

Ich lockere meinen Griff, mein Schwanz gleitet schmatzend aus ihrem Mund, sie schnappt erleichtert nach Luft.

Verspielt küsste sie die Spitze und züngelt über den Schlitz, bevor sie die gewölbte Ader an der Unterseite meines Gliedes mit der Zunge nachmalt.

Der Bitch auf dem Bett reicht es nicht mehr sich nur zu reiben, stöhnend dringt sie mit zwei Fingern tief in sich ein.

Ein erwartungsvolles Zucken ruckt durch meinen Körper. Der Kopf des Mädchens, das noch immer brav vor mir kniet, wippt immer schneller vor und zurück. Ihr Rhythmus ist verteufelt gut...

Das Pochen in meinen Eiern wird immer stärker und erreicht einen neuen Grad der Intensität. Ich knurre laut, umfasse ihren Kopf und halte sie in Position. Angespannt und zutiefst erregt ficke ich ihren Mund, jage meinem Orgasmus nach und vergesse alles um mich herum.

Plötzlich ist es mir einerlei, dass ich mich in Pleasant Hill und nicht in Tacoma befinde.

Es ist mir egal, dass ich nicht mal die Namen der beiden Schlampen kenne und dass ich sie nach heute Nacht nie wieder sehen werde.

In meinem Leben passiert nichts von Bedeutung, jede Begegnung, jeder Tag und jeder Ort, an dem ich mich aufhalte, ist ersetzbar.

An diese Scheiße muss ich mich gewöhnen – so sieht meine Zukunft aus.

Ich spüre, wie sie sich gegen meinen gnadenlosen Überfall zu wehren versucht, ihre Kehle zieht sich würgend zusammen, aus ihren Augen laufen Tränen. Ihre langen schwarzen Fingernägel zerkratzen mir die Oberschenkel.

Die Tatsache, dass sie ich gegen mich wehrt, lässt meine Lust überkochen.

Heiß und schnell schießt mein Sperma von meinen Eiern in meinen Schwanz. Ein heißer Blitz zuckt durch meinen Unterleib, mein lauter Schrei durchbricht die Stille.

Ich pumpe mein Sperma in ihren Mund, sie schluckt es.

Gnädig wie ich bin, ziehe ich mich einen Zentimeter aus ihrer Kehle zurück, so dass sie etwas besser atmen kann.

„Leck ihn sauber!“

Ergeben kommt sie meinem Befehl nach. So geil der Höhepunkt gerade auch war, er hat mir nicht das gegeben, wonach ich mich so sehr verzehre – völlige Befriedigung.

Diese Fickerei mit all diesen austauschbaren Weibern erinnert mich an lauwarme Fast Food Menüs.

Nachdem du sie gegessen hast, bist du kurzzeitig satt, doch diese Sättigung hält nicht lange an. Dein Hunger auf mehr ist nicht gestillt. Im Gegenteil, der fade Nachgeschmack zeigt dir nur zu deutlich, wie abgefuckt diese unechte Scheiße ist. All die Bitches, die ich bumse, sind nichts weiter als Fast Food. Sie sind ein lauwarmer Cheeseburger, während sich mein Körper nach einem saftigen Filetsteak sehnt.

Amy ist so ein Steak, doch sie gehört zu einem anderen Mann. Sie ist die Frau meines Präsidenten. Ehe ich sie anrühre, hacke ich mir lieber selbst die Hände ab. Wütend dass es mir wieder nicht gelungen ist, Aces Old Lady aus meinem Kopf zu verbannen, gebe ich der Bitch, die noch immer meinen Schwanz im Mund hat, einen Schubs, so dass sie nach hinten auf den Po kippt und nähere mich mit großen Schritten dem Mädchen, das im Bett liegt.

Entschlossen umfasse ich meinen Penis und massiere ihn, bis er wieder hart ist. Jetzt, wo ich wieder einsatzbereit bin, knie ich mich zwischen die weit gespreizten Beine der kleinen Schlampe und ramme mich mit einem festen Stoß in ihre feuchte Möse.

Ihr lauter, verzweifelter Schrei lässt mich rotsehen. Immer und immer wieder ramme ich mich tief in ihre Pussy. Ich benutze sie, nehme mir alles und gebe nichts zurück.

Ihre Finger legen sich auf meine Schultern, ich ertrage ihre Berührung nicht. Kurzerhand packe ich ihre Handgelenke und presse sie neben ihrem Kopf auf die Matratze.

Ich will weder berührt noch verführt werden.

Mein Atem kommt immer schneller, grunzend lasse ich meine Wut an ihr aus. Trotz der Tatsache, dass ich ihr am Anfang weh getan habe, scheint sie es jetzt zu genießen. Sie reibt sich an mir wie eine rollige Katze, stöhnt laut und kommt meinen festen Stößen willig entgegen.

Die Muskeln in meinen Oberschenkeln brennen, ich schiebe mich so tief in sie, bis ich spüre, dass es tiefer nicht mehr geht. Jetzt wo ich sie bis zum Anschlag ausfülle, bestätigt sich meine Fast Food Theorie erneut, denn ich empfinde nichts.

Fluchend hebe ich meinen Kopf, starre an die Wand vor meinen Augen und mache so lange weiter, bis ich abspritze. Es mag sein, dass mein Körper zum Höhepunkt gekommen ist. Mein Verstand und mein Herz fühlen sich allerdings nur ausgelaugt.

Es fehlt das Hochgefühl, die Erleichterung die angenehme postkoitale Mattigkeit.

Unzufrieden rolle ich von dem Mädchen runter, steige aus dem Bett und ziehe mich an.

Es war eine beschissene Idee hierherzukommen.

Unzufrieden binde ich mir die Stiefel, sperre die Türe auf und verlasse das Clubhaus. Keine Minute später sitze ich bereits auf meiner Maschine und fahre zurück nach Springfield.

Es wird Zeit, dass ich nach Junction City komme. Die einzige Sache, die es schafft, mich etwas abzulenken, ist ein guter Kampf!

2. Kapitel

Nicki

Mein Leben besteht hauptsächlich aus dummen Entscheidungen. Sie gleichen einer Dominokette. Sie reihen sich nebeneinander ein, und sobald ich über eine weitere dumme Entscheidung stolpere, kippen alle meine Entscheidungen wie eine lange Dominosteinkette um und stürzen mein Leben in ein gewaltiges Chaos.

Manchmal kommt es mir so vor, als würde ich mir selbst dabei zusehen, wie ich ins Wanken gerate und die nie zu enden scheinende Kette zum Einstürzen bringe.

Zu 80% weiß ich, wenn ich gerade eine falsche Entscheidung treffe, und dennoch kann ich einfach nicht aus meiner Haut.

Jetzt zum Beispiel stehe ich in Junction City in einer verlassenen Lagerhalle. Was ich hier zu suchen habe? Keine Ahnung!

Die Frage sollte wohl eher lauten, wie ich hierhergekommen bin.

Ganz einfach, durch eine falsche Entscheidung nach der anderen.

Mike, der Typ, mit dem ich seit ein paar Monaten durchs Land reise, ist so eine falsche Entscheidung. Man könnte auch sagen, dass er die Krönung all meiner Fehler ist.

Und obwohl ich längst verstanden habe, dass er nicht gut für mich ist, schaffe ich es einfach nicht, von ihm loszukommen.

Das letzte Mal als ich es versucht habe, hat er mir ein blaues Auge verpasst. In Anbetracht der Tatsache, dass er ein berühmter Untergrundkämpfer ist, kann ich froh sein, dass ich noch am Leben bin. Mike alias *The King* ist es gewohnt, das Sagen zu haben. Dank der Tatsache, dass er seit zwölf Monaten im Ring nicht geschlagen wurde, ist sein Ego auf die Größe eines ganzen Kontinents angestiegen. In der Schattenwelt, in der ich mich seit ein paar Jahren herumtreibe, wird er gefürchtet und gleichermaßen respektiert. Hier gilt das Recht des Stärkeren.

Ich bin mit meinen 1,74 Metern nicht gerade klein, aber neben den muskelbepackten Kerlen, die hier durch die Gegend laufen, fühle ich mich winzig. Verdammt..., alleine die Oberarme von dem Typen, der gerade neben mir steht, sind breiter als meine Oberschenkel.

Sein massiger Körper ist mit Schweiß überzogen und glänzt im schwachen Licht.

Er sieht roh und widerlich aus und strömt eine Aura von unkontrollierter Aggressivität aus. Auch ohne das dünne rote Plastikarmband an seinem rechten Handgelenk weiß ich auf den ersten Blick, dass er einer der Kämpfer ist. Sein irrer Blick huscht unruhig über die

Köpfe der Menge. Seine Pupillen sind geweitet, er hat definitiv irgendetwas geschluckt. Es gibt viele verschiedene Präparate, die dafür sorgen, dass der Körper keine Ermüdungserscheinungen zeigt, oder dass er nicht so schmerzempfindlich ist. In der normalen Sportwelt sind diese Mittel natürlich strengstens verboten, hier interessiert sich keiner dafür.

Hier gibt es keine Kampfregeln und auch keinen Schiedsrichter. Dafür aber Totengräber und Buchmacher so weit das Auge reicht.

Der letzte Kampf, an dem Mike teilgenommen hat, war in Chicago. Es war ein Todesmatch. In mancher Nacht, wenn ich die Augen schließe, sehe ich den völlig zerschlagenen, blutigen Leichnam von Mikes damaligem Kontrahenten vor mir.

Mike kennt die Bedeutung der Worte Respekt, Mitgefühl und Ehre nicht.

Er kommt, er siegt und er nimmt sich, was er will.

Und im Moment will er mich!

Ich habe keine Ahnung, was mit mir passiert, wenn sich das ändert und um ehrlich zu sein, hoffe ich, dass ich dann bereits nicht mehr an seiner Seite bin.

Seit einer Woche überlege ich mir fieberhaft eine Exitstrategie, doch mir will einfach keine einfallen. So wie ich mich kenne, werde ich ganz sicher wieder eine meiner legendären falschen Entscheidungen treffen.

Nur werde ich erst im Nachhinein erkennen, dass es eine war.

Der Käfig, in dem als Nächstes Mike und irgend so ein armes Arschloch, dem er mit Sicherheit das Genick brechen wird, antreten werden, werden noch schnell Sägespäne über das Blut ihrer Vorgänger gestreut.

Ein unangenehmer Schauer lässt mich erbeben, meine Kehle schnürt sich zusammen und meine Finger zittern. Der Wunsch verfestigt sich, dass an diesem Abend Mikes Leiche aus der Halle getragen wird. Tief in meinem Herzen wünsche ich mir, dass er heute derjenige ist, der im Kampf sein Leben verliert. Unweigerlich stelle ich mir die Frage, ob ich ein verdammtes Miststück bin?

Ist es normal, dass ich mir den Tod für den Mann wünsche, dem ich mich Nacht für Nacht hingebe?

Wahrscheinlich nicht, aber was ist in meinem Leben schon normal?

Bevor ich Mike getroffen habe, ist es mir gerade so gelungen, mich über Wasser zu halten. Mit der Miete für mein schäbiges 1-Zimmer-Apartment war ich drei Monate im Rückstand und in meinem Kühlschrank war gähnende Leere der Normalzustand. Mikes Interesse an mir kam mir vor wie ein Segen. Nach nur drei gemeinsamen Nächten hat er mir dann vorgeschlagen, dass ich ihn doch begleiten soll.

Der Deal war, dass ich immer an seiner Seite bin, und er mich bumsen kann, wann immer ihm der Sinn danach steht.

Nicht gerade romantisch, aber es gibt Augenblicke im Leben, in denen es nicht auf Kerzen und Rosenblätter ankommt. In diesen Augenblicken hat man keine Hoffnung mehr auf sein persönliches Märchen und keine Zeit, um auf den Traumprinzen zu warten.

Dass Mike ein blödes Arschloch ist, habe ich mittlerweile festgestellt, aber seine Vereinbarung hat er stets eingehalten.

Dank ihm habe ich neue Klamotten und gut drei Kilo mehr auf den Rippen.

Es mag Menschen geben, die nicht verstehen können, warum ich mich auf ihn eigelassen habe, aber Hunger und Not sorgen dafür, dass wir verrückte Dinge tun.

Mike alias *The King* ist dank der Untergrund-Kämpfe und seiner unschlagbaren Technik ein reicher Mann geworden.

Sein Charakter hingegen ist im Gegensatz zu seinem Kontostand nicht mitgewachsen – leider.

Das Wort Liebe habe ich längst aus meinem Wortschatz gestrichen. Ich bin nicht dumm, Naivität konnte ich mir seit meiner Kindheit nicht leisten.

Meine Mom war eine alkoholabhängige Prostituierte und mein Stiefvater, der zugleich ihr Zuhälter war, ein brutaler Kinderschänder. Er hat mich vergewaltigt, als ich vierzehn war, am nächsten Tag bin ich ohne einen Dollar in der Tasche abgehauen. Seitdem habe ich jeden Tag aufs Neue ums Überleben gekämpft, zumindest bis ich Mike begegnet bin. Jetzt bin ich neunzehn und klug genug, mir keine falschen Hoffnungen zu machen.

Und dieser Spruch *„Blut ist dicker als Wasser“*, der kann mir gestohlen bleiben. Alles, was ich jemals von meiner Mutter bekommen habe, ist ihr Aussehen.

Yang, einer von Mikes Handlangern, kommt auf mich zu. Seine Schlitzaugen sind wütend zusammengepresst.

„Verflucht, Nicki, wo steckst du denn?“

Ich hasse diesen Typen, und dennoch muss ich versuchen, irgendwie mit ihm zurechtzukommen.

„Hier, wie du siehst.“

Dass ihn meine schnippische Antwort verärgert, ist ihm deutlich anzusehen.

Auch wenn er es nie gesagt hat, aber ich weiß, dass es ihn stört, dass Mike so vernarrt in mich ist.

„Komm gefälligst mit. Du weißt, dass Mike dich vor dem Kampf noch mal sehen will!“

Ja, das weiß ich, und ganz genau das ist auch der Grund, warum ich versucht habe, mich in der Menge der wartenden Zuschauer zu verstecken.

Vor dem Kampf gleicht Mike einem wilden, unkontrollierbaren und gewalttätigen Monster.

Er liebt es, mich direkt vor dem Kampf zu ficken, ich hingegen habe Angst davor. Mike ist auch so kein besonders einfühlsamer Mann, aber wenn er wie jetzt aufgeputscht und voller Adrenalin ist, ist er so grob, dass er mir richtig weh tut. Er liebt es, wenn ich schreie und ihn anflehe aufzuhören....

Wie gesagt, dieser Mann ist definitiv die Krönung all meiner Fehler!

Yang spürt meinen Widerwillen, er packt meinen Oberarm und zieht mich rücksichtslos hinter sich her.

Mein Herz beginnt zu rasen, kalter Angstschweiß sammelt sich in meinem Nacken.

Er dirigiert mich direkt am Käfig entlang in die hinteren Räume der Halle.

Kurz bevor wir Mikes Kabine erreichen, zerrt er so hart an meinem Arm, dass ich aufschreie. Da öffnet sich plötzlich die Türe neben mir.

Die Finger des Chinesen graben sich noch tiefer, noch schmerzhafter in meinen Arm, doch das bemerke ich nicht wirklich, ich bin viel zu abgelenkt von dem Mann, der urplötzlich direkt vor mir steht.

Seine Haare sind an den Seiten kurz rasiert, in der Mitte trägt er eine Art Irokesenschnitt, nur nicht so lang wie ich ihn von manchen Punks kenne.

An einer Augenbraue befinden sich drei silberne Ringe, in seiner Zunge steckt ein grüner Totenkopf und unter seinem linken Auge räkelt sich ein grünblauer Salamander bis hinab zu seinem virilen Hals.

Bis auf die dunkle Jeans und die schweren Stiefel trägt er nur abgewetzte schwarze Lederkutte. Die unzählige Aufnäher in den unterschiedlichsten Farben ziehen meinen Blick wie magisch an. Das Dequiallo Patch auf seiner rechten Brust macht mich neugierig, was das wohl zu bedeuten hat?

Neugierig lasse ich meine Augen weiter über die imposante Erscheinung des Rockers gleiten.

Die Arme des Mannes sind über und über mit farbigen Tattoos verziert. Als krönenden Abschluss gönne ich mir einen Blick in seine braunen Augen. Sie glühen regelrecht. Die vielen schwarzen Sprenkel in seiner Iris hypnotisieren mich. Urplötzlich ist Mike vergessen, selbst Yang, der versucht, mich weiterzuziehen, ist schlagartig nicht mehr wichtig.

Nervös atme ich tief durch und versuche, die Wirkung, die dieser fremde Mann auf mich ausübt, zu verstehen.

Was zur Hölle passiert hier gerade?

„Wenn du deinen Arsch nicht gleich in Mikes Kabine bewegst, wird er dich grün und blau schlagen, das verspreche ich dir!“

Der fremde Rocker gibt ein undefinierbares Geräusch von sich, ehe er unseren Blickkontakt unterbricht und auf Yang zugeht.

Er ist groß, bestimmt knapp zwei Meter. Neben ihm wirkt der kleine, schmächtige Chinese wie ein Zwerg.

„Wiederhole das!“

Seine Stimme ist rau und dunkel.

Yang reckt herausfordernd seinen Kopf in die Höhe.

„Misch dich nicht ein, Dead Rider. Das geht dich nichts an.“

Dead Rider? Was hat das zu bedeuten?

Der über und über tätowierte Arm des Rockers schießt an meinem Gesicht vorbei, seine Hände umfassen Yangs Hals.

Ohne viel Kraftaufwand hebt der Fremde Yang hoch, so dass seine Füße ein paar Zentimeter über dem Boden in der Luft baumeln. Das Gesicht des Chinesen wird immer roter, er japst wie ein Fisch auf dem Trockenen nach Luft. Panisch lässt er mich endlich los und versucht, seine Finger zwischen die des Rockers und seine Kehle zu schieben – vergeblich.

Endlich kann die Blutzirkulation in meinem Oberarm wieder richtig laufen. Ich massiere die schmerzende Stelle und sehe, dass sich schon jetzt fünf Hämatome auf meiner Haut abzeichnen, die Yangs Finger verursacht haben.

Der wütende Rocker entdeckt die blauen Flecken ebenfalls, aus seiner Kehle steigt ein animalisches Knurren.

Mit Leichtigkeit hebt er Yang noch weiter hoch.

„Du mieses kleines Schlitzauge. Ich hasse Typen, die Frauen misshandeln. Im Normalfall bin ich ein umgänglicher Mensch, aber bei so etwas verliere ich recht schnell meine Beherrschung.“

Der Rocker sieht mich mit einem kurzen Seitenblick an.

Yangs Röcheln wird immer lauter.

„Bist du OK, Baby?“

„Ja.“ Ich nicke bestätigend.

Die Mimik des Rockers entspannt sich etwas.

„Was hatte das, was er gesagt hat, zu bedeuten? Wer ist dieser Mike und warum will er dich schlagen?“

Ach du heilige Scheiße, was soll ich darauf antworten?

Dass mein Freund der King der Untergrundkämpfe ist und er mich vor jedem Kampf brutal fickt, um etwas Druck abzubauen?

Wenn ich dem Rocker die Wahrheit sage, wird er sich wahrscheinlich mit King anlegen, was durchaus seinen Tod bedeuten könnte. Und wenn der Rocker dann wegen seines merkwürdigen Beschützerinstinkts das Zeitliche gesegnet hat, stehe ich schlussendlich doch wieder alleine vor King, und dann wird er richtig wütend auf mich sein.

Mutig strecke ich den Rücken durch und sehe den tätowierten Mann an.

„Nichts, es ist nichts."

Seine Nasenflügel blähen sich, er wirkt wie ein wildes Tier.

„Ich kann deine Angst riechen, Baby. Also hör auf Geschichten zu erzählen."

„Mike ist ..."

Noch bevor ich weitersprechen kann, öffnet sich eine weitere Türe und Mike betritt den Flur.

Wenn man vom Teufel spricht....

Scheiße - seiner Mimik nach zu urteilen ist Mike stocksauer.

Yangs Gesichtsfarbe hat inzwischen ein dunkles Violett angenommen, sein Röcheln ist beängstigend leise geworden.

Doch das Beeindruckendste ist, dass der Arm, mit dem der Rocker den Chinesen in der Luft baumelnd an die Wand pinnt, kein bisschen zittert.

Dicke Muskelstränge zeichnen sich kraftvoll und beeindruckend unter seiner bunten Haut ab.

„Was ist hier los, Nicki?"

„Ähm... Yang und ich, wir...."

Verdammt, ich habe keine Ahnung, was ich sagen soll.

„Nicki?"

Mikes Stimme nimmt einen drohenden Unterton an. Aus Erfahrung weiß ich, dass er kurz davor ist, seine Beherrschung zu verlieren.

Da ich nicht will, dass der Rocker für etwas Ärger bekommt, was im Grunde genommen mein Problem ist, gehe ich einen Schritt auf ihn zu, lege ihm meine Handfläche auf die Schulter und flüstere ihm leise ins Ohr, dass er möglichst schnell von hier verschwinden sollte, wenn ihm sein Leben wichtig ist.

Auf Mikes Stirn tritt eine dicke Ader hervor. Weder gefällt ihm, dass ich den Rocker berühre, noch dass er bis jetzt keine richtige Antwort von mir bekommen hat.

Anstatt die Flucht zu ergreifen, lässt der Fremde Yang endlich los. Der fällt grunzend und halb bewusstlos mit einem lauten Plumps auf den Boden und bleibt dort regungslos liegen. Aus seinem Mundwinkel tropft Speichel auf den Boden, sein Gesicht nimmt langsam wieder eine normale Farbe an.

Mike macht einen ausladenden Schritt, holt aus und will dem Rocker einen harten Punch in die Nieren verpassen, der hingegen wehrt den

Schlag ab, hakt sich mit seinem Knie in Mikes Bein ein und bringt ihn so zu Fall.

Es ist das erste Mal, dass ich den großen Kämpfer völlig wehrlos auf dem Rücken liegen sehe.

Anstatt den Rocker anzusehen, ruht Mikes Blick auf meinem Gesicht.

„Dafür wirst du nach dem Kampf büßen, Schlampe."

Das Hochgefühl, das sich für eine Sekunde in mir ausgebreitet hat, verflüchtigt sich schnell wieder, mein Herzschlag gerät aus dem Takt.

„Der nächste Kampf? Sehr schön. Das ist nämlich meiner! Wie es scheint, bin ich dein heutiger Gegner, und ich bin mir verdammt sicher, dass du diese Nacht nicht überleben wirst, Arschloch!"

Die Stimme des Rockers hallt tief in meinem Inneren wieder.

Jetzt sieht Mike zu dem Mann, der ihn so mühelos zu Fall gebracht hat. Er wirft einen prüfenden Blick auf dessen Handgelenk – kein rotes Armband. Der Fremde verfolgt Mikes Reaktion, greift in seine Hosentasche und zieht das rote Armband hervor. Trotzt des Abstands kann ich erkennen, dass auf seinem Band dieselbe Nummer steht wie auf Mikes.

Er hat Recht, die beiden werden sich in wenigen Minuten im Käfig treffen. Und dank dieser Begegnung hier wird es nicht nur ein Cage Fight, sondern ein Death Throe – diese Nacht wird nur einer der beiden überleben, und ich weiß jetzt schon, für wen ich die Daumen drücken werde - es wird definitiv nicht Mike sein.

„Ich werde dich töten, Rider!"

„Wenn du dir da so sicher bist, wie wäre es mit einem Wetteinsatz?"

Dieser Kerl muss total lebensmüde sein.

Erst mischt er sich in Angelegenheiten ein, die ihn nichts angehen und dann reizt er Mike noch bis aufs Blut.

Warum macht er das?

Wieso hat es ihn interessiert, was mit mir passiert?

Typisch Mike geht er auf diese Scheiße natürlich ein.

„Welcher?"

Die braunen Augen des Rockers huschen zu mir, seine vollen Lippen verziehen sich zu einem arroganten Lächeln. Der Salamander unter seinem linken Auge scheint sich zu bewegen.

„Wenn du stirbst, gehört mir dein Mädchen, wenn ich sterbe, bekommst du mein Bike."

Entsetzt höre ich, wie Mike diesem Handel zustimmt. Wie kann er es wagen, mich zu verwetten? Ich bin nicht sein Besitz!

Mit wild klopfendem Herzen sehe ich zu, wie die beiden die Wette mit einem Handschlag besiegeln. Es liegt so viel Testosteron in der Luft, dass ich kaum noch Luft bekomme.

Wankend lehne ich mich an die Wand im Flur und schließe für eine Sekunde meine Augen.
Diese Nacht wird mein ganzes Leben verändern. Komischerweise verspüre ich keine Angst. Dieser Rocker scheint ein anständiger Kerl zu sein, sobald Mike tot ist bin ich endlich wieder frei. Zwar habe ich keine Ahnung, wo ich dann hin soll, aber mir wird schon irgendetwas einfallen.
Yang rappelt sich langsam auf, wischt sich den Speichel aus dem Gesicht und zischt mich wütend an: „Du Aas“
Jetzt, wo mein Schicksal eh schon vom Ausgang des heutigen Kampfs abhängt, habe ich nichts mehr zu verlieren.
Ohne zu zögern hole ich mit meinem Fuß aus und kicke Yang mit aller Kraft in die Eier, das wollte ich schon seit Wochen tun.
Dieser Chinese hat keine Chance ungenutzt gelassen, um mich zu blamieren, mich zu erniedrigen oder sogar zu verletzen, er hat diesen Tritt wirklich verdient.
Überrascht stelle ich fest, dass mich Mike und der Rocker amüsiert beobachten.
„Glaube mir, Rider, dieses Miststück ist nicht halb so viel wert wie dein Motorrad.“
Der Rider, wie Mike ihn nennt, zwinkert mir nur kurz zu, ehe er zulässt, dass Mike wieder aufsteht.
„Da bin ich anderer Meinung. Aber da ich im Gegensatz zu dir diesen Kampf überleben werde, habe ich ja genug Zeit es herauszufinden!“
Dank seines eindringlichen Blicks breitet sich ein angenehmes Prickeln in meiner Magengegend aus. Wenn ich den Rider richtig verstehe, will er mich bei sich behalten. Vielleicht wäre das ja gar nicht so schlecht, zumindest bis ich einen Plan habe, wie es weitergehen soll.
„Um ihre Unversehrtheit zu gewährleisten, bleibt sie bis nach dem Kampf bei mir!“
In der dunklen Stimme des Rockers schwingt so viel Autorität mit, dass Mike ihm nicht widerspricht.
„Abgemacht, dann werde ich solange auf dein Bike aufpassen! Hab' Dich vorhin damit gesehen, ist 'ne geile Maschine“ Er nimmt den Schlüssel, den der Rocker ihm reicht.
Erleichtert sehe ich, wie Mike sich, nach einem letzten Blick auf mich, umdreht und mit Yang in seiner Kabine verschwindet.
Das erste Mal seit Wochen kann ich wieder frei durchatmen. Jetzt setze ich all meine Hoffnungen in einen Rocker, den ich kaum kenne.
Meiner Erfahrung nach ist das bestimmt wieder eine meiner berühmt-berüchtigten falschen Entscheidungen, aber das kann ich jetzt auch nicht mehr ändern....

3. Kapitel

Razzor

Holy Fuck!

Frauen in Not sind einfach meine Achillesferse.

Zu meinem ursprünglichen Plan hat dieses Mädchen, das nun in meiner Kabine steht, auf jeden Fall nicht gehört. Aber was soll's? Pläne sind dazu da, um geändert zu werden. Jetzt steht mir also nicht nur ein Käfigkampf, sondern ein Todeskampf bevor. Unruhig drehe ich mich zu ihr um, sie steht verunsichert direkt vor der Türe, ihr ganzer Körper strahlt Fluchtbereitschaft aus.

„Wie heißt du?"

„Nicki."

„Deinen vollständigen Namen."

Sie zögert kurz.

„Nicki Nox."

Zweifelnd sehe ich sie an, doch ihre Mimik gibt keine Gefühlsregung preis.

„Echt jetzt?"

Als sie nichts erwidert, fahre ich mir mit der Hand über den Iro und zünde mir eine Kippe an.

„Nenn mich Razzor."

Sie nickt kurz.

Auch wenn ich versuche nicht darauf zu achten, ist die Kleine echt verdammt scharf.

Ihre grün-grauen Augen, die schlanke, jedoch weibliche Figur und ihre langen braunen Haare, die je nach Lichteinfall rötlich schimmern, machen sie zu einer echt scharfen Braut.

Sie ist heiß, sie bewegt sich so grazil wie eine Katze.

Und sie ist ganz genau die Ablenkung, die sich ein Mann vor einem Kampf auf Leben und Tod nicht im Geringsten leisten kann.

Fest entschlossen, diese Nacht zu überleben, ignoriere ich das Mädchen und ziehe mich um. Nur mit einer schwarzen Sporthose bekleidet, ich verzichte auf Schuhe, beginne ich damit, mich warm zu machen.

Nach ein paar Minuten Seilspringen dehne ich mich, dann fange ich an, meine Hände zu verbinden.

Nicki Nox, falls das wirklich ihr Name ist, kommt zögerlich auf mich zu und nimmt mir die Bandage ab.

„Lass mich das machen, so wird das nichts."

Verwundert sehe ich sie an.

Ohne zu zögern stellt sie sich vor mich und widmet ihre ganze Konzentration meinen Händen. Ihre Haut ist unglaublich weich, im Gegensatz zu meiner schwieligen. Sie hat schwarze Fingernägel und trägt an ihrem rechten Ringfinger einen Ring, ansonsten kann ich keinen Schmuck an ihr entdecken. Der Stein des Rings ist schwarz und wird von vielen kleinen weißen eingefasst. Das Licht bricht sich in den geschliffenen Oberflächen und wirft bunte Reflektionen an die verschmutzte Wand der Kabine.

Diese Situation hat etwas Intimes.

Aufgrund der Tatsache, dass ich ihr geholfen habe, trete ich nun gegen ihren gewalttätigen Freund an und kämpfe um mein Leben. Wenn ich diesen Kampf gewinne, ist sie mein Gewinn. Wenn nicht werde ich sterben...

Um mich dabei zu unterstützen überwindet sie ihre Angst und kümmert sich um mich.

Keine Ahnung, warum mich das so berührt, aber das tut es.

Als sie mit ihrer Aufgabe fertig ist, nimmt sie meine Fäuste in ihre kleinen Hände und sieht mir tief in die Augen.

„Ich habe keine Ahnung, warum du mir geholfen hast, aber ich bin dir sehr dankbar, Razzor.“

Bullshit!

Seit wann zur Hölle interessiere ich mich für die Dankbarkeit einer Frau?

Bis jetzt waren mir nur ihre Muschis, ihre Titten und ihre Lippen wichtig. Heute Nacht scheint sich das geändert zu haben. Die einzigen Frauen, die ich bis jetzt respektiert habe, waren die Old Ladys meines MCs, alle anderen waren einfach nur Bitches. Nicki ist die erste, die ich anders sehe.

Ihre Augen haben diesen besonderen Ausdruck, ihre Aura reizt mich.

Keine Ahnung, wo das mit uns noch hinführt, aber ich kann es kaum erwarten, es herauszufinden.

„Dankbarkeit ist ein Luxus, den du dir nicht leisten kannst, Baby.“

Sie sieht mich mit großen Augen an.

„Ach nein?“

Jetzt wirkt sie herausfordernd. Wieder eine neue Facette, die ich an ihr kennenlerne.

„Nein! Noch habe ich diesen Kampf nicht gewonnen. Wenn es scheiße läuft, bist du ganz genauso am Arsch wie ich.“

Eine ihrer perfekt gezupften Augenbrauen schießt in die Höhe.

„Du wirst nicht verlieren!“

„Ach, und woher willst du das wissen?“

„Ich bin mir sicher, dass du nicht sterben willst, oder, Rocker?“

Sie scheint langsam ihre Angst vor mir zu verlieren.
„Das Leben fragt uns nicht immer, was wir wollen, Baby."
Sie schnalzt mit der Zunge.
„Stimmt, Razzor! Und aus diesem Grund müssen wir es uns einfach nehmen!"
Das ist also die Lebensphilosophie der Kleinen? Interessant....
Mal sehen, wie sie das in der Praxis findet.
Ohne lang zu zögern, beuge ich mich zu ihr vor, ziehe sie in meine Arme und presse sie an mich.
Weich und warm schmiegt sich ihr Körper perfekt an den meinen, der Geruch von Rosen steigt mir in die Nase, berauscht meine Sinne.
Meine Lippen berühren die ihren, mit der Zungenspitze öffne ich ihren Mund, fordere Einlass.
Erst sanft, dann gnadenlos, nehme ich mir, was ich will, wühle mich durch ihre Mundhöhle, koste ihren Geschmack.
Zögerlich erwidert sie meine Invasion, ihre angespannte Muskulatur wird wieder etwas lockerer.
Knurrend streiche ich über ihren Rücken, umfasse die weichen Rundungen ihres Pos und reibe mich an ihr.
Heilige Scheiße!
Eigentlich sollte ich jetzt hochkonzentriert und fokussiert sein, doch stattdessen stehe ich hier und küsse ein Mädchen, das mich eigentlich nichts angeht.
Hart und dick presst sich mein Schwanz gegen den Stoff der Jogginghose, am liebsten würde ich sie jetzt packen, über die alte Couch beugen, die in der Ecke steht, und sie ficken.
Doch ich beherrsche mich, beende unseren Kuss abrupt und trete einen Schritt zurück. Blinzelnd öffnet Nicki ihre Augen, sie sieht mich verwundert an. Ihre Finger legen sich auf ihren Mund, so als wollte sie versuchen, das Gefühl des Kusses festzuhalten.
Schweigend sehen wir uns an, keiner von uns scheint zu verstehen, was sich gerade zwischen uns entwickelt.
Um ehrlich zu sein, passt dieses Mädchen so gar nicht in mein chaotisches Leben. Wenn es mir gelingt, diesen Kampf zu gewinnen, und davon gehe ich aus, werde ich sie ein Stück mitnehmen und in der nächsten größeren Stadt zurücklassen.
Ein lauter Gong durchbricht die Stille. „Ich muss jetzt los!".
Sie sieht mich besorgt an.
„Mike ist ein brutales Arschloch. Es wird nicht leicht für dich zu gewinnen. Er ist seit mehr als achtzehn Kämpfen ungeschlagen. Seine Stärke ist sein rechter Haken. Links ist seine Deckung am schwächsten, triff ihn dort und er wird zu Boden gehen."

Ich springe ein letztes Mal auf und ab, lockere meine Arme und lasse meinen Kopf von links nach rechts kreisen, so dass sich meine Nackenmuskulatur laut knacksend lockert.

„Ich werde es mir merken."

Mit geballten Fäusten verlasse ich die Kabine und mache mich auf den Weg Richtung Käfig. Nicki folgt mir, es fällt mir auf, dass ihre Hände zittern, sie hat Angst.

In der großen Halle des Fight Clubs ist die Hölle los.

Es sind gut einhundert Zuschauer anwesend, die meisten von ihnen sind Männer. Kaum dass sie mich erblicken, ertönen laute Schreie, Jubelrufe und Pfiffe. Die Buchmacher sind damit beschäftigt, die Wetteinsätze entgegenzunehmen - es herrscht das pure Chaos.

Der Geruch von Schweiß, Rauch und Alkohol liegt in der Luft.

Die leicht verrosteten Käfiggitter sind vom Blut der Vorgänger bespritzt.

In wenigen Minuten stehen wir uns Mann gegen Mann gegenüber. Es wird keine Regeln und keine Grenzen geben - Gnade wird nicht gewährt.

Nicki ist mir bis zum Käfigeingang gefolgt. Mike, der in meiner Welt nur als *The King* bekannt ist, steht bereits in seiner Ecke.

Er beobachtet uns.

Bevor ich den Käfig betrete, drehe ich mich ein letztes Mal zu Nicki um, umfasse ihr Kinn mit meiner Hand und zwinge sie so, ihren panischen Blick von ihrem Ex abzuwenden und mich anzusehen.

„Hör mir jetzt gut zu, Mädel. Wenn du merkst, dass ich verliere, sei so schlau und rette deinen Arsch. Lauf und komm nie wieder zurück. Dieser Wichser da", ich deute mit meinem Kopf auf Mike „kann es kaum erwarten, dich endlich wieder in den Händen zu halten. Ich kenne Typen wie ihn, er wird dich erst vergewaltigen und dann umbringen."

Sie erschaudert.

„Keine Sorge, ich weiß, was für ein Mann er ist."

Wir spüren beide Mikes Blick, er kocht vor Wut.

Ohne lange darüber nachzudenken, presse ich meine Lippen hart auf die ihren. Wenn es dumm läuft, ist das meine letzte Gelegenheit, eine Frau zu küssen und die werde ich mir nicht entgehen lassen.

Erst als ihr Geschmack meine Sinne flutet, löse ich mich von ihr, betrete den Käfig und stelle mich in die Ecke, die meinem Gegner diagonal gegenüberliegt.

Die Angestellten des Clubs verschließen den Käfig von außen mit einer dicken Eisenkette. Jetzt gibt es kein Entkommen mehr.

Ich spüre regelrecht, wie mein Körper Unmengen von Adrenalin, Noradrenalin und Cortisol ausschüttet.

Mein Körper bereitet sich auf den anstehenden Kampf vor.

Das Adrenalin weitet die Atemwege, dadurch kann ich mehr Sauerstoff aufnehmen. Meine Atmung beschleunigt sich, mein Herzschlag wird schneller und der Blutdruck steigt, so dass mehr Blut durch meinen Körper gepumpt werden kann.

Meine Muskulatur wird dadurch angeregt kraftvoller zu arbeiten.

Das ebenfalls aus der Nebenniere ausgeschüttete Noradrenalin sorgt für den inneren Antrieb und einen klaren Kopf. Es unterstützt die Entstehung meiner Angst und sorgt so für eine erhöhte Aufmerksamkeit und Denkfähigkeit.

Das Cortisol stellt genügend Glukose bereit, damit mein Körper einen wahren Energieschub bekommt.

Ich bin bereit und es kann endlich losgehen!

Tief durchatmend konzentriere ich mich auf meinen Kontrahenten. Studiere seine Körperhaltung, erinnere mich an Nickis Worte und tänzle, um warm zu bleiben, auf der Stelle. Kurz bevor der Gong ertönt, der den Beginn des Kampfes ankündigt, fixiere ich Mikes Blick.

Endlich ist der Augenblick gekommen, auf den ich so viele Tage gewartet habe. Was gibt es Besseres als einen guten Kampf?

Mann gegen Mann, keine Waffen, keine Hilfen.

Alles, was wir haben sind unsere Muskelkraft, unsere Ausdauer und unser Überlebenswille.

Die Schreie um uns herum schwellen an, erreichen einen neuen Höhepunkt. Die Menge wird unruhig, sie will endlich Blut sehen. Nutten versuchen solvente Freier zu finden. Dealer verteilen ihren Stoff und die Buchmacher grinsen zufrieden.

Ein ganz normaler Abend in der Welt, in der ich lebe....

Aus den Lautsprechern ertönt eine dunkle, leicht verzerrte Stimme. Der Moderator stellt uns vor und wünscht uns beiden viel Glück.

Ich hasse dieses ganze Tamtam, diesen Wirbel und die Show. Mir wäre es am liebsten, wenn es endlich losgehen würde.

„....let's get ready to rumble!“

Ein letztes Mal sehe ich zu Nicki, ehe ich mich nur noch auf eine Sache konzentriere, aufs Gewinnen.

4. Kapitel

Nicki

In den vergangenen Wochen habe ich bei so vielen Kämpfen zugesehen, dass ich sie gar nicht mehr alle aufzählen kann.

Am Anfang war ich noch besorgt um Mike, zum Schluss hin habe ich gehofft, dass er endlich einen Gegner findet, der ihn ins Jenseits schickt.

Heute Nacht ist alles anders. Heute bange ich mit.

Mein Herz donnert so heftig gegen meine Rippen, dass ich das Gefühl habe, dass es mir gleich aus dem Brustkorb springt. Meine Atmung kommt gepresst, meine Handflächen sind verschwitzt.

Die ersten Runden haben sich Mike und Razzor nur abgecheckt. Sie haben ausgetestet, welche Schwachstellen und welche Stärken der andere hat.

Sie haben sich wie zwei wütende Löwen umkreist.

Jetzt in der dritten Runde sieht das schon ganz anders aus.

Mike hat Razzor einen so harten Schlag in die Rippen verpasst, dass der daraufhin ins Straucheln geraten ist. Ungebremst ist er mit dem Rücken gegen die Gitterstäbe geknallt. Ein paar Herzschläge lang dachte ich wirklich, das wär's gewesen, Mike sei es wieder gelungen zu gewinnen. Doch ich habe Razzor unterschätzt. Dieser Rocker ist ein Kämpfer, er hat den Schmerz weggesteckt und einen Punch auf Mikes Nieren platziert.

Immer und immer wieder hat er dessen linke Seite bearbeitet, so dass Mike beinahe in die Knie gegangen ist.

Razzor ist groß und muskulös und dennoch ist er unglaublich schnell und hat eine ausgezeichnete Beinarbeit. Jetzt gerade verpasst er Mike mehrere Tritte in den Rücken und einen harten Sidekick in die rechte Kniekehle.

Dieser geht mit einem lauten Schrei zu Boden und dreht sich reflexartig auf den Rücken, um weitere Angriffe abzuwehren.

Dank der Schweißschicht, die sich gebildet hat, glänzt auf Razzors breitem Rücken das XXL-Tattoo eines Totenkopfs, der von Flügeln eingerahmt wird, im Licht der Scheinwerfer. Ein Dolch spießt den Schädel auf, aus dem kleine Flammen züngeln.

Darunter steht in großen dicken Lettern der Name seines Motorcycle Clubs geschrieben – DEAD RIDERS.

Auf seiner Brust befindet sich ebenfalls ein Totenkopf, doch der sieht anders aus.

Dieser ist ebenfalls von Federn umgeben, doch die wirken graziler, eher wie die eines Adlers.

In meinem Leben habe ich schon verdammt viele Männeroberkörper gesehen, aber keiner war so beeindruckend wie der von Razzor.
Seine Tattoos sind wunderschön, sie spiegeln den Mann wieder, der sie voller Stolz trägt.
Mike kommt mit einem eleganten Sprung wieder auf die Beine, bückt sich unter Razzors Schlag hindurch und verpasst ihm einen harten Tritt gegen den Hinterkopf.
Ein lautes Raunen geht durch die Zuschauer. Razzor stolpert gegen den Käfig, schüttelt den Kopf und dreht sich sofort wieder zu Mike um.
Beide sind Killer, beide wollen gewinnen und dennoch kann es nur einen Überlebenden geben.
Verdammt...
In meinem Leben war ich schon vieles, aber nie ein Wetteinsatz.
Was passiert, wenn Razzor wirklich gewinnt?
Wird er erwarten, dass ich mit ihm ficke?
Um ehrlich zu sein, erregt mich die Vorstellung genauso sehr, wie sich mich ängstigt.
Die dritte Runde ist vorbei, doch die Kämpfer gehen nicht auseinander. Laute Schreie werden laut. Der Mann neben mir brüllt Razzor laut zu, dass er Mike den Kopf abreißen soll.
Immer fester - immer schneller - immer gnadenloser.
Es wird nicht mehr lange dauern, bis der Gewinner feststeht.
Mike gelingt es, Razzor in den Schwitzkasten zu nehmen, doch der schlägt ihm mit seinem Ellenbogen in die Rippen.
Mikes Arme lösen sich sofort vom Hals des Rockers, seiner Reaktion nach muss mindestens eine Rippe gebrochen sein.
Knochenbrüche sind nichts Ungewöhnliches, sie gehören nun mal dazu.
Razzor nutzt Mikes nicht vorhandene Deckung und verpasst ihm zwei schnelle, harte Schläge gegen die Schläfe.
Blut spritzt über den nackten Betonboden und benetzt Razzors Gesicht. Mikes Augenbraue ist aufgeplatzt, sein Auge schwillt mit einer erschreckenden Geschwindigkeit zu.
Anstatt Ermüdungserscheinungen zu zeigen, scheint Razzor erst jetzt zur Bestform aufzulaufen.
Yang, der nicht weit entfernt von mir steht, sieht entsetzt zu, wie Mike immer mehr Schläge einstecken muss.
Hoffnung breitet sich in mir aus. Ist es tatsächlich möglich, dass dieser Dead Rider den Kampf gewinnt?
Ich bin so auf die beiden mit Blut verschmierten Männer konzentriert, dass ich erst gar nicht bemerke, dass sich zwei weitere Rocker neben mir befinden. Als ich sie entdecke, zucke ich erschrocken zurück.

Der Mann neben mir trägt die gleiche Lederkutte wie Razzor. An dem großen Patch auf der Rückseite, das genauso aussieht wie die Tätowierung auf Razzors Rücken, sehe ich, dass die beiden ebenfalls Dead Riders sind. Auf dem Glatzkopf des Größeren prangt ein gigantischer schwarzer Skorpion. Der andere ist alt, ich schätze ihn auf Ende Fünfzig, Anfang Sechzig und dennoch strahlt er dieselbe Kraft und Gefahr aus wie Razzor und der Skorpionmann.

Mike, der gerade versucht hat, Razzor zu treten, kassiert einen Handkantenschlag in den Nacken.

„Yeah, Razzor! Zeig dem Hurensohn, dass niemand gegen einen Rider gewinnen kann!"

Sein Schrei ist so laut, dass sogar Razzor ihn hören kann. Der dreht sich um und sieht die beiden Neuankömmlinge erstaunt an.

Seine Mimik zeigt kurz den Ausdruck des Erstaunens, ehe er nur amüsiert den Kopf schüttelt.

„Kill ihn und komm her, wir haben etwas zu besprechen!"

Die Rocker tun so, als ob das alles ein Spiel und nicht ein Kampf auf Leben und Tod ist.

Razzor hingegen zuckt nur kurz mit den Schultern, zwinkert mir zu und geht auf Mike los. Der hat sich noch immer nicht von dem Schlag in den Nacken erholt.

Razzor packt ihn am Hals, so wie er es eine Stunde zuvor schon mit Yang gemacht hat und schleudert ihn wie eine Puppe auf den Boden. Mike prallt mit dem Kopf auf den Beton, aus seiner Kehle kommt ein lautes Gurgeln.

Razzor kniet sich neben ihm hin, beugt sich zu ihm runter und flüstert ihm etwas ins Ohr, ehe er Mikes Kopf in beide Hände nimmt und ihm ohne zu zögern das Genick bricht.

Die Menge jubelt, klatscht und pfeift, während Razzor vor der Käfigtüre darauf wartet, dass die schwere Kette entfernt wird.

Kaum dass die Türe sich geöffnet hat, gehen die beiden Rocker auf ihren Bruder zu und klopfen ihm anerkennend auf die Schulter.

Der Mann mit dem Skorpions-Tattoo auf dem Schädel wirft einen Blick auf Mikes reglosen Körper, ehe er Razzor ansieht.

„Um diese Pussy zu töten hast du ganze vier Runden gebraucht? Du warst auch schon mal besser in Form."

Razzors Antwort kommt prompt.

„Fick dich, Skorpion und sag mir lieber, was ihr beide hier zu suchen habt."

Anscheinend hat er nicht mit dem Auftauchen der beiden gerechnet.

„Sei lieber froh, dass wir da sind. Wir haben auf dem Parkplatz draußen ein Schlitzauge dabei erwischt, wie er sich mit deinem Bike verpissen wollte."

Automatisch sehe ich zu der Stelle, an der Yang den Kampf beobachtet hatte. Er ist weg.

„Habt ihr ihn erledigt?"

Der Ältere grinst, spuckt auf den Boden und zündet sich eine Kippe an, ehe er Razzors Frage beantwortet.

„Aye, was denkst du denn?"

„Danke, Tick."

„Immer wieder gerne, Bruder."

Aus den Lautsprechern tönt erneut die Stimme des Ansagers. Er verkündet mit etwas Verspätung, und wenn man bedenkt, dass Mike tot für jeden gut sichtbar im Käfig liegt, auch völlig unnötig, dass Razzor der Sieger ist.

Skorpion sieht mich prüfend an, ehe er fragend seine Augenbrauen hochzieht.

Razzor lacht laut auf, kommt auf mich zu und legt mir seinen Arm um die Taille.

„Mein Gewinn, sie war der Wetteinsatz des toten Arschlochs."

Die Augen des Älteren gleiten über meinen Körper, dann leckt er sich über die Lippen.

Razzors völlig verschwitzter Körper verströmt den Geruch von Blut, Mann und Testosteron.

Flankiert von seinen Brüdern bahnen wir uns einen Weg durch die Menschenmenge. Viele versuchen ihn zu berühren, rufen seinen Namen oder stellen sich uns mit Absicht in den Weg. Die Rocker machen kurzen Prozess mit jedem, der uns keinen Platz macht.

Endlich in seiner Kabine angekommen, lasse ich mich erleichtert auf die Couch fallen. Meine Knie zittern und mein Kreislauf scheint sich gerade zu verabschieden. Die Spannung und die Aufregung waren wohl zu viel. Ich kann mich nicht daran erinnern, wann ich das letzte Mal etwas gegessen habe. Razzor schnappt sich ein herumliegendes Shirt und wischt sich damit den Schweiß aus den Augen.

Tick und Skorpion setzen sich auf die Plastikstühle, beide zünden sich eine Zigarette an.

„Gibt es einen besonderen Grund für euer Auftauchen? Oder seid ihr geschäftlich in Junction City?"

„Wir sind gekommen, um dich zurückzuholen. Der Club braucht dich."

Skorpions Worte scheinen Razzor zu überraschen.

„Was ist los? Gibt es Ärger?"

Tick lacht laut auf.

„Wann gibt es denn mal keinen Ärger?“
Skorpion sieht kurz zu mir.
Razzor beantwortet seine unausgesprochene Frage.
„Ihr könnt offen reden, die Kleine gehört zu mir.“
Täusche ich mich, oder überrascht Razzors Antwort die beiden?
„Vergiss es, das sind Clubangelegenheiten, die sind nur für deine Ohren bestimmt.“
Skorpions Stimme klingt unnachgiebig.
Razzor fährt sich mit der Hand über die Stirn, er sieht zu mir und winkt mich mit einer Handbewegung zu sich.
Kaum dass ich vor ihm stehe, drückt er mir 100 Dollar in die Hand.
„Sei so gut und hol uns allen was zu trinken.“
Auch wenn ich erschöpft bin, ist das das Mindeste, was ich für ihn tun kann.
„Irgendetwas Bestimmtes?“
Er schüttelt den Kopf.
„Nein, Hauptsache kalt, am besten gefroren.“
Ich nicke und verlasse die Kabine, so dass sich die drei Männer ungestört unterhalten können.
Das Auftauchen der beiden anderen Riders hat mir gezeigt, dass Razzor ein Leben und Freunde hat. Er ist nicht wie ich völlig ohne Wurzeln.
Nachdenklich sehe ich die 100 Dollar in meiner Hand an.
So erbärmlich das auch sein mag, aber dieses Geld bietet mir eine einmalige Chance, um von hier wegzukommen.
In Mikes Kabine stehen noch meine Tasche und mein Rucksack, aber da sind auch nur Klamotten drinnen. Ich besitze keinen Dollar, das Geld hatte immer nur Mike. So wie ich Yang kenne, hat er sich alles unter den Nagel gerissen, bevor er versucht hat, Razzors Motorrad zu klauen.
Es wäre so leicht, meine Sachen zu holen und mit dem Geld zu verschwinden.
100 Dollar sind zwar nicht die Welt, aber besser als nichts.
Nervös kaue ich auf meiner Unterlippe herum.
Verflixt noch mal...
Ich kenne Razzor gerade mal zwei Stunden und dennoch bin ich ihm etwas schuldig. Er hat mich vor Yang beschützt und Mike getötet. So verführerisch es auch ist, aber ich werde ihn nicht bestehlen ...
Fluchend gehe ich an die Bar, die sich im vorderen Bereich des Clubs befindet und bestelle vier große Cola, ein paar Flaschen Bier und organisiere eine Tüte voller Eiswürfel.

Dank der horrend teuren Preise hier, sind damit die 100 Dollar fast aufgebraucht. Mit den 34 Dollar Rückgeld mache ich mich auf den Weg zurück zu den Rockern.

Als ich den Raum betrete, stelle ich sofort fest, dass sich die Stimmung verändert hat.

Irgendetwas muss während meiner Abwesenheit passiert sein.

Unsicher bleibe ich stehen und sehe Razzor an.

„Komm rein, Nicki."

Er kommt auf mich zu und nimmt mir die Flaschen ab.

Skorpion und Tick wirken angespannt.

Nachdem er seinen Brüdern ein Bier gereicht hat, lässt er mir die Wahl zwischen Cola und Bier. Ich entscheide mich für die Cola.

Er gönnt sich einen großen Schluck aus der Flasche, dann lehnt er sich entspannt an die Wand. Während ich Getränke geholt habe, hat er sich die Bandagen von den Fingern gewickelt. Seine Knöchel sind dennoch extrem gerötet, was für die unglaubliche Kraft spricht, mit der er zugeschlagen hat.

„Ich werde heute Nacht nicht zurück nach Tacoma fahren und morgen auch nicht."

Seine Worte scheinen die Antwort auf eine Frage zu sein, die ich verpasst habe.

„Wann dann?"

Skorpion lässt nicht locker.

„Ich werde pünktlich zur Lieferung da sein, mehr müsst ihr nicht wissen!"

Tick schnaubt wütend. Er schmeißt die Bierflasche gegen die Wand, steht auf und verlässt die Kabine.

Skorpion sieht Razzor einen Moment lang nachdenklich an, ehe er sein Bier auf den Boden stellt, den Kopf schüttelt und ebenfalls den Raum verlässt.

Kurz bevor er aus unserem Blickfeld verschwindet, dreht er sich noch ein letztes Mal zu uns um.

„Dein Bike haben wir, nachdem wir es dem Chinesen abgenommen hatten, vor dem Club geparkt. Der Schlüssel liegt unter dem linken Vorderreifen!"

Nach diesen Worten wendet er sich ab und verschwindet.

Seufzend setzt sich Razzor auf den Stuhl, auf dem eben noch der Mann mit dem Skorpion auf dem Kopf gesessen hat.

„Fuck!"

Ein Wort, das alles ausdrückt, was er gerade empfindet.

Ich kann ihn sehr gut verstehen.

Ich weiß zwar nicht, worum es geht, aber es ist nicht immer leicht, es allen recht zu machen.

Da ich unsicher bin, was ich sagen soll, bleibe ich still und genehmige mir einen Schluck der völlig überteuerten, aber genial kalten Coca Cola.

Je länger Razzor schweigt, umso nervöser werde ich.

Über was zur Hölle haben sich die drei in der kurzen Zeit so in die Haare gekriegt?

Nachdenklich fummle ich an der Banderole der Flasche herum und reiße kleine Fitzelchen ab.

Auf einmal spüre ich Razzors Blick auf meinem Gesicht ruhen. Ich hebe den Kopf und sehe ihn direkt an.

Seine karamellbraunen Augen funkeln. Auch wenn ich sie aus der Entfernung nicht erkennen kann, weiß ich, dass die schwarzen Sprenkel in seiner Iris seine Augen zu etwas Besonderem machen.

„Ihr könntet unterschiedlicher nicht sein und dennoch schaffst du es, dass ich in deiner Nähe nicht an sie denken muss. Und das gleicht einem Wunder, denn in den letzten Wochen habe ich einfach immer an sie gedacht."

Fragend sehe ich ihn an. Als er mir nicht antwortet, sondern mich nur melancholisch ansieht, stehe ich auf und gehe auf ihn zu.

„Von wem sprichst du, Razzor?"

Noch immer kann ich vereinzelte Blutspritzer auf seiner Haut entdecken, der Geruch, den er ausströmt, turnt mich unheimlich an.

Dieser Rocker ist ein verdammt attraktiver Mann....

Seine Art zu kämpfen hat mir viel über ihn verraten.

Razzor war weder besonders grausam, noch hat er sich Zeit gelassen.

Es war schnell, effizient und zielorientiert.

Mike wäre nicht so gnädig gewesen, Razzor einen schnellen Tod zu gewähren, er war dafür bekannt, das Leid seiner Opfer zu genießen und es ins Endlose hinauszuzögern.

Unsere Blicke sind noch immer miteinander verwoben, mein Herz beginnt zu rasen. Langsam stellt er sein Bier ab und streckt seine Arme nach mir aus. Ich zögere kurz, doch dann lasse ich mich von ihm auf seinen Schoß ziehen.

Die harten Muskeln seiner Oberschenkel zucken leicht unter meinem Po, sein warmer Atem streift mein Gesicht.

Die Sekunden vergehen, wir sehen uns an und ich bleibe einfach so sitzen. Mehr scheint er in diesem Augenblick nicht zu brauchen.

Mir ist klar, dass ich noch immer keine Antwort auf meine Frage bekommen habe, aber das macht nichts. Wenn er soweit ist, wird er sie mir geben.

Alles, was ich weiß ist, dass es irgendwo auf diesem Planeten eine Frau gibt, die in Razzors Kopf rumspukt.

Wenn er sie so sehr will, warum ist er dann nicht bei ihr, sondern in diesem verschissenen Drecksloch von einem Fight Club und riskiert für wildfremde Mädchen sein Leben?

Meine Neugierde verbrennt mich innerlich, doch ich halte meine Klappe und sehe ihn einfach nur an, inhaliere seinen männlichen Geruch und frage mich, was jetzt wohl passieren wird.

5. Kapitel

Razzor

Wer hätte gedacht, dass es sich so gut anfühlen kann, ein schönes Mädchen einfach nur bei sich zu haben.

Nicki scheint zu verstehen, dass ich jetzt nicht reden will, denn sie sieht mich aus ihren wunderschönen, großen Augen einfach nur an. Mit ihrem Ringfinger zeichnet sie die Konturen meiner Tätowierungen nach. Diese unschuldige Berührung reicht aus, um mich zutiefst zu erregen.

Keine Ahnung, wie sie es anstellt, aber bis zu dem Augenblick in dem Skorpion Amy erwähnt hat, musste ich seit meiner Begegnung mit Nicki nicht mehr an sie denken.

Ace, der verfluchte Glückspilz, hat sie tatsächlich geschwängert.

Dieses Wissen sollte mir eigentlich das Herz brechen, doch das tut es nicht.

Natürlich spüre ich eine gewisse Bitterkeit in meiner Kehle, aber mit der kann ich leben.

Kann es sein, dass ich langsam über die Frau meines Präsidenten hinwegkomme?

Das wird sich wohl erst zeigen, wenn ich ihr das erste Mal seit meiner Abreise wieder gegenüberstehe.

Was ich vorhin zu Nicki gesagt habe, war mein Ernst. Auch wenn ich sie kaum kenne, fasziniert sie mich. Vielleicht sollte ich sie eine Weile behalten, meinen Spaß mit ihr haben und sie immer und immer wieder ficken.

Aber auch wenn sie Mikes Wetteinsatz war und ich sie gewonnen habe, gehört sie noch lange nicht mir. Theoretisch gesehen zumindest. Praktisch gesehen sieht die Sache anders aus. Immerhin sitzt sie jetzt hier auf meinen Beinen, berührt mich zärtlich und erkundet Zentimeter für Zentimeter meinen Körper.

Dick und hart presst sich mein Schwanz durch den Stoff der Hose gegen ihren runden Po.

Es wäre so leicht, sie jetzt zu packen und mich bis zum Anschlag in ihr zu versenken. Alleine bei dem Gedanken daran, in ihren geschmeidigen Körper einzudringen, läuft mir das Wasser im Mund zusammen.

Wenn die Sache zwischen uns anders stehen würde, wenn sie einfach nur irgendeine Bitch wäre, würde ich jetzt meinem Verlangen nachgeben.

Das Problem an der Sache ist nur, dass ich tief in meinem Inneren spüre, dass sie keine unbedeutende Schlampe ist. Sie ist ein gutes

Mädchen und sie hat etwas Besseres verdient. Wenn ich sie mir das erste Mal nehme, dann nicht mit dem Blut ihres Exfreunds auf der Haut.

Die Zeit vergeht, meine Gier nach ihr steigert sich ins Unermessliche.

Hungrig vergrabe ich meine Hände in ihren Haaren, ziehe ihren Kopf zu mir heran und tackere meine Lippen auf ihre.

Süß, weich und willig gibt sie sich mir hin, erwidert mein gieriges Zungenspiel. Mein linker Arm legt sich um ihre Taille, ich presse sie fester auf meinen schmerzenden Schwanz.

Erst als wir beide völlig atemlos sind, gebe ich ihre Lippen wieder frei.

„Lass uns von hier verschwinden, Baby. Ich brauche erst eine Dusche und dann deinen Körper!"

Sie leckt sich die Lippen, meine Eier ziehen sich verlangend zusammen. Wie es sich wohl anfühlt, wenn sie an ihnen lutscht?

„Und wohin?"

„Ich habe ein Zimmer in einem Motel nicht weit von hier."

Ich stehe auf, halte sie weiterhin in meinen Armen und schiebe ihr meine Zunge erneut in den Mund. Hart und tief versuche ich meinen Hunger zu stillen, doch anstatt weniger zu werden, wird er immer stärker.

Widerwillig stelle ich sie ab, ziehe mich fertig an und sammle meine Sachen zusammen.

Erst als ich fertig gepackt habe, erlaube ich mir, sie wieder anzusehen.

„Wo ist dein Kram?"

Sie stellt die leere Colaflasche ab und steht von der Couch auf.

„In Mikes Kabine."

„Hol du deine Sachen, ich kassiere meine Siegprämie. Wir treffen uns vor dem Eingang. Ich warte dort auf dich!"

Sie nickt schnell und macht sich auf den Weg.

Ich erlaube mir einen letzten Blick auf ihren prallen Arsch, fasse mir in den Schritt und richte meinen Ständer so, dass es nicht schmerzt beim Laufen.

Je schneller wir von hier verschwinden, umso schneller stecke ich in ihr...

Ich lehne, mit einem dicken Bündel Dollarscheine in der Innentasche meiner Kutte, an meiner Harley und warte auf Nicki.

Gerade als ich unruhig werde und mich auf die Suche nach ihr machen will, sehe ich, wie sie aus dem Club kommt. In der Halle ist bereits der nächste Kampf in vollem Gange, was bedeutet, dass noch immer die Hölle los ist.

Sie trägt einen Rucksack bei sich, der meinem ziemlich ähnlich sieht.

Kaum dass sie einen Schritt auf den Parkplatz gemacht hat, stellt sich ihr ein Typ in den Weg.

Er wankt leicht, während er seine Hand nach ihr ausstreckt und sie am Shirt packt.

Noch bevor er sie mit sich ziehen kann, stehe ich auch schon hinter ihm und verpasse ihm einen harten Schlag zwischen die Schulterblätter.

Sofort lässt er Nicki los und dreht sich zu mir um. An seiner Körperhaltung erkenne ich, dass er kampfbereit ist, doch das stört mich nicht im Geringsten. Dieser Wichser ist kein wirklicher Gegner für mich.

„Wenn du sie noch einmal anfasst, breche ich dir sämtliche Knochen!“

Langsam scheint der Idiot zu begreifen, mit wem er es zu tun hat. Abwehrend hebt er seine Hände, so dass seine Handflächen in meine Richtung zeigen und tritt rückwärts die Flucht an.

„Feiges Arschloch!“

Dass Frauen hier belästigt werden ist nichts Ungewöhnliches, so ist es nun mal. Was mich aber verwundert ist die Tatsache, dass mir die Vorstellung, ein anderer Mann könnte Nicki berühren oder gar ficken, so dermaßen gegen den Strich geht.

Sie ist eine verdammt scharfe Braut, doch ich kenne sie gerade mal einen Wimpernschlag lang und sie gehört mir nicht.

Warum zur Hölle will ich sie dann unbedingt für mich?

Meine heftige Reaktion liegt bestimmt daran, dass meine Hormone vom Kampf noch immer aufgeputscht sind.

Es dauert, bis sich das Adrenalin in meinen Venen abgebaut hat.

Sobald das passiert ist, werde ich mit Sicherheit wieder klarer denken können.

Fluchend packe ich mir das Mädchen, das ich so dringend ficken will und führe es zu meinem Bike.

„Ich hätte mir ja denken können, dass dich mir ein anderer wegschnappen will.“

Sie sieht mich amüsiert an, ein leises Lachen löst sich aus ihrer Kehle.

Ohne unnötig Zeit zu verlieren, setze ich ihr meinen Helm auf, stelle den Riemen passend ein und lasse den Verschluss einrasten.

„Lass uns von hier verschwinden, Baby.“

Ich setze mich auf mein Bike und warte. bis sie hinter mir aufgestiegen ist, ehe ich den Motor starte.

Wenige Minuten später befinden wir uns auf der Interstate und rasen durch die Nacht.

Die kalte Nachtluft reinigt meine Gedanken solange bis ich mich endlich etwas entspanne.

In den vergangenen Stunden ist viel passiert. Ich habe mein Leben riskiert und gewonnen. Das Mädchen, dessen Arme sich fest um meine Mitte schlingen, ist ein Wink des Schicksals.

Es fühlt sich verdammt gut an, sie hinter mir auf dem Bock zu haben.

In ihrer Nähe fühle ich mich gut und ruhig. Vielleicht sollte ich mir überlegen, ob ich meinen sexy Wetteinsatz noch etwas länger behalten will.

Die Tatsache, dass sie ohne lange zu zögern mit mir mitfährt, zeigt mir, dass sie kein Zuhause hat, in das sie zurückkehren kann.

Der Deal, der mir vorschwebt, wäre eine Win-Win-Situation für uns beide.

Bevor ich ihn ihr allerdings vorschlage, brauche ich eine heiße Dusche, stundenlangen Sex und einen Happen zu essen.

Das Motel mit dem nichtssagenden Namen ‚Motel 6' befindet sich am Ende der Straße.

Ich parke meine Maschine, stelle den Motor ab und warte bis Nicki abgestiegen ist.

Nachdem ich ihr den Helm ausgezogen habe, klemme ich ihn mir unter den Arm und führe sie zu meinem Zimmer. Dort lege ich den Helm und meine Sachen auf den Schreibtisch, setze mich auf den Stuhl und ziehe mir dir schweren Stiefel aus.

Je mehr sich das Adrenalin abbaut, umso deutlicher spüre ich die Nachwehen des Kampfes. Meine Hände schmerzen, jeder noch so kleine Muskel ist hart und verspannt.

Fluchend steige ich aus der Hose, ziehe mir die Kutte und das Shirt aus und werfe alles zusammen auf den Boden.

Nicki hingegen steht noch immer neben der Türe. Sie scheint sich ihrer Sache noch nicht so ganz sicher zu sein.

Ich überwinde die Distanz zwischen uns, streiche ihr mit dem Handrücken sanft über die Wange und sehe ihr tief in die Augen.

„Entspann dich, Baby!"

Sie saugt ihre Unterlippe zwischen die Zähne und sieht mir kurz in die Augen, bevor ihr Blick an meinem Körper nach unten wandert. Sie verweilt eine Sekunde an meinem Brustkorb ehe sie ihre visuelle Reise fortsetzt.

Dank ihrer Nähe schwillt mein Schwanz erneut an, wird hart und reckt sich in ihre Richtung.

Ihre Atmung verändert sich, kommt schneller.

Ich sehe, wie sie hart schluckt, ehe sie mir wieder in die Augen sieht.

„Wenn du mich weiter so ansiehst, ficke ich dich sofort!"

Reglos steht sie vor mir, ihr köstlicher Geruch kitzelt mich in der Nase, meine Selbstbeherrschung löst sich in Luft auf.

Ohne weiter darüber nachzudenken packe ich sie mir, ziehe ihren weichen Körper zu mir heran und küsse sie stürmisch.

Verdammte Scheiße, ich bin ein Dead Rider, wir zögern nicht lange, wir fragen nicht, wir nehmen uns, was wir wollen.

Und in diesem Augenblick will ich nichts dringender als dieses Mädchen. Knurrend schiebe ich meine Zunge tiefer in ihren Mund und sauge mich an ihr fest.

Leckend – beißend- tabulos.

Mein Schwanz wird immer härter, wenn ich sie nicht bald nehme, verliere ich noch den Verstand.

Ungeduldig vergrabe ich meine Finger in ihren Haaren, öffne mit der anderen Hand den Knopf ihrer Hose und schiebe sie samt String nach unten. Erforschend streiche ich über die weiche Haut an ihrem Arsch, lasse meine Fingerspitzen durch ihren feuchten Spalt gleiten und spüre die cremige Nässe ihrer Erregung.

Bei allen Dämonen.....

Nicki keucht, stöhnt und jammert. Ich quäle sie weiter, kreise um ihre Klitoris und wühle mich durch ihre zuckende Pussy.

Nickis instinktive Reaktion auf meine Berührungen macht es mir nicht gerade leicht, die ganze Sache langsam anzugehen.

Holy Fuck! Diese Frau ist einfach zu perfekt...

Der köstliche Geruch ihrer Erregung, gepaart mit ihrer Hingabe und der Bereitschaft, sich mir auszuliefern, bringt mein Blut zum Kochen.

Sie reibt sich stöhnend an mir, fordert mehr.

Ich hebe sie hoch, trage sie zu dem Schreibtisch und beuge sie über die Holzplatte.

Nass und geschwollen wartet ihre Pussy darauf. von mir gebumst zu werden.

Die zarten, rosafarbenen Falten verschlingen meine Finger, saugen sie tief in sich.

Doch das alles reicht mir noch nicht- ich will mehr, ich will alles!

Verdammt!

Ich will ihr festes Fleisch unter meiner Handfläche spüren und beobachten wie sich ihre zarte Haut dank meiner Schläge rot färbt.

Wenn sie sich wirklich auf den Deal einlässt, den ich ihr vorschlagen will, wird sie lernen müssen, mit dem Schmerz, den ich ihr schenke, umzugehen.

Gekonnt zupfe ich an ihrem Kitzler, dringe mit zwei Fingern tief in sie ein und reize ihren G-Punkt.

Nickis lustvoller Schrei erfüllt das Motelzimmer.

Langsam lasse ich meinen Finger durch den Spalt ihres Pos, bis zu ihrer Rosette gleiten. Ich spüre wie sie sich instinktiv verspannt, ihre Beine jedoch weiterhin weit gespreizt lässt

Braves Mädchen....

Dank der Nässe ihrer Muschi, die meine Finger befeuchtet, kann ich ohne Probleme mit meinem Daumen in ihren Po eindringen.

Wimmernd presst sie sich meinem Finger entgegen.

Sie erschaudert heftig, ihre Finger krallen sich immer fester um die Tischkante.

Immer und immer wieder ficke ich sie mit meinem Finger. Zitternd und keuchend genießt sie das lustvolle Spiel.

Fest entschlossen mir alles zu nehmen, dringe ich zusätzlich mit drei Fingern in ihre zuckende Möse ein.

Eng und pumpend umfängt mich ihr weicher Körper.

Als ich bemerke, dass ihre Knie nachgeben, stütze ich sie, indem ich sie noch fester auf den Tisch presse. Ihr wunderschönes Gesicht liegt nun auf dem abgewetzten Holz – ihr Mund ist zu einem Schrei geöffnet.

Sie ist so fucking eng, dass ich es kaum erwarten kann, meinen Schwanz tief in sie zu schieben.

Ihre immer lauter werdenden Schreie verwandeln sich in ein hilfloses Stöhnen.

Zuckend zurren sich ihre Scheideninnenwände um meine Finger zusammen, sie steht kurz vor dem Orgasmus.

Jetzt ist sie endlich soweit....

Langsam entziehe ich Nicki meine Finger, was sie frustriert aufstöhnen lässt, packe mit meiner linken Hand ihre Haare und wickle sie mir um die Faust.

Knurrend lasse ich meine Augen über ihre tropfende Pussy gleiten, streiche mit meiner rechten Hand über ihren Hintern und hole zum ersten Schlag aus. Auch wenn es mir verdammt schwerfällt, beherrsche ich mich und schlage nur leicht zu, gebe ihr so die Chance, sich an diese neue Situation zu gewöhnen.

Kaum dass meine Hand klatschend auf ihre Rückseite trifft, schreit sie erschrocken auf. Mein Handabdruck zeichnet sich deutlich auf ihrer weißen Haut ab.

Nicki ist eine faszinierende Frau. Es reicht mir nicht, nur ihre Lust für mich zu fordern, ich will auch ihre Unterwerfung, ihren Schmerz und ihre Hingabe.

6. Kapitel

Nicki

Ich schreie, eine einzelne Träne rinnt mir über die Wange.

Doch ich weine nicht wegen des Schmerzes, den kann ich aushalten, sondern wegen der unbeschreiblichen Intensität dieses Augenblicks.

Mein Nervenzentrum ist mit all den Empfindungen überfordert.

„Lass dich fallen, Baby, ich fange dich auf."

Razzors eindringlicher Blick ruht auf meinem Gesicht, seine Augen sind dunkel, beinahe schwarz.

Er sieht aus wie ein Dämon. Dieser Rocker ist der Inbegriff von Dominanz und Kraft.

Tief durchatmend nehme ich den leichten Schmerz an und konzentriere mich nur auf den Mann hinter mir.

Razzor umfasst meine Handgelenke und drückt sie mir auf den Rücken. Ich bin ihm wehrlos ausgeliefert.

Was für eine unwirkliche Situation.

Ich stehe mit weit gespreizten Beinen vor einem Dead Rider, den ich kaum kenne und der in einem Kampf auf Leben und Tod meinen Ex getötet hat.

Zwischen meinen Beinen pocht es sehnsüchtig, während mir besagter Rocker das erste Spanking meines Lebens verpasst.

Und ich? Was tue ich?

Ich kann es kaum erwarten endlich von ihm genommen zu werden.

Jede Zelle meines Körpers glüht und prickelt. Seine Schläge prasseln in einem schnellen Rhythmus auf mich nieder.

Mit jedem Mal, wo seine Hand auf meinen Po trifft, wird der Schmerz stärker.

Ich spüre den Nachhall der Schläge bis tief in meine Möse. Diese unglaubliche Intensität bringt mich an den Rand des Erträglichen.

Ein letztes Mal trifft seine Hand mit einem lauten Klatschen auf meine Kehrseite. Er verreibt den Schmerz, massiert ihn regelrecht ein.

Alleine dieses Gefühl hätte mich beinahe kommen lassen.

Plötzlich spüre ich seine Wärme an meinem Rücken, seine Hände stützen sich neben meinem Kopf auf den Tisch. Er nimmt mich zwischen seinem starken Körper und dem Tisch gefangen.

Sein heißer Atem streift über meinen Nacken, rau und kratzig reiben seine Bartstoppeln über die empfindliche Haut hinter meinem Ohr.

„Jetzt bist du mir schutzlos ausgeliefert. Niemand weiß, wo du bist."

Ein erwartungsvoller Schauer rieselt meinen Rücken hinab.

Razzors Worte machen mir erstaunlicherweise keine Angst, eher das Gegenteil ist der Fall.

Ob diese Sache hier wieder eine meiner falschen Entscheidungen ist?

Nicht in der Lage ihm zu widerstehen reibe ich mit meinem glühend heißen Po über sein hartes Glied. Wenn er mich nicht bald ausfüllt, dehnt und hart fickt, drehe ich noch durch.

Sein Körper spannt sich an, wird hart. Aus seiner Kehle steigt ein gefährliches Knurren.

„Und jetzt, wo ich dir ausgeliefert bin – was hast du da mit mir vor, Rider?"

Seine Zähne knabbern an meinem Hals, saugen sich fest.

Keuchend ergebe ich mich dem Ansturm der Emotionen, die meine Nervenbahnen Feuer fangen lassen. Ein heftiger Schauer durchfährt mich, schärft meine Sinne.

Noch immer reibe ich meinen Hintern an seinem Schwanz.

„Ich will dich nackt und schutzlos, die ganze Nacht und noch länger."

Die Finger seiner rechten Hand streichen über mein Rückgrat, verlieren den Kontakt, nur um eine Sekunde später mit einem harten Schlag auf meinem Po zu landen.

Der Schmerz pulsiert durch meine Adern und verwandelt sich in reine Lust.

Es besteht kein Zweifel - ich stehe darauf, während des Sex den Arsch versohlt zu bekommen.

„Dann nimm mich, Razzor. Ich gehöre dir, immerhin bin ich dein Gewinn."

Mir ist durchaus bewusst, dass ich gerade mit dem Feuer spiele, doch das stört mich nicht. Jetzt, wo ich schon so weit gegangen bin, will ich alles von ihm, auch seine dunkle Seite.

Er umfasst bestimmend meine Taille und dreht mich zu sich um.

Erneut fährt er mit seinen Fingern durch meine pochende Pussy.

Gerade als ich hoffe, dass er in mich eindringen wird, hebt er mich hoch und trägt mich ins Bett.

Instinktiv schickt mein Verstand eine Warnung aus, sie hallt leise durch meinen Kopf, ehe sie ungehört verstummt.

Jetzt ist nicht der passende Augenblick für Zweifel.

Dieser Rocker ist ein faszinierender Mann.

Razzor ist selbstsicher, bestimmend und gefährlich.

Die Art, wie er sich bewegt, wie er spricht und die Kontrolle über mich übernimmt, turnt mich unheimlich an.

„Geh auf die Knie."

Ich tue, was er sagt.

Noch während ich dabei bin, die gewünschte Position einzunehmen, legt er mir seine Hand in den Nacken und drückt mich bestimmend nach unten. Das weiche Laken reibt über meine Wange.

In dieser Position bin ich ihm wieder hilflos ausgeliefert.

Plötzlich beginnt mein Herz wie wild durch meinen Körper zu donnern, meine Atmung kommt schneller und meine Sinne spielen verrückt.

„Spreiz deine Beine!"

Wieder tue ich, was er sagt, es fühlt sich gut an, ihm zu gehorchen.

Razzor stellt sich neben mich und sieht mir tief in die Augen. Angespannt lässt er seinen Kopf im Nacken kreisen, seine Hände ballen sich zu Fäusten und das erste Mal spüre ich einen Hauch von Angst.

Auch wenn es den Anschein hat, als versuche er nur seine Muskulatur zu lockern, weiß ich, dass er sich in Wirklichkeit zu kontrollieren versucht.

Unsicher atme ich tief durch und beiße mir auf die Unterlippe.

Razzor demonstriert mir seine Überlegenheit und gibt mir die Zeit, die ich brauche, um mich an das Gefühl der Schutzlosigkeit zu gewöhnen.

„Fuck, Baby! Deine Pussy ist das Geilste, was ich je gesehen habe."

Ich vergrabe meine zitternden Finger im Bettlaken. Und genieße den Anblick, den er mir bietet.

Seine perfekt definierten Muskeln zeichnen sich deutlich unter seiner straffen, braunen Haut ab. Dank der Tattoos sieht er aus wie ein Gott.

Jeder Zentimeter strotzt nur so vor Kraft und Vitalität.

Wie ein Raubtier, das seine Beute begutachtet, umrundet er mich, streicht mit seinen Fingern über meine Haut, kneift in meinen Po und fährt durch die Strähnen meiner Haare. Es kommt mir fast so vor, als würde er sich mit mir vertraut machen – als würde er sich jedes Detail meines Körpers einprägen. Das erregte Pochen zwischen meinen Schenkeln wird immer stärker. Ich werde immer feuchter und meine Brustwarzen sind hart und empfindlich.

Knurrend streicht er mit seinen Lippen über meinen Nacken, seine Hände fahren zwischen meine Oberschenkel.

Zitternd spüre ich seinen Blick auf den nassen Falten meiner Vagina.

In der Position, in der ich mich gerade befinde, bleibt Razzors Blick nichts verborgen.

Sein Zeigefinder streicht durch meine Pofalte, dringt in mich ein und lässt mich aufstöhnen.

„Du bist so nass. Deine Pussy kann es kaum erwarten, endlich gefickt zu werden."

Er packt mich und wirbelt mich wie eine Puppe herum.

In der einen Sekunde knie ich noch auf dem Bett, in der nächsten liege ich auf dem Rücken und Razzor kniet zwischen meinen Beinen.

Sanft streifen seine Lippen über meine Schläfe, während er sich vor mir in Position bringt.

Dieser Mann ist ein Mann mit verdammt vielen Facetten. Einerseits ist er bestimmend und dominant, andererseits hingegen zärtlich und einfühlsam.

Eine äußerst explosive Mischung.

Die Spitze seiner dicken Eichel gleitet durch meinen Spalt, reibt über meinen Kitzler, ehe sie langsam in mich eindringt. Sein harter Schwanz dehnt meine Pussy und nimmt mich in Besitz.

Wir küssen uns, keuchend vermischt sich unser Atem, während er immer tiefer in mich eindringt.

„Yeah, Baby, das ist der Wahnsinn!"

Razzor vergräbt sich tiefer und immer tiefer in meiner Scheide. Seine Hoden klatschen bei jedem Vorstoß gegen meinen Damm.

Meine Lust steigt in unermessliche Höhen. So etwas habe ich noch nie erlebt. Keinem Mann ist es bisher gelungen mich so zu erregen.

Meine Lust und die verwirrenden Emotionen, die durch meinen Kreislauf rauschen, sind unfassbar intensiv.

Krampfend rollen sich meine Zehenspitzen ein. Nach Halt suchend vergrabe ich meine Finger in seinem Rücken.

Seine Stöße werden immer härter und sein Schwanz ergreift so hart Besitz von mir, dass ich einen leichten Schmerz verspüre.

Er verändert den Winkel, mit dem er ich mich eindringt und touchiert bei jedem neuen Vorstoß meinen G-Punkt.

Die Kontraktionen in seinen Armen und seine angespannten Oberschenkel verraten mir, dass er sich sehr zurückhält.

Ich bin ihm wirklich dankbar dafür, dass er sich aus Rücksicht auf mich zurückhält.

Razzors Schwanz ist unfassbar dick und lang, und er bringt mich wirklich an meine Grenzen.

Vorstoß – Rückzug –Vorstoß – Rückzug

Er fickt mich mit allem, was er hat, ich spüre, dass ich kurz davor bin zu kommen.

Zitternd spannen sich meine Muskeln an, meine Beine beginnen zu zucken und meine Atmung stoppt.

Ohhhhh meeeeiiiinnnn Gooottttttt......

Der über mich hereinbrechende Orgasmus ist eine unkontrollierbare Naturgewalt.

Die Kontraktionen in meinem Unterleib sind so stark, dass ich Razzor mitreiße und er sich laut stöhnend in mir ergießt.

Selbstvergessen fällt sein Kopf in den Nacken, seine Bauchmuskulatur zuckt wild, während seine Eichel tief in mir pulsiert.
Aus seinem Mund löst sich ein Brüllen.
Völlig kraftlos beobachte ich diesen faszinierenden Mann dabei, wie er seinen eigenen Höhepunkt jagt.
Zufrieden lecke ich mir über meine trockenen Lippen, schmecke seinen herben Geschmack, und atme die mit unseren Gerüchen geschwängerte Luft ein.
Unsere Blicke treffen sich, sein Atem kommt stoßweise und streicht über meine empfindlichen Brustwarzen.
„Was muss ich tun, um das Gleiche gleich noch mal zu bekommen?"
Amüsiert schnalzt er mit der Zunge.
„Diese Frage ist völlig überflüssig. Ich werde dich in den kommenden Stunden so oft bumsen, bis du mich um Gnade anflehst!"
Als er sich aus mir herauszieht, zucke ich leicht zusammen.
Oh Mann, obwohl er sich zurückgehalten hat, bin ich wund.
Razzor bemerkt es, grinst zufrieden und lässt sich neben mir auf die Matratze fallen.
Die besitzergreifende Geste, mit der er seine Hand auf meinen Po legt und mir einen leichten Klaps verpasst, sorgt für ein wohliges Gefühl in meinem Bauch.
Wenn dieser Mann wirklich wieder eine meiner legendären falschen Entscheidungen ist, kann ich mich zumindest damit trösten, dass ich dank ihm den besten Sex meines Lebens hatte.
Jeder Zentimeter meines Körpers fühlt sich an wie aus Gummi.
Meinem Verstand sind die Lichter ausgegangen, ich bin noch immer atemlos.
Zufrieden kuschle ich mich an ihn und genieße den friedlichen Moment.
Schweigend liegen wir nebeneinander. Unsere Herzen schlagen im Gleichtakt und ich stelle mit unaufhörlich die Frage, wie es sein kann, dass ich mich in seiner Nähe so geborgen fühle?
Razzor bewegt sich. Ich drehe mich auf den Bauch und sehe ihn an.
„Ich springe schnell unter die Dusche, Baby, anschließend bestellen wir uns einen Happen zu essen, und dann zeige ich dir, wie verdammt gut es sich anfühlt, meinen Schwanz bis zum Anschlag in den Mund zu nehmen."
Meine Mimik muss meine Erheiterung verraten haben, denn er grinst mich frech an und küsst mich kurz auf den Mund.
Ohne ein weiteres Wort steigt er aus dem Bett und marschiert durchs Motelzimmer.

Erregt sehe ich Razzor solange hinterher, bis er die Badezimmertüre hinter sich schließt.
Jetzt, wo ich einen Augenblick für mich alleine habe, schließe ich meine Augen und zwinge mich dazu, tief durchzuatmen.
Heilige Scheiße!
Wenn das so weitergeht, drehe ich noch durch.
Wer hätte gedacht, dass sich mein Leben innerhalb weniger Stunden so radikal verändern wird?
Eigentlich könnte ich ebenfalls eine heiße Dusche vertragen. Aber meine Beine fühlen sich noch immer ziemlich wackelig an.
Also eines steht schon mal fest. Dieser Rocker weiß ganz genau, was eine Frau zum Schreien und Zucken bringt.
Auf dem Boden direkt neben der Türe liegt mein Rucksack.
Da ich wusste, dass Razzor kein Auto, sondern ein Motorrad besitzt, habe ich nur meine Lieblingssachen eingepackt und den Rest in Mikes Kabine zurückgelassen. Es wäre unmöglich gewesen, meinen Rucksack und meine Reisetasche mitzunehmen.
Jetzt bin ich zwar Mike los, aber leider auch über die Hälfte meines Hab und Guts.
Trotzdem bin ich mir sicher, dass ich ohne dieses Arschloch bei weitem besser dran bin.
Mit meinen Entscheidungen völlig zufrieden lasse ich meinen Blick das erste Mal genauer durch den Raum schweifen.
Die Einrichtung ist so wie man es erwartet.
Unpersönlich, leicht abgenutzt und farblich aufeinander abgestimmt.
Auf dem grau-schwarz gemusterten Teppich liegt Razzors Weste.
Neugierig strecke ich mich, so dass ich sie mit den Fingerspitzen berühren kann, ohne aus dem Bett zu müssen, und hebe ich sie hoch. Vorsichtig streiche ich mit meinen Fingern über das raue Leder und die vielen verschiedenen Patches.
Was sie wohl alle bedeuten?
Gerade als ich sie neben mich aufs Bett legen will, fällt eine Rolle Dollarscheine aus der Innentasche. Der schwarze Gummi, der die Rolle zusammenhält, ist straff gespannt.
Oh verdammt.... das sind mindestens 5000 Dollar, wenn nicht sogar mehr!
Das muss Razzors Preisgeld sein.
Ohne dass ich es verhindern kann, frage ich mich, wie leicht es wäre, mit diesem Geld einen neuen Anfang zu wagen.
Ich könnte mir ein Taxi nehmen, am Busbahnhof ein Ticket kaufen und von hier verschwinden.

Mit diesem Geld würde ich, wenn ich sparsam wäre, mindestens vier, wenn nicht sogar fünf Monate über die Runden kommen.

Wie immer, wenn ich aufgeregt bin, kaue ich auf der Innenseite meiner Wange herum.

Dieses Geldbündel ist für mich wie ein goldenes Ticket in ein neues Leben.

Die Frage ist nur welchen Preis dieses Ticket hat?

Zwischen meinen Schenkeln pocht es noch immer dumpf, sein herber Geschmack liegt auf meinen Lippen.

Bin ich wirklich bereit, einen Mann, der mir geholfen hat, zu bestehlen?

Razzor scheint ein anständiger Kerl zu sein, er hat es nicht verdient, dass ich ihn hintergehe.

Das Geld in meinen Händen verlockt mich, es flüstert mir zu, dass ich es nehmen und abhauen soll.

Ich könnte mir einen Job und ein Apartment suchen, mir einen netten Kerl angeln und endlich das Leben führen, das ich mir so sehr wünsche.

Durch die verschlossene Badezimmertüre höre ich noch immer das Rauschen der Dusche. Bald wird Razzor fertig sein und zu mir zurückkommen, dann ist meine Chance vertan.

Wie von alleine schließen sich meine Finger fester um das Geld.

Mein Herz rast vor Aufregung, in meinem Magen kribbelt es wie verrückt.

Nimm es und lauf so schnell du kannst....

Ein Teil meines Unterbewusstseins scheint kein Gewissen zu haben.

Steck es zurück und tu so, als ob du es nie gesehen hast....

Ein anderer Teil hingegen schon.

Unentschlossen sitze ich da und überlege fieberhaft, was ich tun soll.

Noch bevor ich mich entscheiden kann, öffnet sich die Badezimmertüre und Razzor steht direkt vor mir.

Oh Fuck!

Der Wassertropfen an seinem Hals läuft über sein Schlüsselbein direkt über seinen Brustkorb, um sich dann auf den Spuren des schwarzen Tattoos zu verlieren.

Seine Körperhaltung wirkt entspannt, sein prüfender Blick ruht auf mir.

Er sagt kein Wort, sondern sieht mich nur abwartend an. Es wirkt fast so, als würde er mir die Wahl zwischen ihm und dem Geld in meiner Hand lassen – wie verwirrend.

„Ich ... scheiße, Razzor, ich wollte mir nur deine Weste ansehen, und dann ist es einfach rausgefallen.“

Er reagiert nicht, sondern steht weiterhin einfach nur reglos da.

Mein Gaumen wird trocken, meine Handflächen feucht.

Mit zitternden Fingern halte ich ihm das Bündel entgegen, er nimmt es nicht.

Verdammte Scheiße, das habe ich ja wieder ganz toll hinbekommen.

Jetzt denkt dieser Dead Rider, dass ich ihn bestehlen wollte. Wahrscheinlich wird er mir jetzt das Genick brechen.

Dass er dazu fähig ist, hat er vor wenigen Stunden ja schon eindrucksvoll bewiesen.

„Willst du es dir verdienen?"

„Was?"

Er sieht kurz zu dem Geld in meiner Hand.

Ich verstehe kein Wort. Wovon zum Teufel redet er da nur?

„Hör mal, Razzor, ich wollte dich wirklich nicht bestehlen."

Na ja, vielleicht doch, aber das werde ich dir mit Sicherheit nicht sagen, weil ich gerne weiterleben will und ich an der Unversehrtheit meines Genicks hänge....

„Was du wolltest zählt nicht, sondern was du getan hast. Also, wie sieht es aus? Willst du es dir verdienen?"

Ist das eine Fangfrage?

Gibt es darauf überhaupt eine richtige Antwort?

Da er das Geld nicht nimmt, lege ich es neben mich auf die Matratze. Eine unbeschreiblich intensive Nervosität beschleicht mich.

Erst vertraue ich diesem Rocker so sehr, dass ich mich ihm hingebe und mir von ihm den Arsch versohlen lasse, und jetzt fürchte ich mich so sehr vor ihm, dass ich mich nicht mal traue, seine dämliche Frage zu beantworten.

Was für eine riesen Scheiße!

Es ist kein Geheimnis, dass es Männer in unserer Welt viel leichter haben als Frauen. Wenn Männer Geld brauchen, gehen sie in einen Fight Club und kämpfen. Wenn sie gut darin sind, können sie Nacht für Nacht ein kleines Vermögen verdienen. Wir Frauen hingegen haben diese Möglichkeit nicht. Uns bleibt fürs schnelle Geld nur die Prostitution.

Die Kämpfer haben die Chance auf Ruhm und Ehre, wir Mädchen hingegen verkaufen für ein paar Dollar unsere Seele.

Das alles ist in meinen Augen verdammt unfair.

Aber seit wann ist das Leben schon fair?

So dringend ich dieses Geld auch brauche, ich bin keine Nutte.

Die Frage ist also, wie ich mir das grüne Bündel, das neben mir liegt, verdienen soll?

Fest entschlossen, mich nicht einschüchtern zu lassen, atme ich tief durch und stelle mich der Situation und dem Dead Rider.

Noch immer steht er nass, nackt und eindrucksvoll vor mir.

Ohne dass ich es verhindern kann, sehe ich kurz auf seinen wunderschönen Schwanz, ehe ich seinen eindringlichen Blick erwidere.
„Was heißt verdienen? Nur dass das klar ist, ich bin keine Prostituierte!"
Aus seiner Kehle löst sich ein raues Lachen.
„Hör mal, Baby, in meinem ganzen Leben habe ich noch nie für Sex gezahlt. Und das wird auch so bleiben!"
Er beugt sich zu mir herab.
„Falls du es schon vergessen hast, ich hatte deinen kleinen geilen Körper gerade völlig gratis."
„Arschloch..."
Er seufzt tief.
„Das Baby, überhöre ich jetzt einfach mal. Ich glaube nicht, dass dein Arsch schon wieder bereit für meine Handfläche ist. Aber das nächste Mal werde ich nicht so gnädig sein, und dann werde ich dich packen, über meine Knie legen und dich versohlen. Verstanden?"
Bei allen Göttern, dieser Kerl muss völlig wahnsinnig sein.
Erstaunlicherweise ist es nicht seine Drohung, die mich verängstigt, sondern die Art, wie mein Körper auf seine Worte reagiert.
.... *Falsche Entscheidung......*
Mein Unterbewusstsein flüstert mir diese zwei Worte zu, ich muss ihm uneingeschränkt zustimmen.
„Hör auf mit mir zu spielen und sag mir, wie du das mit dem Verdienen meinst!"
Er richtet sich wieder auf, wendet sich von mir ab und setzt sich auf den Stuhl, der vor dem Schreibtisch steht.
„Der MC braucht mich, das heißt ich muss zurück nach Tacoma. Die nächsten Wochen werden verdammt hart und ich möchte, dass du mich begleitest."
„Warum willst du, dass ich mit dir komme?"
„Du gefällst mir, Nicki."
Wie, das ist alles?
Eine etwas ausführlichere Erklärung wäre schon ganz nett gewesen.
„Wenn ich zustimme, was kommt dann alles auf mich zu?"
Sein Mund verzieht sich zu einem siegessicheren Grinsen. Er klemmt sich den neongrünen Totenkopf seines Zungenpiercings zwischen die Lippen.
„Du wirst mir gehören, bei mir sein und ich werde dich ficken können, wann immer ich will ..."
Als ich ihn unterbrechen will, sieht er mich nur finster an, automatisch verstumme ich wieder.

Der tätowierte Salamander auf seiner linken Gesichtshälfte zuckt dank seiner Mimik, es sieht beinahe so aus, als wäre er lebendig geworden.

Razzor kann verdammt einschüchternd sein.

„.... Während dieser Zeit werde ich dich beschützen. Für dich da sein und für sich sorgen. Es wird so sein als wärest du meine Old Lady – nur eben auf Zeit."

Oh mein Gott!

Damit habe ich nicht gerechnet. Das alles klingt extrem verlockend.

Und das nicht nur weil Razzor ein scharfer Kerl ist, sondern weil ich aus diesem Deal nur Vorteile ziehe und zum Schluss noch als Bonus 5000 Dollar bekomme.

... Es wird so sein als wärest du meine Old Lady...

Ich muss zugeben, dass ich diese Rocker Ladys schon immer bewundert und beneidet habe.

Es ist ja nicht so, dass ich ein Zuhause habe, das auf mich wartet.

Wenn ich dieses Angebot ablehne, stehe ich völlig mittellos da.

Aber selbst wenn die Dinge anders stehen würden, weiß ich nicht, ob ich Razzor widerstehen könnte.

Ich muss ihm ja nicht zeigen, wie leicht es mir fällt zuzustimmen. Rocker sind wie Raubtiere, sie stehen auf eine gute Jagd und lieben Herausforderungen. Wenn ich mich ihm zu leicht schenke, verliert er vielleicht das Interesse an mir und zieht sein Angebot zurück.

Das alles klingt nach einem verdammten Abenteuer, das noch dazu gut bezahlt wird.

In meinem Kopf herrscht ein heilloses Durcheinander, mein Instinkt rät mir zuzustimmen, aber ist das auch schlau?

Ich bin die Queen der Fehlentscheidungen, und das hier könnte, wenn ich nicht gut auf mich aufpasse, eine sein.

Andererseits, was macht eine falsche Entscheidung mehr schon aus?

Bevor ich allerdings einwillige, müssen wir noch eine Sache klären.

„Und wie lange soll dieses Arrangement anhalten? Tage? Wochen oder gar Monate?"

Er legt seinen Kopf schief und sieht mir so tief in die Augen, dass ich das Gefühl habe, er könne mir bis auf den Grund meiner Seele blicken.

„Für den Rest des Jahres!"

Jetzt haben wir Mitte August, das sind viereinhalb Monate – das ist eine lange Zeit.

Prüfend lasse ich meinen Blick ein letztes Mal über Razzors muskulösen Körper gleiten, ehe ich das Geld ansehe und meine Entscheidung treffen.

„OK. Aber es wird ein paar Regeln geben."

Ganz der Bad Boy, der er ist, zwinkert er mir zu, ehe er sich erhebt, auf mich zukommt und mich rückwärts auf die Matratze presst.

„Lass uns zu den Regeln kommen, Baby."

Wie zur Hölle soll ich mich konzentrieren können, wenn sein erigierter Schwanz über meinen Venushügel streicht und er mich mit seinem Körpergewicht auf das Bett drückt.

Sein Mund erobert den meinen, er beißt mir in die Unterlippe, ehe er mich stürmisch küsst. Als er mich wenige Herzschläge später wieder frei gibt, bin ich ganz atemlos.

„Regel Nummer eins: Während dieses Zeitraums gehörst du nur mir - ich teile nicht!"

Während er spricht, schiebt er seine Hand zwischen uns und umfasst besitzergreifend meine Pussy.

„Dasselbe gilt für mich, Dead Rider. Keine anderen Mädchen solange du willst, dass ich meine Beine für dich breit mache."

Seine Augen verdunkeln sich, werden schwarz.

„Abgemacht. Jetzt kommen wir zur Regel Nummer 2: Ich erwarte absolute Ehrlichkeit. Ich hasse Lügen. Sollte ich herausfinden, dass du mich belügst, platzt der Deal und ich zahle dir keinen Dollar!"

Sein Blick bekommt einen harten Ausdruck, ich erkenne sofort, dass das ein wunder Punkt bei ihm ist.

„Das versteht sich von selbst, Razzor. Ich erwarte ebenfalls, dass du aufrichtig zu mir bist."

Erst langsam und dann immer schneller reibt er mit der kompletten Länge seines Glieds durch meinen feuchten Spalt.

Es fällt mir immer schwerer, mich auf unser Gespräch zu konzentrieren.

„Kommen wir zur dritten und letzten Regel. Wir Dead Riders verabscheuen Drogen. Während du zu mir gehörst, ist Alkohol das Härteste, was du zu dir nimmst."

Der runde Wulst seiner Eichel stößt gegen meinen Kitzler, ich stöhne leise.

„Diese Regel ist überflüssig, ich nehme keine Drogen, Razzor."

Erneut bewegt er seine Hüften, sein Penis gleitet in meine Öffnung, füllt mich langsam aus.

„Braves Mädchen."

Mit diesen Worten rammt er sich tief in mich, dehnt mich aufs Äußerste und besiegelt unseren Pakt.

Ich schreie, stöhne und grabe meine Finger in seinen Arm.

Das hier ist mit Abstand die sich am besten anfühlende schlechte Entscheidung, die ich jemals getroffen habe.

7. Kapitel

Nicki an mich zu binden, fühlt sich an wie ein Sieg.

Jetzt, wo sie mir gehört, empfinde ich die Aussicht zurück nach Tacoma zu fahren, gar nicht mehr so erschreckend.

Ich freue mich darauf, ihr den Club zu zeigen und ihr meine Brüder vorzustellen.

Wer hätte gedacht, dass ich in Junction City auf ein Mädchen stoße, das mich von Amy ablenkt.

Erneut spanne ich meinen Körper an und ramme mich mit aller Kraft in sie. Ihre Augen verdrehen sich, aus ihren wundgeküssten Lippen löst sich ein lustvolles Keuchen.

Diese Kleine hier mag es hart, sie genießt es, wenn ich sie gnadenlos nehme, und gibt mir so alles, was ich brauche.

Ich habe keine Ahnung, was mich zuhause im Clubhaus erwartet, weder Catcher noch Skorpion wollten mir Genaueres sagen. Alles, was ich weiß ist, dass Ace meine Hilfe braucht, und das ist Grund genug, um zum Chapter zurückzukehren.

Zwei ganze Tage lang habe ich die Fahrt hinausgezögert. Zwei Tage, die wir ununterbrochen im Bett verbracht haben.

Seit über 200 Meilen schlingen sich jetzt schon ihre Arme um meine Mitte, und, was soll ich sagen, es fühlt sich gut an, sie auf meinem Bike zu haben.

Noch bevor wir das Ortsschild von Tacoma passieren, beginnt mein Herz erwartungsvoll zu rasen.

Der salzige Duft des Hafens schwängert die Luft. Ich gebe ein letztes Mal Gas, und biege auf das Gelände der Dead Riders ein.

Zwei Prospects, Loco und John, sichern die Einfahrt. Sie nicken mir grüßend zu, während wir an ihnen vorbeifahren.

Es ist spät, eigentlich hatte ich gehofft, dass wir früher ankommen, aber wegen eines Unfalls auf der Interstate, in den zwei Trucks verwickelt waren, haben wir etwas länger gebraucht.

Trotz der Tatsache, dass es mittlerweile fast 22:00 Uhr ist, wird in der Werkstatt gebohrt, montiert und geschraubt.

Während meiner Abwesenheit hat sich nicht viel verändert. In alten, verrosteten Ölfässern lodern zuckende Flammen. Unzählige Bitches tummeln sich zwischen meinen Brüdern.

Nachdem wir abgestiegen sind, sieht sich das Mädchen, das für das restliche Jahr mir gehört, neugierig um.

Ich schlinge ihr meinen Arm um den Nacken und ziehe sie für einen stürmischen Kuss zu mir.

„Willkommen bei den Dead Riders, Baby."
Ihre Lippen verziehen sich zu dem sanften Lächeln, das mich mittlerweile bis in meine Träume verfolgt.
Slide, der Vizepräsident des Clubs, entdeckt mich als Erster.
„Hey, Bro, es wurde aber auch Zeit, dass du deinen Arsch hierherbewegt hast."
Er zieht mich in eine brüderliche Umarmung.
„Du hast hier gefehlt, Mann!"
Wir sehen uns kurz in die Augen, klopfen uns auf die Schultern und lassen uns wieder los.
Erst jetzt schenkt er Nicki seine Aufmerksamkeit.
Mit zuckenden Muskeln beobachte ich, wie sie Slide mit einem für mich viel zu interessierten Blick abcheckt. *What a Fuck!*
Ich denke, es kann nicht schaden, wenn ich sie heute Nacht noch mal an unsere Regeln erinnere - am besten stecke ich dabei bis zum Anschlag in ihr....
„Wie ich sehe bist du nicht mehr alleine, Razzor."
Besitzergreifend verpasse ich ihrem Po einen Klaps und lege meine Finger um ihren Nacken.
„Nicki habe ich in Junction City gefunden."
Nach und nach gesellen sich immer mehr meiner Brüder zu uns, um mich zu begrüßen. Skorpion nickt Nicki kurz zu, ehe er mich ebenfalls in eine brüderliche Umarmung zieht.
„Es wurde Zeit, dass du kommst, Bruder."
„Ja, das wurde es. Es tut gut, wieder hier zu sein!"
In der Eingangstüre sehe ich Ellen stehen, als sie mich sieht, kommt sie mit großen Schritten auf mich zu und wirft sich in meine Arme.
Automatisch lasse ich Nicki los, hebe Ellen hoch und wirble sie im Kreis.
Sie lacht glücklich auf, während uns Slide mit finsterer Miene beobachtet.
Jetzt scheint er derjenige zu sein, der einen Stich Eifersucht verspürt.
Nachdem wir uns gedreht haben, stelle ich sie wieder auf ihre Füße und sehe sie mir genauer an.
„Ich hoffe, er hat dich gut behandelt, Ellen. Wenn nicht, sag es mir, und ich verpasse ihm eine Tracht Prügel."
Sie schüttelt lachend den Kopf. „Keine Sorge, Razzor, mir geht es gut!"
Slide streckt seinen Arm aus und zieht seine Lady an seine Seite.
Nicki beobachtet ihn dabei und in ihren Augen blitzt es belustigt.
Wir Riders sind eine verdammt besitzergreifende Truppe. Wenn wir uns einmal für ein Mädchen entschieden haben, teilen wir nicht gerne.

Es schadet nicht, wenn sie das gleich am Anfang bemerkt, dass erspart uns eine Menge Ärger.

Die letzten Tage mit ihr waren unglaublich, und auch wenn ich es mir nur ungern eingestehe, der Gedanke, dass sie nur wegen des Geldes bei mir bleibt, stört mich ungemein.

Seit ich ihr begegnet bin, schmerzt mein Herz nicht mehr, wenn ich an Ace und Amy denke.

Sobald ich weiß, warum Ace mich so dringend braucht und wir die Clubangelegenheiten geregelt haben, werde ich mich näher mit Nicki befassen.

So wie die Sache jetzt steht, bin ich nicht bereit, sie am Ende des Jahres freizugeben– so wie es jetzt steht, behalte ich sie für immer!

„Lasst uns reingehen, Ace wartet schon seit Tagen auf deine Ankunft."
Ich überhöre den Vorwurf in Slides Stimme, schnappe mir Nickis Hand und ziehe sie hinter mir her.

Solange keiner weiß, dass sie zu mir gehört, werde ich sie keine Sekunde aus den Augen lassen.

Als Neuling gilt sie als Freiwild, zumindest solange, bis ich allen klargemacht habe, dass sie zu mir gehört.

Mein Präsident befindet sich nicht wie erwartet auf der Party, sondern im ersten Stock, bei sich in der Wohnung.

In den oberen Etagen des Clubs befinden sich mehrere Wohnungen und Apartments. Eines davon habe ich bewohnt, bevor ich abgereist bin. Ich hoffe, dass es noch frei ist.

Nicki sieht sich neugierig um, ihre Finger schlingen sich fest um meine Hand.

Wenn sie denkt, dass es heute Nacht schon wild zugeht, sollte sie warten, bis eine unserer vielen Partys stattfindet....

Slide klopft kurz an, ehe er die Türe aufmacht und die Wohnung betritt.

Ace befindet sich in der Küche, er sitzt mit Catcher über einer Art Gebäudeplan, er sieht angespannt und konzentriert aus.

Als er uns kommen hört, hebt er den Kopf.

Bevor ich abgereist bin, stand es nicht gut zwischen uns.

Und bei Gott, dass er damals wütend auf mich war, kann ich ihm nicht übel nehmen.

Welcher Mann kann es schon leiden, wenn ihm ein anderer, noch dazu ein Freund, die Frau abspenstig machen will?

Im Grunde genommen muss ich ihm dankbar sein, dass er mich nicht einfach über den Haufen geschossen hat.

Dass ich noch lebe, habe ich nur der Tatsache zu verdanken, dass ich ein Rider bin. Bei jedem Außenstehenden hätte Ace kurzen Prozess gemacht.

Angespannt bleibe ich stehen, während er auf mich zukommt.

Bis zu dem Augenblick, in dem er mich in eine freundschaftliche Umarmung zieht, habe ich mit allem gerechnet.

„Hey, Bro."

„Präs."

„Gut, dass du wieder da bist."

Das erste Mal seit einer Ewigkeit spüre ich, wie sich eine angenehme Ruhe in mir ausbreitet.

Nur hier bei den Dead Riders fühle ich mich zuhause – so war es schon immer.

Nachdem auch die Begrüßung mit Catcher vorbei ist, fährt er sich mit den Fingern durch seine schulterlangen schwarzen Haare.

„Mir ist klar, dass du eine lange Fahrt hinter dir hast. Und dennoch muss ich dich bitten, dich gleich mit unserem Problem auseinanderzusetzen. Wir dürfen keine Zeit verlieren!"

Erst jetzt bemerke ich, wie angespannt meine Brüder sind – die Scheiße scheint echt am Dampfen zu sein!

„Wir hatten tatsächlich eine lange Fahrt. Aber jetzt bin ich hier und einsatzbereit."

Ace scheint erst jetzt, als ich ihm mitteile, dass *wir* ein paar anstrengende Stunden auf dem Bike hatten, Nicki zu bemerken.

Ich erkenne die Frage in seinen Augen.

„Nicki gehört zu mir!"

Mit diesen vier Wörtern habe ich sie gerade vor allen Anwesenden als mein Eigentum gekennzeichnet.

Somit ist sie automatisch eine von uns und wird auch dementsprechend behandelt. Sie steht jetzt unter dem Schutz der Riders, etwas Besseres hätte ihr gar nicht passieren können. Denn wir Riders beschützen unsere Frauen mit unserem Leben.

Jetzt, wo die geballte Aufmerksamkeit der Riders auf ihr liegt, sieht mein Mädchen das erste Mal seit ich sie kenne überfordert aus.

Schnell ziehe ich sie zu mir, und zeige ihr so, dass ich für sie da bin und ihr den Rücken stärke.

Ace sieht mich erstaunt an. „Willkommen bei den Riders, Nicki."

„Danke."

Fuck, sie ist echt süß, wenn sie schüchtern ist.

„Was wir zu besprechen haben sind Clubangelegenheiten, Razzor. Bring sie doch am besten zu Ellen, sie wird auf Nicki aufpassen und ihr gleich alles zeigen. Amy geht es nicht so gut, ist bereits im Bett. Die beiden werden sich morgen kennenlernen."

Auch wenn es mir nicht gefällt, sie aus den Augen zu lassen, weiß ich, dass sie bei Slides Old Lady gut aufgehoben ist.

Ace und Catcher widmen sich wieder dem Plan, der auf dem Tisch liegt, während ich Nicki zu Ellen bringe.

Ellen ist mit Nora, der Old Lady von Skorpion und Susan, der Lady von Catcher, in der Küche. So wie ich sie kenne, kann sie es kaum erwarten, die Frau an meiner Seite besser kennenzulernen und mit Fragen zu bombardieren.

Bevor ich Nicki allerdings in die Obhut der anderen Ladys entlasse, ziehe ich sie ein letztes Mal zu mir, schlinge ihr meine Arme um die Taille und küsse sie fordernd.

Suchende Lippen, aufeinanderschlagende Zähne und gierige Zungen.

Es braucht nur einen Kuss von ihr und mein Schwanz ist hart wie Stein.

Mit dem Wissen, dass Ace und die anderen auf mich warten, löse ich mich knurrend von ihr.

„Hör mal, Baby, ich werde mich beeilen und dich dann abholen. Die Ladys sind toll, sie werden sich gut um dich kümmern."

Nicki nickt atemlos. Ich erkenne an ihrem Blick, dass sie der Kuss genauso erregt hat wie mich.

„Lass dir Zeit, Razzor, ich komme schon klar."

Mit diesen Worten lässt sie mich stehen und geht durch die Schwingtüre zu den anderen Frauen in die Küche.

Unsicher, wie ich es finden soll, dass es sie weniger stört als mich, dass wir getrennt werden, drehe ich mich fluchend um und marschiere zurück in den ersten Stock.

Diese Frau sollte mir verdammt noch mal nicht so unter die Haut gehen....

Drei Stunden später sitze ich noch immer in Aces Wohnung, mein Kopf brummt und eine rasende Wut rauscht durch meine Adern.

Jetzt, wo Ace mir gesagt hat, wobei er meine Hilfe braucht, kann ich es kaum erwarten, in den Krieg zu ziehen. Dass es Krieg geben wird steht fest, die Frage ist nur, wie wir Rider vorgehen sollen.

Die Mexikaner, mit denen wir vor einiger Zeit Frieden geschlossen haben, sind anscheinend der Kopf eines Mädchenschmugglerrings.

Eine Tatsache, die echt scheiße ist, aber eigentlich nicht unser Problem.

Was es aber zu unserer Angelegenheit macht ist, dass sie Catchers Cousine in ihrer Gewalt haben. Bis jetzt haben Ace und Slide herausgefunden, dass sich das Mädchen in einem Versteck nahe der Grenze befindet.

Anscheinend findet in einer Woche eine Art Versteigerung statt, bei der die Mädchen an den Meistbietenden verkauft werden. Abigail ist gerade einmal sechzehn Jahre alt, sie wird den Mexikanern ein kleines Vermögen einbringen, wenn es uns nicht gelingt, sie zu retten.

Auch wenn ich das Mädchen nicht kenne, werde ich, genauso wie alle meine Brüder, alles tun, um der Kleinen zu helfen.

Es wird blutig werden, und wahrscheinlich wird es viele Opfer geben, aber das wird uns nicht aufhalten.

Holly Shit!

Ich werde erst zufrieden sein, wenn Abigail wieder in Sicherheit ist.

8. Kapitel

Nicki

Seit wir in Tacoma, genauer gesagt im Clubhaus der Dead Riders, angekommen sind, wirkt Razzor angespannt.

Ich habe keine Ahnung, warum er damals beschlossen hatte fortzugehen, aber ich bin mir sicher, dass irgendetwas vorgefallen sein muss.

Bis jetzt habe ich keine wirkliche Chance gehabt, mich richtig im Club umzusehen. Aber das, was ich gesehen habe, erklärt, warum ich, während die Männer etwas zu besprechen haben, bei Ellen, der Lady des Vizepräsidenten der Riders, bleiben soll.

Hier geht es wild zu.

Die Stimmung im Hauptraum, falls man den gut fünf Meter hohen, ca. 300 Quadratmeter großen Bereich überhaupt so nennen kann, ist ausgelassen und frivol.

Leichte Mädchen, starke Kerle und Sex, wo immer man hinsieht. Die Rocker scheinen eine äußerst ausgeprägte Vorliebe für Sex in der Öffentlichkeit zu haben. Das Geräusch von Flipperautomaten vermischt sich mit dem Stimmengewirr. Es riecht nach Muschi, Tabak, Schweiß und Alkohol.

An der Bar, die sich gleich neben dem Eingangsbereich befindet, ist die Hölle los. Immer wieder durchbricht der lustvolle Schrei einer Frau den Lärmpegel.

Tätowierte Haut, Leder, Kutten und lange Haare.

Bisher hatte ich keine genaue Vorstellung, wie es in einem Motorcycle Club zugeht – jetzt weiß ich es.

Die Dead Riders sind, wenn ich richtig informiert bin, der gefürchtetste MC des Landes.

Wenn ich den Gerüchten, die mir bis jetzt über diese Rocker zu Ohren gekommen sind, glaube, handeln sie mit Waffen und Munition. Führen hin und wieder Auftragsmorde aus und besitzen verschiedene zwielichtige Lokalitäten.

Die Riders werden in unserer Welt respektiert, bewundert und gefürchtet.

Alles in allem befinde ich mich an einem Ort, an dem sich kein normales Mädchen aufhalten sollte.

Doch ich bin alles andere als normal, was auch der Grund dafür ist, dass ich mich hier erstaunlich wohl fühle.

Die Ladys, denen ich seit knapp einer Stunde in der Küche des Clubs Gesellschaft leiste, sind faszinierende Frauen.

Wer jetzt denkt, dass die drei von ihren Männern in die Küche gesperrt werden, während sie selbst feiern oder sich um Geschäfte kümmern, der irrt sich gewaltig.

Vor Ellen steht ein großer Mixer, gefüllt mit einer rosa-pinken Todesmischung.

Ellens Frozen Strawberry Daiquiri wird mit Wodka anstatt mit Rum zubereitet und geht einem sofort ins Blut.

Nora, die Lady von Skorpion, dem Rider, den ich schon in Junction City kennengelernt habe, hat definitiv schon leicht einen sitzen, während Catchers Frau Susan auf Alkohol verzichtet. Sie ist die ruhigste von uns allen, und mir gegenüber noch etwas zurückhaltend.

Mit ihren blonden langen Locken und den feinen, ebenmäßigen Gesichtszügen sieht sie wie ein Engel aus.

Es fällt mich schwer zu glauben, dass sie sich in dieser Welt wohl fühlt.

„Komm schon, Nicki, verrate uns endlich, wie du und Razzor euch kennengelernt habt."

Ellen stopft sich einen weiteren Marshmallow in den Mund und sieht mich abwartend an. Sie mixt die Cocktails, ich habe sie aber noch keinen einzige Schluck Alkohol trinken sehen.

Was zur Hölle soll ich ihr erzählen?

Die Wahrheit?

Hmmm.... wahrscheinlich ist die so abstrus, dass sie mir eh keiner glauben wird. Selbst wenn ich wollte, wäre mir keine verrücktere Geschichte eingefallen als die, die das Leben für uns geschrieben hat.

Nora stupst mich freundschaftlich an, erneut wundere ich mich, wie schnell und vorbehaltlos sie mich in ihrer Mitte akzeptieren.

Unweigerlich stelle ich mir die Frage, wie meine Zukunft aussehen würde, wenn ich wirklich Razzors Old Lady wäre.

Dann wäre dieser Club mein Zuhause, diese Frauen wären meine Freundinnen und Razzor meine Familie.

Auch wenn ich diesen harten Rocker kaum kenne, spüre ich instinktiv, dass er ein guter Kerl ist.

Im Gegensatz zu Mike ist er kein brutales Arschloch, das sich nur um seine eigenen Bedürfnisse kümmert.

Alleine wie die Ladys Razzor begrüßt haben, verrät viel.

Gerade zwischen Ellen und ihm scheint eine starke Verbindung zu bestehen.

„Verdammt, Nicki! Jetzt rück schon raus mit der Sprache. Völlig egal, wie verrückt eure Geschichte sein mag, ich bin mir sicher, dass Amy und ich mithalten können."

Wenn ich den Mädels die Wahrheit sage, falle ich Razzor dann damit in den Rücken? Was werden sie von mir denken, wenn sie erfahren, dass ich Geld dafür bekomme, damit ich bei ihm bleibe?

„Hört mal, ich weiß nicht, ob Razzor es so toll findet, wenn ich..."

Noras lautes Lachen hallt durch die Küche. Sie hält sich den Bauch und lehnt sich vornüber. Mit Tränen in den Augen fächelt sie sich mit der Hand etwas Luft zu.

„Fuck, Nicki! Du musst noch viel lernen. Wir Old Ladys tun grundsätzlich nichts, was unsere Männer toll finden. Wir machen, was wir wollen und wann wir es wollen. Und unsere harten, bösen Rocker müssen damit klarkommen. So einfach ist das! Also hör auf, dir Gedanken darüber zu machen, was Razzor gut oder schlecht findet und pack schon aus, bevor unsere Ellen noch vor Neugierde umkommt."

Da ich keine Lust habe, meine neuen Freundinnen anzulügen, beschließe ich, ihnen einfach die reine Wahrheit zu sagen.

So verkehrt kann das doch nicht sein? Oder?

„OK, ich erzähle es euch. Aber nur, wenn ihr mir verratet, warum Razzor ein rosa Schmetterlingstattoo auf seinem Arsch hat. Er will es mir einfach nicht erzählen."

Ellen gibt ein ersticktes Lachen von sich, während Nora der rosa Cocktail aus der Nase läuft. Susan grinst verschwörerisch.

Dachte ich es mir doch, dass dieser Schmetterling eine lustige Story hat.....

„Ich schwöre dir, dass wir es dir erzählen werden – du hast mein Ehrenwort."

Ellen zwinkert mir verschwörerisch zu.

„Abgemacht."

Ich hebe meine rechte Hand für einen High Five und Ellen schlägt ein.

Fest entschlossen jetzt nicht zu kneifen, hole ich tief Luft und fange an zu erzählen. Als ich eine kleine Ewigkeit später an der Stelle ankomme, an der er mir das Angebot macht, sehe ich die drei unsicher an.

Ob sie mich jetzt für eine gierige Schlampe halten?

Doch anstatt mich zu verurteilen, beginnt sich auf Ellens Gesicht ein verträumtes Lächeln auszubreiten. Susans Mimik bleibt unleserlich und Nora?

Tja, die spricht einfach aus, was ihr durch den Kopf geht.

„Heilige Scheiße, ist das nicht romantisch? Wer hätte gedacht, dass Razzor ein verkappter Märchenprinz ist."

Romantisch? Märchenprinz?

Hat sie mir gerade zugehört?

„OK, Nora. Kannst du mir bitte erklären, was genau du so *romantisch* findest? Der Käfigkampf, das Spanking oder die Stelle, an der er mir Geld angeboten hat, damit ich mit ihm komme?“

Ich trinke meinen Wodka Daiquiri leer und stopfe mir einen Marshmallow in den Mund – Nervennahrung!

Skorpions Lady verdreht die Augen.

„Einfach alles, Nicki. In unserer Welt gibt es keine Rosen verteilenden Millionäre und auch keine Prinzen auf weißen Pferden. Es mag für viele unverständlich sein, aber die Riders ticken anders als der Rest der Welt.

Du kennst Razzor nicht so gut wie wir. Du weißt nicht, was er in den letzten Wochen durchgemacht hat. Dass er bereit ist, dir eine Stange Geld zu bezahlen, nur damit du bei ihm bleibst, ist seine Art, dir zu zeigen, dass du ihm wichtig bist. Und jetzt mal ehrlich... was kann romantischer sein als die Sache im Fight Club? Scheiße, Süße. Er hat dich beschützt, hat für dich um sein Leben gekämpft und dich anschließend ins Nirwana gevögelt. Das alles ist in meinen Augen der Stoff aus dem die richtig guten Märchen sind!“

Ellen nickt heftig.

„Ja, das sehe ich auch so. Und wenn du uns nicht glaubst, dann teste es doch einfach aus.“

Jetzt mischt sich sogar Susan, die sich bisher eher aus unserer Unterhaltung rausgehalten hat, mit ein.

„So wie ich das sehe, ist es den Dead Riders und ihren Old Ladys bestimmt sich auf den merkwürdigsten, gefährlichsten und skurrilsten Wegen kennenzulernen. Keine von uns“, sie macht eine ausladende Handbewegung, „hat ihren Mann auf eine unspektakuläre Art und Weise gefunden, und dennoch sind wir alle sehr glücklich und lieben unsere Kerle aus tiefstem Herzen. Lass dich ja nicht von eurer Geschichte abschrecken. So wie ich das sehe, steht ihr am Anfang von etwas ganz Großem ...“

Ellen hebt ihr volles Orangensaftglas.

„Hört, hört. Das hast du vortrefflich formuliert, Süße! Ich hätte es nicht besser sagen können. Ich für meinen Teil finde ja, mit dieser Story hat sich Nicki eindeutig als passende Old Lady qualifiziert.“

Nora hebt ebenfalls ihr Glas, Susan ihre Wasserflasche.

Grinsend stoße ich mit ihnen an, ehe ich den Daiquiri mit einem großen Schluck exe.

Um ehrlich zu sein, weiß ich nicht, mit welcher Reaktion ich gerechnet habe, vielleicht mit offenen Mündern und Unglauben. Aber die drei Ladys überraschen mich.

Für sie scheint meine Geschichte nichts Ungewöhnliches zu sein.

Logischerweise stelle ich mir jetzt die Frage, wie sie ihre Rocker kennengelernt haben.

Noras Worte kommen mir wieder in den Sinn. Wenn ich sie richtig verstanden habe, hat Razzor eine schwere Zeit hinter sich. Ich frage mich, was geschehen ist.

Auch wenn ich vor Neugierde beinahe sterbe, ist heute Nacht noch nicht der richtige Zeitpunkt, um danach zu fragen.

Auch Noras Vorschlag, Razzor zu testen, kommt mir noch reichlich verfrüht vor.

Die nächste Stunde verbringen wir damit, uns über unsere Männer zu unterhalten und den Inhalt des Mixers leer zu trinken. Wobei das ‚wir' eigentlich nur Nora und mich einschließt, Ellen und Susan bleiben alkoholfrei.

Der Wodka sorgt dafür, dass ich mich entspanne. Das sich ewig drehende Gedankenkarussell macht das erste Mal seit Tagen eine Pause und ich genieße einfach nur den Moment.

Ich kann mich nicht daran erinnern, wann ich das letzte Mal so einen lustigen Abend erlebt habe.

Auch wenn meine Zeit bei den Riders begrenzt ist, werde ich alles in meiner Macht Stehende tun, um mich gut in diesem Club einzuleben.

Und wer weiß, vielleicht bleibe ich ja hier in Tacoma. Nur weil am Ende des Jahres unser Deal endet, bedeutet das ja noch lange nicht, dass ich von hier fortgehen muss. Mit den 5000 Dollar habe ich genug Startkapital, um mir ein gutes Leben aufzubauen.

Es mag etwas vorschnell sein, aber so langsam komme ich zu der Überzeugung, dass Razzor keine meiner falschen Entscheidungen war.

Vielleicht ist er sogar die beste, die ich je getroffen habe, aber bevor ich das mit Sicherheit sagen kann, muss ich abwarten, was die Zukunft bringt....

„Jetzt, wo ich euch erzählt habe, wie Razzor und ich uns gefunden haben, seid ihr dran. Was hat es nun mit dem pinken Schmetterling auf Razzors Arschbacke auf sich?“

Ellen stellt ihr leeres Saftglas weg, winkelt ihre Beine an und schnappt sich noch einen Marshmallow, ehe sie anfängt zu reden.

„Amy, die jetzige Old Lady unsere Präsidenten, war damals noch nicht lange bei uns. Du musst wissen, dass Amy und Ace sich auf einem ähnlich verrückten Weg kennengelernt haben wie du und Razzor. Damals mussten Ace und Slide wegen wichtiger Geschäfte nach Kanada und Amy musste sich irgendwie in unserer Gemeinschaft zurechtfinden. Als Razzor herausgefunden hat, dass Amy gut Billardspielen kann, hat er sie zu einer Partie herausgefordert. Es kam wie es kommen musste und Razzor hat einen Wetteinsatz gefordert. Irgendwie waren sich alle sicher, dass Amy kneift, doch anstatt einen Rückzieher zu machen, hat sie vorgeschlagen, dass Razzor sich, wenn er verliert, diesen Butterfly auf den Arsch tätowieren lassen muss. Im Gegenzug hätte sie sich bei einer Niederlage das Clubzeichen auf den Po stechen lassen müssen. Typisch Razzor hat er zugestimmt und das Spiel ging los. Es flossen Unmengen von Tequila. Du kannst dir nicht vorstellen, wie es hier zugegangen ist. Die Sache hat sich wie ein Lauffeuer rumgesprochen und zum Schluss hat der ganze Club von der Sache gewusst. Diese Wette hat eine Welle losgetreten, die nicht mehr zu stoppen war. Hunderte von Dollar wurden auf den Ausgang des Spiels gesetzt. Amy hat sich von all dem nicht abschrecken lassen. Im Gegenteil, sie hat den Tequila ohne mit der Wimper zu zucken geschluckt, sich nicht ablenken lassen und unseren Razzor in Grund und Boden gespielt."

Sie schüttelt bei der Erinnerung amüsiert den Kopf.

„Ich muss dir wohl nicht sagen, wer die Partie gewonnen hat. Razzor hat zu seinem Wort gestanden und sich direkt nach dem Spiel von Tick den Schmetterling tätowieren lassen. Ab diesem Zeitpunkt war Amy eine von uns...."

Jetzt wo ich weiß, warum die Rückseite meines Kerls rosa ist, wundert es mich nicht, dass er es mir nicht verraten hat. Welcher Mann gibt schon gerne zu, dass er von einem Mädchen abgezockt wurde?

„Es klingt so, als würden sich Amy und Razzor gut verstehen."

Der bittere Geschmack von Eifersucht legt sich, ohne dass ich es verhindern kann, auf meine Zunge.

Die Reaktion der drei Ladys auf meine letzte Äußerung macht es nicht besser.

Ohne es zu wissen, muss ich in irgendeine Wunde gestochen haben.

Urplötzlich ist es mucksmäuschenstill, die ausgelassene Stimmung hat sich dank meiner Worte in Luft aufgelöst.

Verunsichert sehe ich Nora an.

Jetzt verstehe ich gar nichts mehr.

„Habe ich irgendetwas Falsches gesagt?"

Nora sieht Ellen an, beide schlucken schwer.

Schlussendlich ist Susan diejenige, die meine Frage beantwortet.

„Amy ist der Grund, aus dem Razzor vor vielen Wochen den Club verlassen hat."

Ein Stich durchfährt mein Herz, der Erdbeer Daiquiri liegt mir plötzlich schwer im Magen.

Schlagartig muss ich wieder an die merkwürdige Situation in der Kabine des Fight Clubs denken.

Wie waren noch mal Razzors Worte?

....Ihr könntet unterschiedlicher nicht sein und dennoch schaffst du es, dass ich in deiner Nähe nicht an sie denken muss. Und das gleicht einem Wunder, denn in den letzten Wochen habe ich einfach immer an sie gedacht....

Hat er damals von Amy geredet?

Ist sie diejenige, an die er immer denken musste?

Kann es sein, dass Razzors Herz bereits vergeben ist?

Hat er mir nur deshalb diesen verrückten 5000-Dollar-Vorschlag gemacht, damit ich ihn nachts von der Frau ablenke, die er eigentlich in seinem Bett haben will, die aber unerreichbar für ihn ist?

Heilige Scheiße!

Mir ist schlecht, mein Verstand läuft auf Hochtouren und mein Herz schmerzt.

Wie konnte ich nur so naiv sein und auf mehr hoffen?

Die letzten Tage mit Razzor waren einfach unglaublich schön.

Wir hatten so viel Sex und haben so viel gelacht, dass ich unsere Abmachung bis zu einem gewissen Grad verdrängt habe.

Dumm wie ich bin, wollte ich, dass das zwischen uns echt ist. Jetzt weiß ich, dass ich mir das lange wünschen kann. Für Razzor bin ich eine kurzweilige Unterhaltung, ich bin die Frau, die ihm dabei helfen soll, über eine andere hinwegzukommen.

Herzlichen Glückwunsch, Nicki, dir ist es mal wieder gelungen, die goldene Arschkarte einzukassieren....

Es kostet mich all meine Selbstbeherrschung meine Mimik unter Kontrolle zu behalten. Das Letzte, was ich gebrauchen kann ist, dass die drei Old Ladys bemerken, wie sehr mir diese Amy-Sache zusetzt. Es ist besser, wenn sie auch weiterhin glauben, dass ich nur wegen des Deals hier bin.

Ich will weder ihr Mitleid noch den Liebeskummer, der sich in mir auszubreiten droht.

Am liebsten würde ich jetzt aufstehen und verschwinden, doch das kann ich mir nicht leisten - ich brauche das Geld!

Jetzt, wo ich weiß, wie es um Razzor steht, werde ich mein Herz besser schützen müssen.

Am besten verstecke ich es hinter einer dicken Mauer. Es wäre viel leichter, mich nur auf die geschäftliche Sache zu konzentrieren, wenn Razzor nicht der Mann wäre, der er nun mal ist. Dieser Rocker verkörpert alles, was ich mir an einem Mann wünsche.

Dominanz und Einfühlungsvermögen. Er hat eine harte, tödliche Schale, aber auch einen weichen, beschützenden Kern.

Ein Blick in seine karamellbraunen Augen reicht aus, um meine Beine wackelig werden zu lassen. Ganz zu schweigen von seinen kraftvollen Händen. Ich liebe es, wenn er mich erst erregt, dann versohlt und mich so in tausend kleine Teile zerspringen lässt. Razzor weiß, was ich brauche, er gibt mir, wonach ich mich sehne und ist an meiner Seite, um mich nach meinem Höhenflug wieder aufzufangen.

Alles in allem ist er einfach perfekt gewesen - zu perfekt.

„Nicki, ist alles OK? Du siehst irgendwie blass aus?"

Susans Frage reißt mich aus meinen verstörenden Gedanken.

„Ja, ja, es ist alles gut. Es war nur ein langer, ziemlich anstrengender Tag."

„Sicher?"

Jetzt sieht mich auch Ellen besorgt an.

„Sicher. Ich bin es einfach nicht gewöhnt, so lange auf einem Motorrad zu sitzen."

„Hör mal, Nicki. Das mit Razzor und Amy war damals. Alleine dass er dich mit hierher gebracht hat, ist doch ein klares Zeichen."

Noras verzweifelter Versuch mich wieder aufzuheitern verrät mir, dass ich meine Mimik doch nicht so gut im Griff habe.

„Eben, und dieses Zeichen ist ihm 5000 Dollar wert."

„So darfst du das nicht sehen, Nicki."

„Ach nein? Und wie soll ich es dann sehen?"

Ich schüttle verärgert den Kopf, bevor ich weiterrede.

„Es ist echt nett, dass ihr mich aufheitern wollt, aber das ist nicht nötig. Die Sache zwischen Razzor und mir hat nichts mit Gefühlen zu tun. Es ist eine Art Geschäft, und darum kann es mir egal sein, wem sein Herz gehört."

Nora schüttelt den Kopf, sie hat mich durchschaut.

„Wenn du das so sehen kannst, ist ja alles gut."

Müde stütze ich meine Ellenbogen auf den Tisch und vergrabe mein Gesicht in den Händen.

Im Grunde genommen bin ich selber schuld.

Razzor war immer aufrichtig, er hat mir nie etwas vorgemacht, nie von Gefühlen gesprochen und auch keine anderen Versprechungen gemacht.

Dass ich mich in ihn verliebt habe, ist mein Fehler, so einfach ist das.

Eine kleine Hand streicht mir über den Rücken.

„Völlig egal, wo das mit euch beiden noch hinführt. Wir", Ellen macht eine ausladende Handbewegung, „gehören nicht zu diesem seltsamen Deal. Wir mögen dich um deiner selbst willen."

Mir ist klar, dass sie mich nur aufheitern will, ihre Worte hingegen erzielen den gegenteiligen Effekt.

Noch bevor ich ihr antworten kann, geht die Türe auf. Catcher und Razzor betreten die Küche.

„Ladys."

Catcher geht zu Susan, zieht sie in seine Arme und küsst sie sanft auf den Scheitel.

Mein Rocker stellt sich hinter mich, er schiebt mit seiner rechten Hand meine Haare beiseite, so dass mein Nacken frei zugänglich ist und presst mir einen warmen Kuss auf die empfindliche Haut.

Mein verräterischer Körper reagiert sofort und erschaudert.

Bis auf das Zittern, das mich erbeben lässt, bleibe ich stur sitzen, ich drehe mich nicht zu ihm um und sehe ihn auch nicht an.

Es wird Zeit, dass ich mich besser schütze – es wird Zeit, dass ich besser auf mein Herz aufpasse, ehe ich es endgültig an einen Mann verliere, der es nicht haben will.

9. Kapitel

Razzor

Meine Augen brennen und mein Nacken ist so verspannt, dass sich ein dumpfer Kopfschmerz hinter meiner Stirn ausbreitet.

Jetzt, wo alle Einzelheiten geklärt sind, wird es Zeit, dass ich Nicki einkassiere und wir ins Bett kommen. Trotz meiner Müdigkeit kann ich es kaum erwarten endlich ihren weichen Körper an dem meinen zu spüren.

Ich will sie schmecken, lecken, berühren und mich bis zum Anschlag in ihr vergraben.

Dieses Mädchen ist mir in den letzten Tagen so dermaßen unter die Haut gegangen, dass ich mich eigentlich darüber wundern sollte. Doch stattdessen genieße ich die Zeit mit ihr einfach.

Das Wissen, dass ich sie dafür bezahle bei mir zu bleiben, ist der einzige Haken an dieser Sache. Immer und immer wieder stelle ich mir die Frage, ob sie auch ohne das Geld bei mir geblieben wäre?

Es wird der Augenblick kommen, an dem ich dieser Frage auf den Grund gehen werde. Heute Nacht habe ich dafür einfach keine Nerven mehr.

Die nächsten Tage werden verdammt anstrengend. Meine Brüder und ich werden viel unterwegs sein, und ich kann nur hoffen, dass sich Nicki während meiner Abwesenheit bei den Riders wohl fühlt.

Für eine Außenstehende ist die Welt, in der ich lebe, nicht immer leicht zu verstehen.

Bei uns herrschen ganz eigene Gesetze und Regeln.

So wie ich mein Mädchen einschätze, ist sie hart im Nehmen und einiges gewöhnt. Es wird eine gewisse Zeit dauern, doch dann wird sie sich hier wohl und sicher fühlen.

Tief durchatmend stehe ich auf. Ace erhebt sich ebenfalls, unsere Blicke treffen sich.

„Wir haben dir das Apartment frei gehalten.“

„Danke, Präs, das weiß ich zu schätzen.“

Slide und Catcher rollen die Pläne zusammen.

Sie sehen genauso fertig aus wie ich.

„Lasst uns morgen noch die Fahrtroute besprechen. Dann haben wir bis auf ein paar Kleinigkeiten alles geklärt. Das Wichtigste jedoch ist, dass wir ein paar Mädchen als geeignete Lockvögel finden, damit wir bei dieser Auktion reinkommen. Sie ist nur für geladene Gäste und Stammkunden. Wir sind keines von beidem. Wenn wir uns allerdings als Mädchenhändler ausgeben, kommen wir leicht in den Kreis der Wichser rein.“

Slide gibt ein wütendes Knurren von sich. Uns allen geht die Vorstellung, in dieser Sache unschuldige Mädchen mit reinzuziehen, gewaltig gegen den Strich.

Kreisend bewege ich meine Schultern, strecke meinen Rücken durch und mache mich auf den Weg zur Türe.

Wie es Nicki wohl geht?

Catcher folgt mir, Seite an Seite machen wir uns auf den Weg zu unseren Frauen.

An der Treppe unten angekommen bleibt er kurz stehen und legt mir seine Hand auf die Schulter.

„Ich weiß, dass es dir nicht leicht gefallen ist, zurückzukehren. Dass du es dennoch getan hast und mir jetzt dabei hilfst, meine Cousine zu retten, rechne ich dir hoch an, Razzor!“

„Einmal ein Rider, immer ein Rider! Du bist mein Bruder, Catcher, ich werde immer an deiner Seite kämpfen, das weißt du!“

Er nickt.

„Aye, das weiß ich, Bro.“

Für ein paar Sekunden bleiben wir noch so stehen, ehe wir weitergehen.

Wir Dead Riders waren noch nie gut darin, große Worte zu machen. Und das müssen wir auch gar nicht.

Das Einzige, was zählt ist, dass wir im richtigen Moment alle zusammenhalten. Loyalität ist das höchste Gut unseres MCs, und daran wird sich auch nie etwas ändern!

Seite an Seite betreten wir die Clubküche. Ich spüre sofort, dass etwas nicht stimmt.

Es kostet mich all meine Selbstbeherrschung langsam zu Nicki zu gehen und sie nicht sofort stürmisch in die Arme zu reißen.

In den letzten Stunden hat sie sich immer wieder in meinen Kopf geschlichen und meine Konzentration gestört. Süchtig nach ihrem Geschmack und ihrer Nähe schiebe ich ihre weichen Haare beiseite und küsse sie auf die empfindliche Stelle in ihrem Nacken.

Dank der Tage, die wir ausschließlich im Bett verbracht haben, kenne ich mittlerweile jede ihrer empfindlichen Stellen und erogenen Zonen.

Ich liebe es, wenn sie dank meiner Küsse so wie jetzt erschaudert. Die Geräusche, die sie beim Sex macht, treiben mich jedes Mal in den Wahnsinn.

Bis vor kurzem war ich mir sicher, dass Amy die einzige Frau auf diesem Planeten ist, die ich besitzen will, jetzt weiß ich, dass ich mich getäuscht habe.

Amy ist toll, ich werde sie immer bewundern, doch die Gefühle, die Nicki in mir auslöst, sind viel stärker als alles, was ich je gespürt habe.

Dank der Tatsache, dass sie instinktiv auf meine Berührung reagiert, sich jedoch nicht zu mir umdreht und so tut, als wäre nichts, bin ich mir endgültig sicher, dass irgendetwas nicht stimmt.

Prüfend sehe ich zu Ellen, die ihren Blick sofort abwendet.

Weiber....

Innerlich fluchend packe ich mir mein Mädchen und trage es kurzerhand aus der Küche.

Nicki quietscht erschrocken auf, strampelt und versucht so wieder Boden unter die Füße zu bekommen, aber das kann sie vergessen.

Völlig egal, was während meiner Abwesenheit passiert ist, ich werde meinem Mädchen ganz bestimmt nicht erlauben, mich zu ignorieren.

So schnell ich kann trage ich sie die Treppe hoch, öffne die Türe meines Apartments und trete sie hinter uns wieder zu.

Das laute Krachen, mit dem sie ins Schloss fällt, vermischt sich mit Nickis Gezeter.

Als sie ihre langen schwarzen Fingernägel in meinem Hals vergräbt und mich absichtlich kratzt, drehe ich sie kurzerhand in meinen Armen um und verpasse ihr einen harten Schlag auf den Arsch. Sie schreit laut auf und wird immer wilder.

Aus dem Kratzer an meinem Hals rinnt Blut, dieses kleine Miststück hat mich voll erwischt.

„Verdammt, Baby! Was zur Hölle soll das?“

Anstatt mit zu antworten boxt sie mir mit aller Kraft in den Magen.

„Jetzt reicht's!“

Ich werfe sie aufs Bett, lege mich auf sie und nagle das zappelnde Mädchen mit meinem Gewicht tief in die Matratze.

Endlich ist sie bewegungsunfähig. Ich erhasche einen Blick in ihre grün-grauen Augen.

Trauer, Wut und Angst spiegeln sich darin.

Fuck – Fuck – Fuck –Fuck!

Bis jetzt habe ich alle Frauen, die mir zu kompliziert geworden sind, einfach rausgeworfen und mir einen unkomplizierteren Ersatz genommen.

Bei Nicki will ich das erstaunlicherweise gar nicht. Sie nehme ich, wie ich sie kriegen kann – zur Not auch kratzend und beißend.

Dank meiner mangelnden Erfahrung mit außer Kontrolle geratenen Mädchen muss ich jetzt improvisieren.

Sie zieht ihr Knie hoch und trifft mich nur knapp neben meinen Weichteilen.

„Scheiße, Weib! Bist du jetzt völlig irre?“

Das wütende Funkeln in ihren Augen lässt mich sofort hart werden.

In meinem Leben habe ich schon verdammt viele Frauen unter mir gehabt. Doch keine hat es jemals gewagt, mich herauszufordern. Keine bis auf Nicki. Meine Urinstinkte haben schon vor einigen Sekunden die Oberhand gewonnen - jetzt gibt es kein Zurück mehr. Bestimmend umfasse ich ihren Kopf, beiße ihr in die Lippe und küsse sie wild.

Roh und hungrig nehme ich mir alles, lasse sie spüren, wie verdammt hart ich bereits bin.

Suchend wühle ich mich durch ihren Mund, unsere Zungen treffen aufeinander. Es dauert ein paar Sekunden, ehe sie den Kuss erwidert.

Das laute Krachen unserer Zähne, die aufeinanderschlagen, ihr immer schneller werdender Atem – sie braucht es ganz genau so sehr wie ich.

Ungeduldig ziehe ich sie aus, öffne meine Hose und strample sie nach unten.

„Fuck, Baby, ich brauche dich!“

„Dann nimm mich!“

Holy Shit!

Diese drei Worte sind alles, was ich hören will.

Ich will diese faszinierende Frau, ich will sie ficken, sie in meine Arme nehmen und für mich beanspruchen. Vor unserem Kuss war ihr Körper abweisend und angespannt, jetzt liegt sie weich und hingebungsvoll unter mir.

Sie begibt sich in meine Obhut, wird zu meinem Besitz.

So schnell ich kann ziehe ich mir die Kutte aus und das Shirt über den Kopf.

Nachdem wir endlich alle störenden Klamotten losgeworden sind, lasse ich meinen Blick über ihre Rundungen gleiten.

Knurrend beuge ich mich zu ihr hinunter, küsse sie, koste sie, beiße sie.

Ihre Fingernägel kratzen Spuren auf meinen Rücken, ihr Blick verschwimmt.

Der Moment, in dem ich mich noch beherrschen konnte, ist vergangen und zurück bleibt pure Lust.

Ich schicke meine Hände auf Reisen, erkunde jedes Tal und jede Erhebung

Feucht und nass beginnt ihre Pussy sehnsüchtig zu zucken, als ich mit meinem Daumen über ihren Kitzler kreise.

Allein das Gefühl ihrer glitschigen Spalte, die meine Finger gierig umschließt, reicht aus, um mir ein lautes Stöhnen zu entlocken.

Zupfend foltere ich ihre geschwollenen Nippel, zwirbele sie erst sanft und dann immer fester, so lange, bis meine Süße keuchend unter mir liegt.

Der moschusartige Geruch ihrer Lust hängt in der Luft, steigt mir zu Kopf.

An meiner Seite wird das Leben nicht immer ungefährlich sein, aber ich werde für ihre Sicherheit sorgen.

Finanziell kann ich sie mehr als gut absichern und eines ist gewiss: Ich werde sie nie wieder aus den Augen lassen.

Alle meine Instinkte sind auf den Schutz dieses Mädchens gerichtet und niemand sollte so lebensmüde sein und es wagen, Hand an sie zu legen.

Es kostet mich all meine Kraft nicht wie ein wildes Tier über sie herzufallen.

Die immense Zurückhaltung, die ich mir auferlegt habe, ist schmerzhaft, alles in mir brüllt nach Erlösung, doch genau die werde ich so lange wie nur möglich hinauszögern.

Meine Erregung steigt ins Unermessliche, es wird mehr als nur einen schnellen Fick brauchen, um mich zu befriedigen.

Gebannt beobachte ich, wie sie leise keuchend ihre Augen schließt und sich ganz ihrer Leidenschaft hingibt.

Kreisend streiche ich mit meinen Fingern immer schneller über ihren Kitzler, erhöhe den Druck, spüre, wie sich ihr Unterleib immer mehr anspannt.

„Lass dich fallen, Baby, komm für mich!“

Meine Finger wühlen sich durch ihre Möse, ehe ich mit zweien in sie eindringe.

Ich winkle sie tief in ihrem Inneren an, treffe auf ihren G-Punkt und entlocke ihr so einen lauten Schrei.

Immer und immer wieder ficke ich sie mit meinen Fingern, reibe mit meinem Handballen über ihre Klit und spreize ihre Beine noch etwas mehr.

Der Anblick, den sie mir bietet, ist so fucking geil, dass meine Eier schmerzhaft zu pochen anfangen.

Ihre Pussy läuft vor lauter Nässe regelrecht über.

Süchtig nach ihrem Geschmack senke ich meinen Kopf, hebe mit meiner Hand ihr Becken an und lecke über ihren Kitzler.

Ich sauge den Knubbel zwischen meine Lippen, züngle darüber und beiße leicht zu.

Ihr Aufschrei drückt pure Ekstase aus.

Hungrig schiebe ich meine Zunge in ihre Öffnung, lecke sie aus, ehe meine Finger wieder zum Einsatz kommen.

Ein heftiges Zittern lässt sie erbeben.

„Razzor!“

Sie schreit meinen Namen, während sie hart kommt.

Jetzt, in genau dieser Sekunde, zerbricht meine eiserne Selbstbeherrschung in tausend kleine Splitter.

Knurrend presse ich sie mit meinem Gewicht ins Bett, es wird Zeit, dass sie lernt, wo ihr Platz ist – unter mir – bei mir – für immer!

„Du gehörst mir, Baby."

Ohne meinen Blick von ihrem Gesicht zu nehmen, treibe ich meinen harten Schwanz so tief es geht in sie.

Holy Fuck!

Erst als ich kurz vor meinem Höhepunkt stehe, entziehe ich mich ihr.

Ehe sie kapiert was los ist, drehe ich sie auf den Bauch, umfasse ihre Handgelenke und halte sie über ihrem Kopf gefangen.

Meine rechte Hand schließt sich um ihren Nacken, hält sie in dieser schutzlosen Position, während ich mich erneut tief in sie ramme.

Ihre inneren Muskeln spannen sich an und ziehen mich noch etwas tiefer in ihren Unterleib.

Bei allen Ridern, so etwas habe ich noch nie erlebt.

Nicki lässt sich nicht nur von mir unterwerfen und nehmen, oh nein, sie fordert mich heraus, nimmt sich mehr, reizt mich und bringt mich an meine Grenzen.

Bei ihr muss ich verdammt noch mal besonders aufpassen, denn sie hat die Macht, mich ins Verderben zu stürzen.

Das zwischen uns beiden kann verdammt gut werden, wir müssen es nur beide wollen!

10. Kapitel

Nicki

Meinem Verstand sind in dem Moment, in dem er in mich eingedrungen ist, die Sicherungen durchgebrannt. Razzor hat mich völlig unter Kontrolle, der harte Griff, mit dem er meine Handgelenke umspannt, und die tiefen, kraftvollen Stöße, die mich immer tiefer in die Matratze pressen, rauben mir den Verstand.

In dieser Stellung spüre ich jeden harten Millimeter seines Körpers.

Razzor besitzt mich, er lässt mich fliegen und fängt mich auf.

Instinktiv spürt er, was ich brauche und gibt es mir dann....

Intensive Gefühle, verwirrende Sehnsüchte und besitzergreifende Berührungen.

Dick und groß reibt seine breite Eichel über meine Nervenenden. Ich spüre, wie er mich dehnt, wie sein Glied über meine besonders erregbaren Zonen streicht.

Mit letzter Kraft versuche ich, mich ihm etwas fester entgegenzudrängen.

Ich will diesen Mann, ich brauche ihn noch tiefer und fester.

Jetzt in diesem Moment spielt unser Deal keine Rolle, alles, was zählt, ist die Verbindung, die zwischen uns herrscht.

Als er sich das nächste Mal in mich schiebt, dringt er tiefer ein als jemals zuvor.

Der dekadente Schmerz, der mich durchflutet, entlockt mir einen lauten Schrei.

Ich genieße die exquisiten Empfindungen, lasse mich fallen und treibe zwischen einem alles verschlingenden Höhepunkt und einer gefährlichen Gier nach mehr.

Von diesem Rocker kann ich niemals genug bekommen!

Kraftlos drehe ich mein Gesicht auf die Seite, atme seufzend ein, suche seinen Blick und ergebe mich seiner Führung.

Ohhhh meiiiin Gooooottt....

Losgelöst und angespannt zugleich spüre ich, wie sich meine Zehenspitzen verkrampfen, wie meine Beine zu zittern anfangen und wie meine Atmung stoppt.

Mein Blickfeld engt sich ein, wird schwarz.

„Yeah Baby, spüre es!“

Ruckartig entzieht er mir seinen harten Schwanz, seine Hand schlägt hart auf meine Arschbacke. Die Agonie wälzt sich wie eine Feuerwalze durch meine Nervenbahnen. Das laute Klatschen hallt durch den mir unbekannten Raum.

Razzors Finger schieben sich unter meinen Venushügel, legen sich auf meine Klitoris.

Reibend reizt er meine Klit, er erhöht den Druck und schickt mich so über die Klippe meiner Lust.

Hitze flutet meinen Unterleib, mein gellender Schrei vermischt sich mit seinem dunklen Knurren.

„Heute gibt es keine Gnade, Kleines."

Mit einem kraftvollen Stoß dringt er erneut so tief in mich ein, dass ich nicht mehr weiß wo er aufhört und ich anfange. Wir verschmelzen miteinander – werden eins.

Seine Eier klatschen gegen meinen Damm, erneut zieht sich mein Unterleib krampfend zusammen.

Wild, tabulos und ohne Rücksicht nimmt er meinen Körper in Besitz.

Hilflos schnappe ich nach Luft, versuche mich nicht vollends zu verlieren, doch dieser Mann hat mich in meine Einzelteile zerlegt.

So muss es sich anfühlen zu schweben....

Meine Synapsen fangen Feuer, mein Körper fühlt sich an wie das Epizentrum eines Erdbebens.

Ich spüre, wie Razzor sich anspannt, seine Muskeln werden hart wie Stahl.

Seine Finger krallen sich in meine Haare, ziehen meinen Kopf nach hinten, während er ein letztes Mal fest zustößt.

Das Brüllen, das er von sich gibt, ist laut und klingt eher nach einem wilden Tier als nach einem Mann.

Er presst mich tief in die Matratze, hält mich fest, nimmt mich gefangen.

So verharren wie einen Augenblick, unsere Herzen schlagen im Gleichklang, während wir beide erst wieder zu Atem kommen müssen.

Was zur Hölle war das gerade?

Bis eben dachte ich wirklich, dass ich über Sex Bescheid weiß, aber Razzor hat mich gerade eines Besseren belehrt.

Das hier war nicht einfach nur irgendein Fick, es war das Geilste, was ich jemals erlebt habe.

Dieser Rocker hat mich Dinge fühlen lassen, von denen ich nicht einmal wusste, dass es sie gibt.

Erstaunlich zärtlich streicht Razzor mit seinen Fingerspitzen über mein Rückgrat, reibt mit seiner dicken Eichel ein letztes Mal über meinen überempfindlichen G-Punkt, ehe er sich aus mir zurückzieht.

Ich zucke leicht zusammen. Es fühlt sich komisch an, ihn nicht mehr in mir zu haben.

Er dreht mich langsam um, sein heißer Atem vermischt sich mit dem meinen.

Unsere Blicke treffen sich und ich spüre instinktiv, dass dieser Moment mein Leben für immer verändern wird.

Weder ich, noch er, keiner von uns beiden sagt ein Wort. Wir schweigen, versuchen das gerade eben Geschehene zu verstehen.

Das dumpfe Wummern der Musik dringt nur leicht zu uns durch. Draußen im Hof ertönen laute Motorengeräusche. Frauen lachen, Männer rufen sich etwas zu.

Während sich um uns herum die Welt weiterdreht, befinden wir uns wie in einer zeitlosen Zone. Es kommt mir so vor, als wären wir für diesen Augenblick von allem losgelöst.

Jetzt und hier, in diesem Moment existieren nur er und ich.

Zwischen meinen Beinen pocht es dumpf, wenn ich meine Augen schließe, kann ich ihn noch immer in mir spüren.

Razzor stemmt sich auf den Ellenbogen und sieht auf mich herab. Ich verliere mich in den Tiefen seiner braunen Augen.

„Du bist wunderschön.....“

Seine Stimme klingt rau und dunkel. Diese drei Worte entlocken mir ein Lächeln.

Da ich keine Ahnung habe, was ich darauf erwidern soll, schlinge ich ihm meinen Arm um den Nacken und berühre mit meinen Lippen die seinen.

In diesen Kuss lege ich all die Emotionen, die mein Herz gerade fluten.

Mit jedem Zungenschlag und jeder sanften Berührung lasse ich ihn spüren, was ich fühle.

Auch wenn mir der Mut fehlt, meine Empfindungen in Worte zu fassen, kann ich Razzor zeigen, wie viel er mir bereits jetzt schon bedeutet.

Ich habe keine Ahnung, was damals zwischen ihm und Amy vorgefallen ist. Bis jetzt habe ich die Old Lady des Präsidenten nicht kennengelernt. Aber das spielt auch keine Rolle, denn jetzt, in diesem Augenblick, bin ich diejenige, die in seinen Armen liegt, jetzt in dieser Sekunde gehört Razzor nur mir.

Unser Zungenspiel ist zärtlich und verspielt.

Brummend nimmt er mich in die Arme, löst seine Lippen von den meinen und sucht meinen Blick.

„Was machst du nur mit mir, Nicki?“

....diese Frage könnte ich genauso gut ihm stellen....

So verrückt es auch klingen mag, aber wenn ich in seinen Armen liege, fühle ich mich sicher, geborgen und beschützt.

All die intensiven Emotionen bringen mich völlig durcheinander. Mein ganzes Leben lang habe ich versucht nichts zu fühlen, mich nicht zu binden und mich nicht angreifbar zu machen.

All die Jahre ist es mir gelungen, eine Art Schutzschild um mich herum aufzurichten. Und dieser Rocker mit den karamellfarbenen Augen hat diesen Schutz einfach so durchbrochen.

Ohne dieses Schild fühle ich mich unheimlich verletzlich und angreifbar.

Unsere Lippen suchen einander und verschmelzen zu einem bedeutungsvollen Kuss.

Oh verdammt!

Ich bin gerade dabei, mein Herz an einen Mann zu verlieren, für den ich nur eine kurzweilige, kostspielige Ablenkung bin.

Rettungslos verloren kuschle ich mich näher an ihn, reibe meine Nasenspitze an seinem Hals und inhaliere seinen Geruch.

Mmmhhhhh.... er riecht nach Mann, Seife und Motoröl....

Wenn sich doch nur all meine falschen Entscheidungen so verdammt gut anfühlen würden...

„Verrätst du mir, was vorhin los war?"

Täusche ich mich, oder klingt seine Stimme irgendwie amüsiert?

Ich zucke mit den Schultern.

„Nichts. Was sollte schon gewesen sein?"

Während ich rede, vermeide ich es tunlichst, ihm in die Augen zu sehen.

„Echt jetzt, Süße? Willst du mich verarschen?"

Um ihn abzulenken bewege ich mich etwas, und reibe absichtlich mit meinem Po über sein Glied.

Er knurrt gefährlich, seine Hand legt sich besitzergreifend auf meine Pobacke, er kneift zu.

„Autsch."

„Ich durchschaue dich, du kleines Biest. Glaub ja nicht, dass du mich mit deinem Körper manipulieren kannst!"

Seine Finger umfassen mein Kinn, er dreht meinen Kopf so, dass ich seinen Blick erwidern muss.

Nervös lecke ich mir die Lippen.

„Manipulieren?" Ich grinse ihn verführerisch an. „Ich weiß nicht, wovon du redest, Razzor." Seine Augenbrauen ziehen sich finster zusammen. Jetzt muss ich mir auf die Lippen beißen, damit ich nicht laut anfange zu lachen, während ich meine Finger erst auf seine Brust lege und dann immer weiter nach unten gleiten lasse.

Verspielt umfahre ich mit meinen Fingerspitzen die Konturen seiner Eichel, ehe ich seinen Penis fest in die Hand nehme.

Er saugt geräuschvoll Luft ein, seine Nasenflügel blähen sich und sein Atem beschleunigt sich.

„Fuck, Baby! Hast du denn noch nicht genug bekommen?“
Dass ich wund bin, kann ich nicht abstreiten, aber das bedeutet noch lange nicht, dass ich nicht bereit für ihn bin.

„Nein, noch lange nicht.“

Seine Finger schlingen sich um meine Oberarme. „Setz dich Baby! Wir spielen jetzt eine Runde *Hoppe, hoppe Reiter*.“ Mühelos hebt mich hoch, so dass ich rittlings auf seinem harten Glied sitze.

Ein heftiger Schauder lässt mich erbeben, ich erhebe mich, führe die wulstige Spitze seines Schwanzes an meine Öffnung und lasse mich langsam auf ihn niedersinken.

Razzors Augen glühen in der Dunkelheit, sein raues Stöhnen begleitet mein lustvolles Aufkeuchen.

In dieser Stellung spüre ich ihn so intensiv und deutlich in mir, dass ich beinahe vor Erregung verrückt werde.

Kreisend bewege ich meine Hüfte, bohre mich so noch etwas fester auf ihn.

„Oh yeah, das ist so verdammt gut!“

Seine Finger vergraben sich in meiner Hüfte, er stößt sich in mich, während ich ihm entgegenkomme.

Wir finden unseren eigenen Rhythmus – verlieren uns im Hier und Jetzt.

11. Kapitel

Razzor

Die letzte Nacht war unglaublich, der Morgen noch besser. Jetzt stehe ich fertig angezogen in meinem Apartment und starre gedankenverloren auf das schlafende Mädchen, das in meinem Bett liegt.

Seit ich mich den Dead Riders angeschlossen habe, sind mir so viele Kugeln um die Ohren geflogen, dass ich mich gar nicht mehr an jede lebensgefährliche Situation erinnern kann.

Ohne zu zögern bin ich mit meinen Brüdern in jeden Krieg gezogen.

Ich bin ein Mann ohne Familie, ich bin ein Bastard.

Diese Rocker sind die einzige Familie, die ich je hatte. Für sie würde ich ohne zu zögern sterben und ohne zu fragen töten. Bis jetzt hatte ich, bis auf mein Leben, nichts zu verlieren – die Betonung liegt auf *bis jetzt....*

Heute Morgen hingegen ist das anders.

Mein kostbarster Besitz heißt Nicki Nox. Dieses verrückte Weib glaubt allen Ernstes, dass sie mir gerade einmal läppische 5000 Dollar wert ist.

Wie würde sie wohl reagieren, wenn sie wüsste, wie es in Wirklichkeit um mich steht?

Würde das etwas zwischen uns ändern?

Oder wäre ich weiterhin nur eine Art Verdienstmöglichkeit für sie?

Ich weiß es nicht.

Diese faszinierende Frau ist ein unlösbares Rätsel für mich.

In der einen Sekunde ist sie sanft und anschmiegsam, in der nächsten kratzt und beißt sie wie eine wildgewordene Katze.

Seufzend dreht sie sich auf den Rücken, die Decke verrutscht und entblößt ihre linke Brust. Der rosafarbene Nippel zieht sich zusammen.

Fluchend wende ich meinen Blick ab und widerstehe der Versuchung. Würde diese Frau Eva heißen und mir einen verbotenen Apfel reichen, würde ich mich nicht wundern....

In den nächsten Tagen steht viel auf dem Spiel. Abigail, Catchers kleine Cousine, braucht unsere Hilfe und wir werden nicht ruhen, ehe sie in Sicherheit ist.

Doch das ist nicht unsere einzige Sorge.

Ein Stück hinter Lakewood haben ein paar Junkies ein Drogenlabor eingerichtet und in Betrieb genommen, in dem Liquid Ecstasy hergestellt wird.

Es ist allgemein bekannt, dass wir Riders keine Drogen in unserem Revier dulden.

Wer gegen unsere Gesetze verstößt, riskiert sein Leben.

Morgen um diese Uhrzeit wird es so sein, als hätte es diese Giftküche nie gegeben.

In der Vergangenheit hat sich gezeigt, dass wir Riders bei solchen Sachen verdammt effektiv sind.

Tief durchatmend ziehe ich mir meine Kutte an und stecke die Halbautomatik, die ich immer bei mir trage an ihren Platz. Nicki regt sich noch immer nicht. Ich beschließe, sie schlafen zu lassen, in den letzten Stunden habe ich sie weiß Gott oft genug aus dem Schlaf gerissen.

Im Clubhaus ist um diese Uhrzeit Katerstimmung angesagt. Die wenigen Bitches, die sich am frühen Morgen hier herumtreiben sind entweder schon wieder da, weil sie zum Putzdienst eingetragen sind, oder machen sich nach einer langen Nacht erst jetzt auf den Heimweg.

Der Gestank von kaltem Rauch vermischt sich mit dem köstlichen Aroma von frisch aufgebrühtem Kaffee. Unter dem von der Decke baumelnden Boxsack liegt einer der Hangarounds laut schnarchend auf dem Boden. Der Speichelfilm, der aus seinem rechten Mundwinkel auf den Betonboden tropft, ist der beste Beweis dafür, dass er etwas zu tief ins Glas geschaut hat.

Oh ja... es tut gut, endlich wieder zuhause zu sein!

Auch wenn es viele nicht verstehen können, aber ich habe diese Scheiße hier wirklich vermisst.

Hinten im Eck versucht Loco, einer der Prospects, sein Glück bei einem der hektisch blinkenden Flipperautomaten.

Ich für meinen Teil ziehe eine gute Partie Billard einem unangenehm klingelnden Computerkasten jederzeit vor.

Die letzte Partie habe ich gegen Amy gespielt und verloren, wie das rosa Tattoo auf meinem Arsch beweist.

Seit meiner Rückkehr warte ich darauf, dass ich ihr über den Weg laufe.

Ich habe keine Ahnung, wie es sich anfühlen wird, ihr nach all der Zeit gegenüberzustehen. Alles, was ich weiß ist, dass es Nicki innerhalb kürzester Zeit gelungen ist, die Frau meines Präsidenten aus meinen Gedanken zu vertreiben.

Damals als ich nach Junction City gefahren bin, hatte ich nichts anderes im Kopf als kämpfen – kämpfen und kämpfen.

Irgendwie habe ich gespürt, dass dieser Cage Fight mein Leben verändert wird. Mir war nur nicht klar, dass das nicht am Kampf selber liegen würde, sondern an dem außergewöhnlichen Wetteinsatz.

Mit einem Tritt öffne ich die Schwingtüre und betrete die Küche. Sofort verstärkt sich das Kaffeearoma um ein Vielfaches.

Am abgewetzten Küchentisch, der das Zentrum dieses Raums ist, sitzen bereits Skorpion und Tick.

Skorpion hat Owen, den jüngsten seiner drei Jungs, auf dem Schoß.

Nora und er haben drei Kinder. Ryan ist sechs Jahre alt und kommt nächstes Jahr in die Schule. Owen ist gerade mal vier Monate alt und Mason ist während meiner Abwesenheit fünf geworden, er ist der anstrengendste Junge und die ganze Zeit auf Achse.

„Morgen, Leute."

Skorpion und Tick sehen mich blöd grinsend an.

Was haben die beiden?

„Auf der Suche nach einem Kaffee?"

Erst jetzt entdecke ich Nora, die bis gerade eben von der offenen Kühlschranktüre verdeckt wurde.

„Allerdings!"

Doch anstatt mir eine Tasse einzuschenken, sieht sie mich nur abwartend an.

„Wo steckt Nicki?"

„Sie schläft noch."

Tick gibt ein ersticktes Lachen von sich, das er mit einem Grunzen als Räuspern tarnen will.

„Also, wenn mich meine Ohren nicht täuschen, dann hast du sie letzte Nacht nicht besonders viel schlafen lassen."

„Da magst du recht haben."

Skorpion hält Owen kurz die Ohren zu, sieht bittend zu Nora und zwinkert mir brüderlich zu.

„Diese Kleine stöhnt besser als jeder Pornostar. Fuck! Es würde mich nicht wundern, wenn euch die Hälfte aller Riders zugehört und sich dabei einen gewichst hat."

Nicki ist nicht gerade leise beim Sex. Und das stört mich nicht, ich liebe ihre kleinen Seufzer ganz genauso sehr wie ihre lustvollen Schreie. Dass andere Männer meine Lady ebenfalls gehört haben, stört mich hingegen sehr wohl.

Nora reicht mir endlich eine heiß dampfende Tasse. Ich setze mich zu meinen Brüdern und pikse Owen mit meinem Finger leicht in den Bauch. Automatisch streckt er seine kleinen Arme in meine Richtung. Ich nehme ihn seinem Vater ab und drücke ihn an mich.

Kinder sind eigentlich nicht so mein Fall, aber die von Nora und Skorpion liebe ich sehr.

Während meiner Abwesenheit hat der Kleine einen echten Wachstumsschub gemacht, ich bereue, dass ich nicht dabei war.

Erneut muss ich daran denken, dass Amy ebenfalls schwanger ist. Wenn das so weitergeht, ist das hier kein Clubhaus mehr, sondern ein verfluchten Kindergarten.

Kaum dass ich diesen Gedanken zu Ende gedacht habe, öffnet sich die Schwingtüre und Ace betritt mit Amy im Arm die Küche.

Ich nicke meinem Präs zu und sehe Amy an.

Tief einatmend warte ich auf den schmerzhaften Stich der Eifersucht, der mich vor meiner Abreise immer durchzuckt hat, wenn ich die beiden zusammen gesehen habe – erstaunlicherweise bleibt er dieses Mal aus.

Ich spüre Aces prüfenden Blick auf meinem Gesicht und weiß, dass er meine Reaktion beobachtet.

Amy sieht verdammt gut aus. Ihre langen braunen Locken umrahmen ihr schönes Gesicht. Ohne auf den Mann an ihrer Seite zu achten, kommt sie auf mich zu, zieht mich hoch und nimmt mich in die Arme. Owen, der jetzt zwischen uns eingeklemmt ist, jauchzt zufrieden.

„Gott, bin ich erleichtert dass du endlich wieder hier bist!“

Sie presst mir einen Kuss auf die Wange und tritt verlegen einen Schritt zurück.

Ihre offene Art und ihre Herzlichkeit sind unter anderem ein Grund gewesen, aus dem ich mich damals in sie verliebt habe.

„Es tut gut, wieder zuhause zu sein.“

Ace steht bewegungslos neben der Türe, Nora sieht ebenfalls nervös zu uns rüber.

Ich wende mich von Amy ab, setze mich zurück auf meinen Stuhl und gönne mir einen großen Schluck Kaffee.

Anstatt wie früher völlig von Amy fasziniert zu sein, denke ich jetzt an Nicki und frage mich, ob sie endlich aufgewacht ist.

Heute stehen eine Menge Dinge an, die erledigt werden müssen, und bevor ich mit meinen Brüdern aufbreche, würde ich sie gerne noch mal sprechen, sie küssen und ihr erklären, dass ich in den nächsten Tagen viel unterwegs sein werde....

Wie sie das wohl aufnehmen wird?

Es wäre mir bedeutend lieber, wenn ich mehr Zeit mit ihr verbringen könnte, doch in diesem Fall kann ich mir das nicht aussuchen.

Bevor ich mich mit Nicki auseinandersetzen kann, werden noch mindestens zwei Wochen ins Land ziehen.

Ace setzt sich neben mich, Nora reicht ihm ebenfalls eine Tasse.

„Die Scheiße in Lakewood werden wir als Erstes angehen. Wir werden die Drogenküche in die Luft jagen.“

Tick reibt sich freudig die Hände. Als Sergeant at Arms der Dead Riders ist er für die Sicherheit und die Bewaffnung des Clubs zuständig.

Er hat also das Vergnügen, den Sprengstoff zu installieren und zu zünden.

Es kommt nicht oft vor, dass wir zu dieser Lösung greifen. Eine Explosion zieht immer, absolut immer, die Aufmerksamkeit der Bullen auf sich. Doch in diesem speziellen Fall kommen wir nicht darum herum. Jeder, vom kleinen Dealer bis zum Chemiker soll wissen, dass wir, wenn es um Drogen geht, keine Gnade kennen.

Das hier ist unser Revier, wir machen hier die Gesetze und wir kümmern uns um unsere Straßen. Der Sheriff wird uns keine Probleme machen, er ist froh, wenn wir uns um diese Angelegenheiten kümmern. Ihm sind von Berufs wegen die Hände gebunden, uns nicht.

„Was hast du dir denn vorgestellt, Präs? Ein kleines Feuerwerk oder einen ordentlichen Knall?"

Skorpion schüttelt den Kopf und streicht sich mit der Hand über den kahl geschorenen Kopf. Sein gemurmeltes „alter Pyromane" sorgt für allgemeine Erheiterung. Im Gegensatz zu mir mag Skorpion es gar nicht, wenn es so laut knallt.

Aces Augen funkeln gefährlich.

„Das Gebäude, in dem sich die Drogenküche befindet, liegt sehr abgelegen. Wir müssen uns also nicht zurückhalten."

Tick reibt sich die Hände. „Keine Sorge, Präs, ich werde uns ein hübsches Bömbchen basteln."

Mit diesen Worten steht er auf und macht sich an die Arbeit.

Nora setzt sich ebenfalls zu uns. Sie nimmt mir Owen ab und presst ihm einen Kuss auf den Scheitel.

„Hört mal, Jungs, ich habe kein gutes Gefühl bei der Sache. Wenn Tick von einem *Bömbchen* redet, reicht die Sprengstoffmenge mit Sicherheit aus, um den Mount Rainier in die Luft zu jagen."

Ace holt seine Packung Kippen aus der Innentasche seiner Kutte. Er steckt sich eine Zigarette in den Mund und steht auf.

Bevor er die Küche verlässt, um sich draußen im Hof eine anzuzünden, bleibt er noch einmal kurz stehen.

„Tick macht seine Sache nun mal gerne gründlich."

Mit diesen Worten verschwindet er aus unserem Sichtfeld.

„Ich muss dann auch mal los, Susan will bestimmt nicht ewig auf Mason und Ryan aufpassen."

Mit Owen im Arm und Skorpion an der Seite verlässt sie die Küche.

Amy steht auf, befüllt den Wasserkocher, schnappt sich eine Tasse und hängt den Teebeutel hinein. An der Arbeitsplatte lehnend wartet sie auf das heiße Wasser.

Jetzt, wo wir alleine sind, breitet sich eine beklemmende Stimmung aus.

Keiner von uns beiden sagt etwas, die Stille ist ohrenbetäubend.
Innerlich fluchend trinke ich meinen Kaffee leer und stehe auf.
„Hör mal, Razzor..." Ich gebe ihr mit einer Handbewegung zu verstehen, dass sie nicht weiterreden soll.
„Vergiss es, Amy. Ich bin nicht hier, um über die Scheiße, die vor meiner Abreise gelaufen ist, zu sprechen. Ich bin hier, weil Catcher meine Hilfe braucht."
Ich atme tief durch, stelle die leere Tasse in die Spüle und stelle mich neben sie.
Wir sehen uns nicht an, sondern starren auf irgendeinen Punkt auf der gegenüberliegenden Wand.
„Keine Ahnung, ob du es schon gehört hast. Aber ich bin nicht alleine zurückgekommen."
„Ace hat mir erzählt, dass du ein Mädchen mitgebracht hast."
Ihre Stimme klingt ungewohnt emotionslos.
„Sie heißt Nicki."
Wieder schweigen wir, es ist keine angenehme Stille.
„Ist es was Ernstes?"
Jetzt sieht sie mich direkt an, ich erwidere ihren Blick.
„Das kann ich jetzt noch nicht sagen, es ist kompliziert."
Sie gibt ein leises Seufzen von sich.
„Wann ist es das nicht?"
„Stimmt!"
Erleichtert stelle ich fest, dass ihre Mundwinkel leicht zucken, ehe sie sich zu einem kurzen Lächeln verziehen.
„Ich kann dir nicht sagen, wie es zukünftig sein wird. Ob ich bleibe oder wieder gehe. Alles, was ich weiß ist, dass ich diesen Club vermisst habe und dass Nicki mir verdammt wichtig ist. Der Rest wird sich in den kommenden Wochen zeigen."
Vertrauensvoll berührt sie mich am Arm.
„Ich freue mich aufrichtig für dich, Razzor. Du hast es verdient, glücklich zu sein."
„Und was ist mir dir? Bist du glücklich, Schmetterling?"
Vor einer Woche war es für mich noch unvorstellbar, mir nur vorzustellen, mich so mit Amy zu unterhalten, ohne dabei den Verstand zu verlieren.
Jetzt stehe ich hier, der vertraute Duft ihres Parfüms steigt mir in die Nase und ich fühle mich dennoch gut.
Woran das liegt, ist klar – Nicki!
Weder bin ich eifersüchtig auf Ace, noch verspüre ich das Verlangen Amy zu packen und zu küssen. Alles, was ich will, ist zurück in mein Apartment, um nach Nicki zusehen.

Sie legt sich ihre rechte Hand auf den Bauch. „Ja, das bin ich, sehr sogar.“

„Wann ist es so weit?

Noch immer verspüre ich nicht den Hauch von Eifersucht.

„Laut Arzt Ende Mai.“

Ace kommt zurück in die Küche, der Blick, mit dem er uns betrachtet, ist für mich nicht zu deuten.

„Tick ist so gut wie fertig, ich will in spätestens einer Stunde aufbrechen, Razzor.“

„Alles klar, Präs.“

Er sieht seine Old Lady kurz an, ehe er wieder verschwindet.

Dass er uns alleine lässt, ist ein großer Vertrauensbeweis.

„Wir sehen uns, Amy.“

„Ganz bestimmt, Razzor.“

Mit großen Schritten durchquere ich den Club, steige die Treppe hoch und sehe nach Nicki.

Das Rauschen der Dusche verrät mir, dass sie bereits aufgestanden ist. Heißer Dampf hängt wie Nebel in dem kleinen Badezimmer. Sie stellt das Wasser aus und steigt aus der Kabine.

Wassertropfen rinnen über die vollen Kurven ihres Körpers. Mein Blick heftet sich auf ihre Brüste. Rund und rosa recken sich ihre Nippel in meine Richtung.

Sie ist eine zu Fleisch gewordene Aphrodite, und das Beste daran ist, dass sie mir gehört!

„Fuck, Baby!“

Automatisch fasse ich mir in den Schritt und massiere meinen immer härter werdenden Schwanz. Dieser Anblick könnte einen Toten zum Leben erwecken.

Nicki kommt auf mich zu, lehnt sich nass wie sie ist an mich und legt mir ihre Arme um die Schultern.

Süchtig nach ihrem Geschmack, hebe ich sie so hoch und erobere ihren Mund.

Seufzend gewährt sie mir Einlass, meine Zunge schnellt vor, duelliert sich mit der ihren.

Besitzergreifend umfasse ich ihren Po, massiere das feste Fleisch, ehe ich meine Finger weiter nach unten gleiten lasse.

Nass und heiß umschließt ihre Pussy meine Finger, in schiebe sie in ihren Leib, stoße gegen Ihren G-Punkt.

Stöhnend unterbricht sie unseren Kuss, leckt sich die Lippen und reibt sich an mir.

Das Aroma meines Shampoos liegt in der Luft.

„Du hast mich abgewaschen, du riechst nicht mehr nach mir.“
Dieses kleine Biest erwidert herausfordernd meinen Blick - sie will gefickt werden.

„Dann musst du das eben wieder ändern.“
Mit diesen Worten schlingt sie mir ihre langen Beine um die Taille und fordert mich heraus.

Ohne kostbare Zeit zu verlieren, presse ich sie mit dem Rücken gegen die geflieste Wand.

Zufrieden beobachte ich, wie sich ihre Pupillen weiten, der süße Geruch ihrer Erregung erfüllt die Luft, lässt meinen Ständer noch härter werden.

Ich will diese Frau nicht nur, ich bin regelrecht besessen von ihr.

„Oh, Baby. Ich werde dich jetzt so hart ficken, dass du mich noch den restlichen Tag in dir spüren kannst.“

Ungeduldig öffne ich die Gürtelschnalle, reiße meine Hose nach unten und versenke mich einen Atemzug später in ihrer weichen Grotte.

Keine Spiele – keine Raffinessen - keine verlorene Zeit.

Jetzt geht es nicht um Verführung, sondern um Befriedigung.

Dieses Mädchen will ich besitzen, verschlingen und so tief in sie eindringen, dass sie spürt, dass ich sie auch am Ende dieses Jahres nicht wieder gehen lassen werde.

Sie gehört mir, nur mir und daran wird sich nie wieder etwas ändern.

12. Kapitel

Nicki

Die Sonne brennt unablässig auf uns herab. Ein leichter Schweißfilm bildet sich auf meiner Stirn, während ich vor Hitze beinahe umkomme. Der sanfte Wind, der von Osten her übers Land zieht, bringt keine wirkliche Milderung.

Heute könnte mit Abstand der heißeste Tag des Jahres werden.

Noras kleiner Nachwuchsrocker rennt mit einer Miniatur-Kutte, die der von seinem Vater sehr ähnlich sieht, über den Hof und schießt mit seinem Spielzeugrevolver auf imaginäre Feinde. Mason, sein jüngerer Bruder, steht neben seiner Mutter. Seine Arme hat er um ihr Bein geschlungen während er, ganz genau wie ich, den Männern, die gerade vom Gelände fahren, hinterhersieht.

Ace bildet die Spitze, direkt hinter ihm fahren Tick und Slide anschließend kommen Catcher und Skorpion, dann Razzor und Loco.

Es ist ganz offensichtlich, dass die Dead Riders die Straße beherrschen.

Auf ihren kraftvollen Maschinen sehen sie mit ihren ledernen Kutten aus wie Dämonen.

„Hoffentlich geht alles gut!"

Ellens Worte verstärken das ungute Gefühl, das sich in meinem Magen ausbreitet, nur noch.

Als ich Razzor gefragt habe, warum er heute noch so dringend weg muss, hat er mir frech zugezwinkert und mir ins Ohr geflüstert, dass das eine Clubangelegenheit ist, wegen der ich mir keine Sorgen machen muss.

Nora seufzt laut auf.

„Hast du gesehen, wie viel Sprengstoff Tick dabeihat? Verdammt! Wenn das hochgeht wird den Idioten alles um die Ohren fliegen."

Sprengstoff? Ach du heilige Scheiße....

Susan entgegnet nichts, ich erkenne aber in ihrem Blick, dass sie sich auch Sorgen macht. Amy hingegen überrascht mich mit ihrer absoluten Gelassenheit.

Die Old Lady des Präsidenten sieht mich freundlich an.

„Alles OK bei dir, Nicki?"

Bis zu dem Zeitpunkt, an dem ich sie das erste Mal gesehen habe, war ich fest entschlossen gewesen, sie nicht leiden zu können, quasi aus Prinzip. Doch dann habe ich gesehen, wie sie Ace ansieht, und mir wurde klar, dass von ihr keine Gefahr ausgeht. Sie liebt ihren Mann abgöttisch.

Als Antwort auf ihre Frage zucke ich unsicher mit den Schultern.

„Natürlich habe ich keine Erfahrung mit diesen Clubangelegenheiten, aber ich mache mir gerade schreckliche Sorgen um Razzor.“

Sie sieht mich nachsichtig an.

„Du wirst dich an diese ganzen Sachen gewöhnen. Warte es ab. Unsere Männer wollen nur mal wieder die Welt retten. Das ist so ein Dead-Riders-Ding, das müssen wir Old Ladys nicht verstehen.“

„Machst du dir denn gar keine Sorgen?“

Jetzt ist sie diejenige, die mit den Schultern zuckt.

„Ganz am Anfang bin ich vor Sorge ganz krank gewesen. Mittlerweile habe ich eingesehen, dass unsere Kerle sehr gut auf sich aufpassen können. Jeder von ihnen ist bereit, für den anderen den Kopf hinzuhalten. Dieser Zusammenhalt macht sie stark und beinahe unverwundbar.“

„Unverwundbar?“ Ich sehe sie zweifelnd an. Amy zwinkert mir freundlich zu. Erneut bin ich erstaunt, wie schnell ich hier akzeptiert werde.

Die Frauen der Dead Riders sind starke Persönlichkeiten mit einem ausgeprägten Zusammenhalt.

Jede von ihnen ist anders, jede hat einen eigenen Charakter und unterschiedliche Wesenszüge und dennoch sind sie eine eingeschworene Gemeinschaft.

„Wenn du sie einmal in Aktion gesehen hast, weißt du, wovon ich rede.“

„So wie ich Razzor einschätze, wird er mich von jeglicher Gefahr fernhalten, was bedeutet, dass ich ihn nie in Aktion sehen werde.“

„Bis ich von meinem psychopathischen Exfreund entführt wurde, konnte ich mir auch nicht vorstellen, wie effizient und tödlich die Dead Riders sind. Dann wurde ich aber eines Besseren belehrt. Vertrau mir also, wenn ich dir sage, dass du dir wirklich keine Sorgen zu machen brauchst.“

Sprachlos sehe ich sie an.

Anscheinend bin ich nicht die Einzige, die mit einem verrückten und brutalen Exfreund auftrumpfen kann. Alleine die Erinnerung an Mike reicht aus, um mich erschaudern zu lassen....

„Du wurdest entführt? Von deinem Ex?“

Sie versucht tough und stark zu sein, doch tief in ihren Augen erkenne ich, dass die Erinnerung sie noch immer ziemlich mitnimmt.

„Ja, aber die Riders haben mich gerettet und anschließend für Gerechtigkeit gesorgt. Es ist also zu meinem großen Glück alles noch mal gut ausgegangen. Ace hat sich von der Schusswunde gut erholt und sein Motorrad ist auch wieder so gut wie neu.“

Der Präsident der Dead Riders wurde angeschossen?

„Mittlerweile? Wie lange ist die Entführung denn her?“
Amy überlegt kurz.
„Jetzt sind es dann knapp zwei Monate.“
Auch auf die Gefahr hin, dass ich viel zu neugierig bin, frage ich einfach weiter.
„Und was ist mit deinem Ex passiert? Wurde er verhaftet?“
Amy und Ellen wechseln einen bedeutungsvollen Blick.
Schließlich ist es Ellen, die meine Frage beantwortet.
„Hör mal. Du bist neu hier, also kannst du es nicht besser wissen. Aber bei den Dead Riders herrschen eigene Gesetze. In unserer Welt rufen wir niemals, absolut niemals die Bullen. Wir brauchen keine Hilfe, von niemandem. Wir sind verdammt noch mal jederzeit bereit in den Krieg zu ziehen. Amys Ex hat bekommen was er verdient hat - so viel ist gewiss!“
Ich erkenne den Stolz, der in ihrer Stimme mitschwingt. Slides Old Lady ist von ganzem Herzen eine Rockerbraut.
„Liebe Nicki, du wirst sehen, dass jeder hier eine spannende Lebensgeschichte zu erzählen hat.“
Das glaube ich Amy sofort, ich muss ja nur an Razzor und mich denken. Ich würde sagen, die ist auch nicht gerade langweilig oder alltäglich.
Ryan kommt auf uns zugerannt und wirft sich mit ausgestreckten Händen in Amys Arme.
„Wann kommt Onkel Ace wieder, er hat mir versprochen, dass ich dabei sein darf, wenn er sich sein nächstes Tattoo stechen lässt.“
Nora gibt ein aufgebrachtes „hmpf“ von sich. Sie scheint es nicht so toll zu finden, dass ihr Kleiner Tätowierungen so super findet.
Ellen hakt sich bei mir ein.
„Komm schon, Nicki, ich zeige dir einfach mal alles. Wenn man sich ein bisschen besser auskennt, fühlt man sich gleich viel wohler.“
Im Haus ist es ruhig, jetzt, wo bis auf ein Dutzend Riders keiner da ist, bemerke ich erst, wie riesig der Club ist.
Die hintere Wand ist komplett verspiegelt, mehrere Billardtische, Flipperautomaten und Sitzgruppen sorgen für ein raues, jedoch gemütliches Ambiente. An der Bar biegen sich die schwarzen Regalbretter unter den vielen Schnaps- und Whiskyflaschen. Der geschliffene Betonboden wird gerade von zwei Mädchen gefegt.
Der von der Wand hängende Boxsack links neben dem Eingang schwingt ganz leicht hin und her. Die Küche kenne ich ja bereits, dank Ellens Führung weiß ich jetzt auch, dass es im Erdgeschoss zwei Büros gibt. Eines gehört Ace, das andere Slide. In einem kleinen Raum ganz

am Anfang des langen, schwarz gestrichenen Flurs befindet sich ein kleiner, sehr sauberer Raum.

„Das hier ist Ticks Reich."

Neugierig lasse ich meinen Blick über die in der Mitte stehende Liege gleiten. Auf einem kleinen Tisch befinden sich eine Packung Einmalhandschuhe, eine Tattoomaschine und verschiedene andere Gegenstände.

„Tick ist nicht nur der Sergeant at Arms der Dead Riders, sondern auch unsere Tätowierer. Hier hat Razzor seinen rosa Schmetterling bekommen."

Völlig egal wo ich hinsehe, ich komme aus dem Staunen gar nicht mehr raus.

An der langen Wand des Flurs befinden sich unzählige Fotos in bunt zusammengewürfelten Bilderrahmen. Manche sehen ziemlich neu aus, andere hingegen sind schon leicht vergilbt und offensichtlich mehrere Jahre alt.

Als ich erkenne, um was für Bilder es sich handelt, sehe ich Ellen erstaunt an.

„Heilige Scheiße, das alles sind erkennungsdienstliche Polizeifotos."

„Stimmt."

„Ist das eine Art Hobby?"

„Nein, eher ein Berufsrisiko."

Sie deutet mit ihrem Finger auf ein Bild ziemlich weit rechts.

Auf dem Foto ist Razzor abgebildet, in seinen Augen steht purer Hass, seine Lippen sind wütend zusammengekniffen. Er hält eine Art Tafel in den Händen, auf der steht sein richtiger Name, Tom Kurtis, seine Größe und noch irgendeine andere Zahlenkombination, von der ich nicht weiß, was sie zu bedeuten hat. Im Hintergrund erkenne ich eine Art überdimensionale Messlatte, mit der seine Körpergröße dokumentiert wird.

Neugierig sehe ich mir die ganzen Fotos an.

Auf einem der Polizeibilder erkenne ich Ace, aber da muss er mindestens zehn Jahre jünger gewesen sein.

Viele der Männer kenne ich noch nicht. Aber die meisten Bilder scheinen eh von Skorpion, Catcher, Tick, Ace, Slide und Razzor zu sein.

„Was haben die Jungs eigentlich getan, bevor sie sich den Riders angeschlossen haben?"

Ellen zuckt mit den Schultern.

„Slide und Ace waren bei der Army. Sie kennen sich schon eine kleine Ewigkeit. Catcher war, glaube ich, bei den SEALS und von Skorpion weiß ich es nicht."

„Und was ist mir Razzor?"

Sie scheint zu überlegen, was sie mir sagen kann, ehe sie auf mich zugeht und mich von den Fotos wegzieht.

„Komm, ich zeige dir den Rest."

Mir ist klar, dass sie mich ablenken will.

„Willst du es mir nicht sagen?"

„Das sollte dir Razzor besser selber sagen, Nicki."

Ohhhhh...

Ein mulmiges Gefühl breitet sich in mir aus, ich schlucke schwer.

Während ich mir in Gedanken die schlimmsten Szenarien vorstelle, führt mich Ellen in den ersten Stock des Clubs.

Hier befinden sich mehrere Wohnungen und drei Apartments. Eines davon kenne ich ja bereits.

„Neben Ace und Amy haben auch Slide und ich unsere Wohnung hier. Skorpion und Nora haben zwar auch eine, aber sie haben auch ein kleines Haus nicht weit von hier."

„Hat Razzor schon immer hier gelebt?"

„Er ist hier eingezogen, als er Prospect geworden ist."

Komisch, ich bemerke erst jetzt, wie wenig ich über den Mann weiß, in den ich mich immer mehr verliebe. Seine Vergangenheit hat er bis jetzt mit keinem Wort erwähnt.

Meine Fantasie läuft auf Hochtouren, mein Gaumen wird trocken.

Was ist, wenn er im Knast gesessen hat?

Dass er bei den Bullen kein Unbekannter ist, ist dank der Bilder unten im Flur offensichtlich.

„Nicki?"

Ellens Stimme reißt mich aus meinen Überlegungen.

„Hast du mir gerade zugehört?"

Oh verdammt...

„Sorry, ich war gerade abgelenkt."

„Ja, das habe ich bemerkt." Sie lächelt mich freundlich an.

„Hör mal, ich muss noch ein paar Sachen erledigen. Wir sehen uns später, OK?"

Ich nicke ihr zu.

„Ja, alles klar, bis später. Und danke für die Führung!"

„Gern geschehen."

Mit diesen Worten dreht sie sich um und lässt mich oben im Flur stehen.

Irgendwie völlig erschöpft drehe ich mich um und gehe in Razzors Apartment.

Seufzend setze ich mich aufs Bett und lege mich auf Razzors Seite.

In meinem Kopf rattert es wie verrückt.

Es ist schon irgendwie seltsam, dass ich seinen richtigen Namen nur dank eines Polizeifotos kenne. Allerdings habe ich auch nie danach gefragt. Tom Kurtis – das klingt gar nicht schlecht.

Vielleicht sollte ich den heutigen Tag nutzen und herausbekommen, was ich eigentlich wirklich will.

Wie stelle ich mir meine Zukunft vor. Was für Wünsche und Ziele habe ich?

Der MC fasziniert mich. Die Old Ladys sind super und die anderen Riders behandeln mich mit Respekt. Aber kann ich mir vorstellen hier zu leben?

Will ich Razzors Old Lady werden?

Natürlich ist mir klar, dass mir noch genug Zeit bleibt, um mir darüber klar zu werden, das Problem ist nur, dass mir diese Frage einfach nicht mehr aus dem Kopf gehen will....

Razzor hat mich völlig aus der Bahn geworfen.

Fluchend ziehe ich mir das Kopfkissen übers Gesicht und stoße einen lauten Schrei aus.

Sein Geruch liegt in der Luft, lässt meine Hormone verrücktspielen.

Verflixt! Er ist noch keine zwei Stunden unterwegs und ich vermisse ihn jetzt schon.

Wenn das so weitergeht, sollte ich mir ernsthaft Sorgen um meinen Geisteszustand machen. Es sieht mir gar nicht ähnlich, dass ich mich so sehr auf einen Mann fokussiere.

Durch das offene Fenster dringen die Geräusche der Werkstatt zu mir durch. Jetzt, wo wir fast Mittag haben, füllt sich das Gelände der Dead Riders mit Rockern.

Ich lausche den Stimmen und bewege mich nicht.

In der Vergangenheit musste ich immer schauen, wie ich über die Runden komme. Es ist ein unbekannter Luxus, einfach mal liegenbleiben zu können.

Zufrieden schließe ich meine Augen und schlafe langsam ein.

Braune Augen mit schwarzen Sprenkeln. Grüne Totenköpfe, saugende Lippen und starke Hände – Razzor verfolgt mich bis in meine Träume.

13. Kapitel

Razzor

Hinter Lakewood biegen wir ab, fahren durch ein langes Waldstück und kommen schlussendlich zu dem abgelegenen Haus, in dem sich die Drogenküche befindet.

Es ist still, vor der abgewetzten Haustüre stapeln sich unterschiedliche Plastikbehälter. Ein unangenehmer chemischer Geruch hängt in der Luft. Was auch immer es ist, es brennt richtig in den Augen.

„Ich würde sagen, wir sind hier richtig, Brüder."

Ace sieht sich die Umgebung genauer an.

„Das denke ich auch, Bro."

Der alte Chevy, der in der Einfahrt steht, ist total verrostet, die Frontscheibe ist eingeschlagen, überall auf dem Grundstück liegt Dreck und Müll.

Etwas weiter Richtung Wald steht eine alte Schaukel. Das Holz ist morsch, der Querbalken ist kurz vor dem Durchbrechen.

Vor langer Zeit mag dieses Haus mal das Heim einer Familie gewesen sein, jetzt ist es heruntergekommen und wird für andere Zwecke verwendet.

Tick schnallt sich den Rucksack ab, stellt ihn behutsam vor sich auf den Boden und beginnt, den hochexplosiven Inhalt vor sich auf dem Rasen auszubreiten.

Routiniert montiert es den Fernzünder, legt die Lunte und geht langsam und vorsichtig mit der Bombe in der Hand auf das Haus zu. Nachdem er sie platziert hat, kommt er zu uns zurück.

Vorfreude spiegelt sich in seinem Gesicht. Tick ist durch und durch ein Bombenleger.

Skorpion schüttelt amüsiert den Kopf, klopft mir kurz auf die Schulter und schafft etwas Abstand zu sich und dem Haus.

Slide und Ace unterhalten sich leise, während Catcher an seinem Motorrad lehnt und eine raucht.

„Seid ihr bereit für die Party?"

Tick zwinkert unserem Präs verschwörerisch zu.

„Sollen wir die Wichser warnen oder einfach mit in die Luft jagen?

Ace sieht mich an, spuckt neben seinen Füßen auf den Boden und zündet sich ebenfalls eine Zigarette an.

„Wenn wir diese Dreckschweine entkommen lassen, machen sie in den nächsten Wochen irgendwo eine neue Drogenhöhle auf. Darauf kann ich verzichten! Es ist allseits bekannt, dass wir in unserem Revier keine

Drogen dulden. Wer sich nicht an unsere Gesetze hält, muss damit rechnen, dass ihm seine Scheiße um die Ohren fliegt."

„Das war dann wohl ein Nein."

„Tick Tack – Tick Tack – Tick Tack."

Tick wackelt mit dem Kopf hin und her, wartet bis wir alle ausreichend Sicherheitsabstand zum Haus haben und schnalzt laut mit der Zunge, ehe er auf den Auslöser drückt.

Keine zehn Sekunden später werden wir alle von den Füßen gerissen.

Bämmmmmm....

Ein ohrenbetäubender Knall erschüttert die Welt. Ein schmerzhaftes Pfeifen ertönt in meinen Ohren, die Hitze des Feuers verbrennt mein Gesicht.

Tausende von winzigen Glassplittern surren durch die Luft, die Haustüre fliegt gut 500 Meter durch die Luft.

So schnell ich kann komme ich wieder auf die Beine und sehe mich nach meinen Brüdern um. Sie scheinen unverletzt zu sein.

„Fuck, Tick, bist du irre?"

Lachend wischt er sich die Staub-und Aschepartikel aus dem Gesicht.

„Yeah, war das geil! Die müssen eine ganze Menge brennbaren Scheiß in dem Haus gebunkert haben."

Ace, Slide, Catcher und ich sehen ihn entsetzt an.

Nur Skorpions Blick ist auf das in die Luft geflogene Haus gerichtet.

Das Wenige, was die Explosion übriggelassen hat, wird nun von den Flammen aufgefressen.

Mal wieder ist es ihm gelungen, seinem Spitznamen alle Ehre zu machen.

„Scheiße, Tick! Kann es sein, dass du dich bei der Sprengstoffmenge etwas verrechnet hast?"

Er sieht mich breit grinsend an. Im Gegensatz zu mir ist er mit seiner Arbeit hoch zufrieden.

„Komm schon, Razzor, stell dich nicht so an. Ace wollte einen ordentlichen Knall und ganz genau den hat er bekommen. Außerdem kann ich nun wirklich nicht ahnen, dass die massenhaft Chemiescheiße gelagert haben."

„Chemiescheiße?" Tick zuckt nur mit den Schultern.

Fassungslos sehe ich meinen Präsidenten an, der schüttelt nur den Kopf, klopft sich den Dreck von den Händen und flucht vor sich hin.

Ein ganz normaler Tag bei den Dead Riders....

„Haltet mich für bescheuert. Aber diese verrückte Scheiße habe ich die letzten Wochen echt vermisst:"

Slide zieht mich in eine feste Umarmung, klopft mir auf die Schulter und geht zu seinem Bike.

„Ich würde sagen, wir sind hier fertig, Männer.“

Catcher dreht sich ein letztes Mal zum Feuer um, ehe er auf sein Bike steigt.

„Aye, das sehe ich auch so, Präs.“

Der Geruch von verkohltem Holz, Plastik und anderem Scheiß liegt in der Luft.

Wir steigen auf unsere Maschinen, setzen unsere Helme auf und starten die Motoren.

Es würde mich nicht wundern, wenn man die Explosion noch im zwanzig Meilen entfernten Tacoma gehört hat. Ohne wertvolle Zeit zu verschwenden folgen wir der Straße, bis wir zurück auf der Interstate 5 sind.

Die Fahrt verläuft ohne irgendwelche Zwischenfälle, keine halbe Stunde später sind wir zurück im Club.

Wir parken unsere Bikes vor der Werkstatt. Ace steigt als Erster ab und sieht uns der Reihe nach an.

„In einer Stunde treffen wir uns in meinem Büro. Wir müssen noch ein paar Sachen besprechen, bevor wir morgen Richtung kanadische Grenze aufbrechen.“

Mit diesen Worten dreht er sich um und verschwindet im Club.

Ich kenne Ace nun schon eine ganze Weile, ich merke ihm an, dass ihn die bevorstehende Aktion nervös macht. Die Mexikaner sind keine zu unterschätzenden Gegner. Auch wenn es die Gesellschaft meistens totschweigt und die Politiker nicht darüber reden wollen, ist der Handel mit Mädchen nichts Seltenes.

Dieses Geschäft gibt es auf der ganzen Welt und solange es kranke Arschlöcher gibt, die bereit sind, für unberührte, minderjährige Mädchen tausende von Dollar zu bezahlen, wird es das auch immer geben.

So scheiße ich das auch finden mag, aber es lässt sich nicht ändern.

Wenn nicht ausgerechnet Abigail, Catchers Cousine, den Mädchenhändlern in die Hände gefallen wäre, würde ich einen Teufel tun und mich da einmischen.

In diesem besonderen Fall haben wir es nicht mit irgendwelchen Kleinkriminellen, sondern mit richtigen Profis zu tun.

Es besteht durchaus die Gefahr, dass es uns nicht gelingen wird, Abigail zu retten.

Ich sehe zu Catcher, der angespannt und mit geballten Fäusten auf seinem Motorrad sitzt. Für ihn würde ich durchs Feuer gehen.

Scheiß auf die Gefahren und die Risiken die uns bei dieser Aktion erwarten. Wir sind nicht irgendwelche Männer, sondern Dead Riders -

wir kämpfen und wir siegen. So war es schon immer und so wird es auch dieses Mal sein....

Das Problem an der Sache ist nur, dass ich zum ersten Mal in meinem Leben etwas zu verlieren habe.

Diese Frau hat mich so fest in ihren kleinen Händen, dass es mir beinahe Angst macht.

Mit ihr will ich eine gemeinsame Zukunft – sie ist meine Chance auf Glück.

Susan kommt auf uns zu, Catcher zieht sie in seine Arme und küsst sie zärtlich.

„Wir sehen uns, Bro."

„Hast du Nicki gesehen, Susan?"

„Seit eurem Aufbruch heute Morgen nicht mehr."

Hmmm....

Sorge breitet sich in mir aus. Was ist, wenn sie sich im Club nicht wohl fühlt?

Als ich sie nirgends im Erdgeschoss finde, gehe ich zu meinem Apartment

Trotz der Stille, die mir entgegenschlägt, weiß ich instinktiv, dass mein Mädchen hier ist.

Ich kann ihre Nähe geradezu körperlich spüren.

Wie ein Fächer verteilen sich ihre rotbraunen Haare auf meinem Kopfkissen. Ihre Augen sind geschlossen, sie dreht sich etwas auf die Seite und gibt ein leises Seufzen von sich.

Allein dieses Geräusch reicht aus, um mich hart werden zu lassen. Nicht in der Lage meinen Blick abzuwenden bleibe ich einfach nur stehen, sehe auf sie herab und präge mir jede Kleinigkeit ein.

Nicki ist nicht einfach nur sexy, sie ist schön, intelligent humorvoll und die absolut Richtige für mich.

Fuck! Sie ist bestes Old-Lady-Material und sie ist nur wegen des Geldes bei mir.

Der letzte Gedanke ätzt sich wie giftige Säure durch meine Eingeweide. Ich habe mich den Riders angeschlossen, weil ich frei sein wollte.

Born to Ride - Ride to Live....

Dieses Hochgefühl, das ich nur auf meinem Motorrad verspüre, ist besser als Sex, oder zumindest war es das, bis ich mich zum ersten Mal in die kleine süße Pussy dieser Frau gerammt habe - seitdem ist alles anders.

Jetzt sehne ich mich nicht mehr nach der Freiheit der Straße, sondern nach ihrem Körper.

Mir ist klar, dass ich in der Scheiße stecke, und dennoch liebe ich es, in ihrer Nähe zu sein.

In einer Stunde sitze ich mit meinen Brüdern in Aces Büro und gehe ein letztes Mal die Einsatzplanung durch. Morgen werden wir aufbrechen und es ist nicht gesagt, dass wir alle wieder zurückkommen.

Unruhig ziehe ich mir die Stiefel aus, lege mich neben Nicki ins Bett und ziehe sie in meine Arme.

Sie riecht köstlich, nach frischen Äpfeln und nach Frau. Ich vergrabe meine Nase in ihren Haaren, schlinge meinen Arm um ihre Taille und ziehe sie fester an mich.

Rund und fest presst sich ihr Po gegen meinen Schritt, ich schließe tief einatmend meine Augen.

Vor nicht allzu langer Zeit konnte ich nicht verstehen, warum sich Catcher, Skorpion oder gar Slide für immer an eine Frau gebunden haben. Warum sollte ein Mann seinen Schwanz an die goldene Leine legen lassen, wenn er auch aus dem Vollen schöpfen kann. Jetzt, wo ich Nicki bei mir habe, verstehe ich meine Brüder voll und ganz.

Diese ganzen Bitches, die hier herumlaufen, sind nichts weiter als Fastfood, während Nicki ein Fünf-Gänge-Menü ist.

Ehrfürchtig lasse ich meine Hände über ihre Rundungen streichen. Sie regt sich etwas, wacht jedoch nicht auf.

Ich werde forscher, schiebe meine Hand unter ihr Shirt und liebkose das weiche Fleisch ihrer Brustwarze. Zwirbel sie zwischen meinen Fingern, genieße das Gefühl, wie sie sich zusammenzieht, heiß wird und anschwillt.

Hungrig lecke ich an der weichen Haut an ihrem Hals, sauge sie tief in meinen Mund und lasse sie meine Zähne spüren. Jetzt, wo unser Aufbruch immer näher kommt, muss ich sie sichtbar zeichnen.

Oh verdammt...

Ich will, dass jeder Mann auf diesem Planeten weiß, dass diese Frau mir gehört. Sie gehört mir alleine, Nicki ist mein Besitz und ich werde sie nie wieder freigeben!

Vielleicht sollte ich sie mir über die Schulter werfen und auf die Liege in Ticks Zimmer schnallen. Die verbleibende Zeit könnte ausreichen, um ihr meinen Namen auf den Arsch zu tätowieren.

Meine Berührungen werden immer fordernder, blinzelnd öffnet sie die Augen und presst sich automatisch fester an mich.

Wir gehören zusammen...

Ein dunkles Knurren löst sich aus meiner Kehle, es braucht nicht mehr viel und dann verliere ich die Kontrolle über meine Begierden und meine Gefühle.

„Hey, Baby."

Hungrig presse ich meine Lippen auf die ihren, tackere mich fest, sauge ihre Zunge tief in meinen Mund.

Was ich will ist klar, was ich mir jetzt nehme auch, aber ob es mir reichen wird ist fraglich. Wie stillt man einen Hunger, der nicht gestillt werden kann?

Sie zu besitzen ist mein größtes Glück – sie zu ficken mein persönliches Paradies.

Ich will Nicki nicht einfach nur ficken, ich will sie lieben und ihr so viele Orgasmen schenken bis sie in Ohnmacht fällt. Ich werde für Catcher kämpfen und wenn es sein muss auch für ihn sterben. Aber jetzt hier in diesem Augenblick werde ich mein Mädchen einfach nur lieben.

Lieben? In meinem bisherigen Leben hat die Liebe keine Rolle gespielt. Weder habe ich geliebt noch wurde ich es.

Es überrascht mich also sehr, dass ich ausgerechnet jetzt an die Liebe denke.

Nickis Zunge schlängelt sich durch meinen Mund, ihre Finger schieben sich unter mein Shirt. Das Gefühl ihrer scharfen Fingernägel, die über meine Haut streichen, ist einfach nur göttlich. Das Wissen, dass ich sie markiert habe und dass sie zugleich ihre Spuren auf mir hinterlässt, sorgt dafür, dass sich meine Eier puckernd zusammenziehen.

Ungeduldig beginne ich damit sie auszuziehen. Ohne unseren Kuss zu unterbrechen drücke ich den Knopf ihrer Jeans durch das schmale Loch, öffne den Reißverschluss und schiebe meine Hand in ihren Slip.

Seidig weich und cremig feucht empfängt mich ihr zuckender Spalt.

Meine Finger wühlen sich durch ihre Pussy, kreisen über ihre Klit und zupfen leicht daran. Stöhnend löst sie ihre Lippen von den meinen, schnappt nach Luft und krallt sich in meinem Nacken fest.

„Yeah, Baby. Du bist so nass und so bereit für mich.“

„Ich brauche dich, Razzor.“

Jeder noch so kleine Muskel in meinem Körper spannt sich an, wird hart. Nachdem ich uns beide so schnell wie irgend möglich ausgezogen habe, rolle ich mich auf sie und presse sie mit meinem Gewicht in die Matratze.

Hungrig beiße ich mich in ihrer Unterlippe fest, sauge sie in meinen Mund und raube ihr den Atem.

Es gefällt mir ganz und gar nicht, sie die nächsten Tage alleine zu lassen. Das Wissen, dass sie mit einem Haufen notgeiler Kerle hier im Clubhaus sitzt, lässt mich beinahe durchdrehen.

„Sieh mich an, Nicki.“

Unsere Blicke treffen sich.

„Das hier“, ich bedecke mit meiner Hand ihre Pussy, schiebe zwei meiner Finger bis zum Anschlag in sie, „gehört nur mir. Hast du mich verstanden?“

Ihr Blick wird glasig, sie leckt sich die Lippen und nickt leicht. Doch das reicht mir nicht. Ich muss es aus ihrem Mund hören.

„Sag es, Nicki. Ich muss hören, dass du weißt, wessen Besitz du bist."

„Ich gehöre nur dir, Razzor."

Um die Ernsthaftigkeit meines Besitzanspruchs zu verstärken, bewege ich meine Finger immer schneller rein und raus. Meine Hand fickt sie, während ich in den Tiefen ihrer grün-grauen Augen versinke.

Gott, sie ist so schön....

„Vergiss das nie, Baby! Wenn du mich jemals hintergehst, drehe ich durch."

Sie presst ihren Kopf in das Kissen, ihre Kehle lockt mich magisch an.

Bestimmend umfasse ich ihren schlanken Hals mit meiner Hand, drücke zu, kontrolliere so ihre Atmung.

Dieser intime Augenblick berührt etwas tief in meinem Inneren, von dem ich gar nicht wusste, dass es da ist. Eigentlich wollte ich ihr nur demonstrieren, wie verflucht schutzlos sie ist. Doch anstatt mich zu fürchten, schmiegt sie sich an mich, sie überlässt mir die Kontrolle, vertraut mir grenzenlos.

Ihre Hingabe wirft mich aus der Bahn.

Womit zum Teufel habe ich sie nur verdient?

Die Welt in der ich lebe ist dunkel und gefährlich - in meinem Leben gibt es keinen Platz für Gefühle, schon gar nicht für die Liebe.

Überwältigt von der Bedeutungsschwere dieses Augenblicks sauge ich ihren Anblick in mich auf. Ihre milchweiße Haut und der dunkle Halbmond ihrer langen schwarzen Wimpern, in Kombination mit ihren vollen Lippen... diese Frau ist mein!

Meine inneren Dämonen knurren laut, fletschen die Zähne und sehnen sich nach ihren Tränen. Das Monster in mir will ihre Haut zeichnen, sie beißen und so lange ficken bis sie keinen Schritt mehr laufen kann.

Doch ein anderer Teil meines Ichs, ein Teil, von dem ich bis zu diesem Moment nicht einmal wusste, dass er existiert, will sie halten, beschützen und zärtlich küssen.

Verwirrt atme ich tief ein, ehe ich meinen Kopf senke und sie hauchzart auf die Stirn küsse.

Ich lockere meine Finger, lasse ihr so mehr Sauerstoff.

Was passiert hier gerade?

Wenn ich mich nicht sofort in ihrer weichen Muschi vergrabe, verliere ich den Verstand.

Ich suche die Zustimmung in den Tiefen ihrer Augen, senke meinen Kopf und zeichne mit meiner Zungenspitze die Konturen ihres Kiefers nach.

Mein dunkles Knurren vermischt sich mit ihren süßen Seufzern während meine Eichel durch ihre Schamlippen streicht.

Gierig erkunde ich ihren Mund, spüre das Erbeben ihres Körpers und presse sie noch fester in das Bett.

Meine Eier ziehen sich schmerzhaft zusammen, meine Eichel schwillt an und mein Herz beginnt wie wild zu rasen.

Holy Shit!

Immer gieriger dringe ich mit meiner Zunge in ihren Mund ein, reibe die komplette Länge meines Schwanzes an ihrer feuchten Mitte und vergesse zu atmen.

Krachend schlagen unsere Zähne aufeinander. Ich verändere meine Position und bringe mich vor ihrer nassen Möse in Position.

„Du. Gehörst. Nur. Mir!“

Das Wissen, dass sie schon längst zugestimmt hat mir zu gehören, kann meine Besitzgier nicht im Mindesten abbremsen. Meine Hände gleiten über ihre schmale Taille, legen sich auf ihren runden Po und pressen ihren Unterleib gegen meinen harten Schwanz.

Wenn diese Frau wirklich mein Untergang ist, dann soll es so sein...

14. Kapitel

Nicki

Ich spüre mit jeder Faser, dass sich etwas zwischen mir und meinem Rocker verändert hat. Unsere Lust hat ein neues Level erreicht. Die Intensität seines Blicks, die Besitzgier seiner Berührungen und die Eindringlichkeit seiner Worte. All das berauscht mich, lässt mich fliegen.

Leise knurrt er mir ins Ohr, dass er jeden anderen Mann, der es wagt mich zu berühren, töten wird. Seine dunkle Stimme lässt mich erschaudern.

Dass sexy Spiel seines Bizeps unter seiner braunen Haut lässt mich verzückt aufseufzen.

Verspielt lässt er seine Finger über meinen Bauch tanzen, umschmeichelt die empfindliche Haut am Rand meines Venushügels und züngelt leicht über mein Schlüsselbein.

Die dicke Wulst seiner Eichel reibt wieder und wieder durch meinen Spalt.

Brummend saugt er meine linke Brustwarze zwischen die Zähne, liebkost sie mit seiner Zungenspitze, ehe er zubeißt.

„Oh Gott, jaaaa....“

Groß und kraftvoll spüre ich seinen muskulösen, harten Körper, jeder seiner Muskeln ist vor Erregung angespannt. Sehnsüchtig schließe ich meine Augen, lasse mich fallen und gebe mich ihm hin, mit dem Wissen, dass ich bei ihm sicher bin.

Feucht, gierig und wild umschlingen sich unsere Zungen, saugen und fordern immer mehr von dem anderen.

Besitzergreifend zwirbelt er meine geschwollenen Brustwarzen.

Razzors Zunge bringt mich um den Verstand, sie lässt mich alles um uns herum vergessen und sorgt dafür, dass ich süchtig nach ihm werde.

Schwer atmend und maßlos erregt liege ich unter ihm. Seine angespannte Mimik und das unregelmäßige Zucken seiner Kiefermuskeln verraten mir, dass sich seine letzte Selbstbeherrschung gerade in Luft auflöst.

Nach seinem Geschmack lechzend züngle ich über die empfindliche Haut an seiner Kehle, knabbere an seinem Ohrläppchen und lasse meine Zungenspitze über die kratzigen Bartstoppeln an seiner Wange gleiten.

„Holy Fuck, Baby! Du hast keine Ahnung, wie sehr ich dich will!“

Jeder Zentimeter meines Körpers ist angespannt und prickelt vor Lust, mein Herz rast und mein Verstand hat sich schon vor Minuten verabschiedet.

„Dann zeig es mir, Rocker.“

Animalisch, roh und besitzergreifend erobert er erneut meine Lippen, während er mit seinem Finger tief in mich eindringt.

Wimmernd presse ich mich seiner Hand entgegen. So sehr ich sein Fingerspiel auch zu schätzen weiß, es reicht mir nicht. Ich will endlich seinen dicken harten Schwanz in mir spüren. Stöhnend kralle ich mich an seinen Schultern fest und kratze mit meinen Fingernägeln über seine Haut.

„Bitte fick mich endlich. Ich will, dass du mich nimmst, dass du mich dehnst und mich hart kommen lässt.“

Seine Zähne beißen sich an meinem Hals fest. Ein scharfer Schmerz durchzuckt mich.

Bestimmend spreizt er meine Schenkel etwas weiter und öffnet mich so noch mehr für ihn.

Wimmernd genieße ich seinen gierigen Blick auf meiner Mitte und das Gefühl seiner dicken Eichel, die sich ein paar köstliche Zentimeter in mich schiebt.

Winzige Schweißtropfen bilden sich in meinem Nacken, während er sich immer tiefer in mich schiebt.

Laut stöhnend gebe ich mich ihm rückhaltlos hin, nehme alles, was er mir schenkt, und ertrinke in meiner Lust.

„Zur Hölle, Nicki! Ich werde dich nie wieder gehen lassen.“

Verzweifelt kralle ich meine Finger in die Decke, als er sich noch tiefer in mich schiebt. Von ihm genommen zu werden, fühlt sich so verdammt gut an.

„Sieh mich an, Baby! Ich will, das du siehst, zu wem du gehörst!“

Blinzelnd befolge ich seinen Befehl und gehe unter in den schwarzen Tiefen seiner Augen. Endlich spannt er seine Oberschenkel an und rammt sich mit einem gnadenlosen Stoß bis zum Schaft in mich. Ich schreie laut auf, versuche verzweifelt, nicht die Kontrolle zu verlieren. Mein empfindliches Inneres zieht sich bebend zusammen.

Es dauert ein paar Herzschläge lang bis sich mein Unterleib an seine Größe gewöhnt hat.

Er füllt mich perfekt aus – wir sind füreinander geschaffen.

Dank des immer stärker werdenden Druck in meinem Unterleib krümmen sich meine Zehenspitzen.

Endlich beginnt er sich in mir zu bewegen.

Die Reibung ist so unfassbar geil, sein Blick ist dunkel und sein Körper kraftvoll.

Er bumst mich mit allem, was er hat, hält nichts zurück und sorgt so dafür, dass das hölzerne Kopfteil des Bettes laut krachend gegen die Wand gerammt wird.

Verloren und ihm völlig ausgeliefert erwidere ich seinen Blick, ehe ich von einem urgewaltigen Orgasmus hinfortgerissen werde.

Ahhhh....

Meine Nervenbahnen fangen Feuer. Razzors dicker Schwanz lässt meine Synapsen durchbrennen und bringt das Blut in meinen Adern zum Kochen.

.... *Ich gehöre für immer nur ihm.....*

Kraftvoll spreizt er meine zitternden Schenkel und beobachtet sein Glied dabei, wie es immer wieder bis zum Schaft in mir verschwindet.

Sein Daumen legt sich auf meine viel zu sensible Perle, er übt genau den richtigen Druck aus, so dass ich erneut laut schreiend komme.

„Oh Nicki, ich muss dich einfach kosten!“

Noch bevor ich ihm widersprechen kann, zieht er sich aus mir heraus.

Mit seiner rauen Zungenspitze leckt er über meinen Eingang, umkreist sanft meine Klitoris, während ich hilflos nach Luft schnappe.

Beim Küssen spüre ich sein Zungenpiercing kaum, doch jetzt reibt sein Totenkopfstecker über meine empfindliche Haut.

Mein Unterbewusstsein flüstert mir zu, dass irgendetwas nicht stimmt, aber ich bin viel zu erregt, so dass ich nicht erkennen kann, was es ist.

„Du bist mein Untergang, Baby!“

Das raue Timbre seiner Stimme streicht über meine zitternden Nerven.

Gekonnt leckt er meine Pussy, der neongrüne Totenkopf reibt über meinen Kitzler, bevor er mit seiner Zunge tief in mich eindringt.

Razzor ist ein Mann mit verdammt vielen Facetten.

Ich beobachte ihn dabei wie er sich aufrichtet. Sein Blick ist auf meine zuckende Pussy gerichtet während er mit seiner rechten Faust seinen Penis umfasst.

Pumpend bewegt er sie. Er drückt so fest zu, dass seine Knöchel weiß werden.

Seine Finger reiben über die komplette Länge. Fasziniert beobachte ich meinen Rocker dabei wie er sich einen wichst.

Ich erkenne an seinem Körper ganz genau, wann er soweit ist, dass er kommt.

Er erschaudert, flucht laut und presst die Augen zusammen.

Sein Sperma spritzt aus dem kleinen Schlitz direkt auf meinen Bauch. Schwall für Schwall verteilt er sein Ejakulat auf meinem Unterleib.

Schlagartig wird mir klar, was er da gerade getan hat. Er hat mich markiert.

Fasziniert beobachte ich, wie sich seine Mimik verändert. Seine Lippen verziehen sich zu einem zufriedenen Lächeln.

„Du siehst so scheiß geil aus, Kleines.“

Seine Hand legt sich auf meinen Bauchnabel. Er verteilt seinen Samen auf mir, massiert ihn regelrecht ein.

Ich spüre seinen klebrigen Saft auf den Innenseiten meiner Oberschenkel, auf meinen Schamlippen, meinem Anus und natürlich auf meinem kompletten Bauch.

„Jetzt bist du mein! Ich werde dich nie wieder gehen lassen!"

Meine Lust und die verwirrenden Emotionen, die durch meine Venen rauschen sind zu intensiv...

Ich versuche die Tragweite dessen, was er gerade getan hat, zu verstehen, doch ich scheitere kläglich.

Seine rauen Worte schleichen sich in mein Herz, verzaubern meinen Verstand und betören meine Seele.

Razzor kennt heute kein Erbarmen, erneut schiebt er sich in mich.

Rhythmisch und kraftvoll nimmt er mich mit jedem erneuten Stoß mehr in Besitz.

Zitternd spannen sich erneut meine Muskeln an, ich kann nicht mehr..... meine Beine beginnen zu zucken und meine Atmung stoppt.

Der über mich hereinbrechende Orgasmus ist wie ein Wirbelsturm aus Gefühlen und Empfindungen. Die Kontraktionen zwischen meinen Beinen sind so stark, dass ich ihn erneut mitreiße und er sich laut brüllend in mir ergießt.

Selbstvergessen fällt sein Kopf in den Nacken, seine Bauchmuskulatur zuckt wild, während seine Eichel tief in mir pulsiert.

Völlig kraftlos schlinge ich meine Beine um seine Taille und ziehe ihn noch tiefer in mein zitterndes Inneres.

Es klingt verrückt, aber jetzt, wo ich ihn so tief in mir habe, fühlt es sich so an, als wären wir nur zusammen vollständig.

Meine verrückten, postkoitalen Gedanken erstaunen mich.

Seit wann bin ich so eine hoffnungslose Romantikerin?

Zufrieden seufzend lecke ich mir über meine trockenen Lippen, genieße seinen herben Geschmack und atme die mit unseren Gerüchen geschwängerte Luft ein.

Schweigend treffen sich unsere Blicke, sein Atem liebkost meine Haut, während unsere Herzen im gleichen Takt schlagen...

Grinsend sehe ich ihm in die Augen.

„Was muss ich tun, um dasselbe gleich noch mal zu bekommen?"

Knurrend verdreht er die Augen, während sich ein zufriedenes Lächeln auf seinen Lippen ausbreitet.

„Verdammt, Süße, du bist ja unersättlich!"

Trotz meiner verzweifelten Bemühungen ihn in mir zu behalten, gleitet er aus mir heraus und rollt sich neben mir auf den Rücken.

Die besitzergreifende Geste, mit der er seine Hand auf meinen Po legt und mir einen leichten Klaps verpasst, sorgt für ein wohliges Gefühl in meinem Bauch.

Jeder Zentimeter meines Körpers fühlt sich an wie aus Gummi, meine Haut klebt und mein Kopf scheint nur noch mit zerplatzenden Seifenblasen gefüllt zu sein, denn anders kann ich mir das dümmliche Dauergrinsen, das sich auf mein Gesicht legt, wirklich nicht erklären...

Nackt und so zufrieden wie eine satte Katze reibe ich mich an ihm.

„Ich glaube ich klebe an dir fest."

Zufrieden beobachte ich, wie sich bei meinem Worten seine Nasenflügel blähen.

„Es gefällt mir, dass ich überall an dir bin. So kannst du mich die nächsten Tage nicht vergessen."

Ich werde hellhörig. Vergessen? Warum sollte ich ihn vergessen?

Mit einem schnellen Ruck setze ich mich auf, meine Haut zieht ein bisschen, wir waren wirklich aneinander festgeklebt.

Ich sehe ihn direkt an.

„Was willst du mir damit sagen?"

Er hebt seinen Arm und will mich berühren, doch ich weiche ihm aus.

Aus seiner Kehle löst sich ein leises Fauchen, er streicht sich angespannt mit der Hand über seinen Iro und zieht frustriert die Augenbrauen zusammen.

In der einen Sekunde liegt er neben mir im Bett, in der nächsten steht er vor dem Bett.

„Wir werden noch heute aufbrechen."

Eine undefinierbare Angst beschleicht mich, in meinem Magen liegen plötzlich Steine.

„Wenn du wir sagst, dann meinst du nicht dich und mich. Stimmt's?"

Zumindest hat er den Anstand zerknirscht zu gucken.

„Nein, damit meine ich meine Brüder und mich."

„Du bist ein Arschloch!"

Er sieht mich überrascht an.

„Wiederhol das, Baby."

Wenn er denkt, dass ich jetzt kneife, muss ich ihn enttäuschen.

Ich lecke mir die Lippen, halte seinem eindringlichen Blick stand und betone jedes meiner Worte sehr deutlich.

„Du. Bist. Ein. Arschloch. Razzor!"

Mit meinem rechten Zeigefinger zeichne ich ein Ausrufezeichen in die Luft.

In der einen Sekunde wirkt er wütend, in der nächsten irgendwie hilflos.

„Was zur Hölle hast du dir denn bitte schön gedacht, Nicki? Dass ich dich mit auf eine Auktion nehme, bei der hilflose Frauen wie Vieh versteigert werden? Glaubst du wirklich, dass ich dich so einem Risiko aussetzen werde?“

Wir starren uns an und schweigen.

Erst jetzt bemerke ich, dass ich die Luft angehalten habe, ich lasse sie zischend entweichen und schüttle den Kopf.

„Nein, das nicht, aber ich dachte, du sagst mir etwas früher, wann du gehst. Ich komme mir gerade irgendwie...“, ich zucke mit den Schultern, „... keine Ahnung wie ich mir vorkomme. Ich fühle mich scheiße.“

Dass er weg muss erklärt einiges. Jetzt weiß ich, woher diese unheimliche Intensität und sein unstillbares Verlangen hergekommen sind.

Das gerade eben war nicht einfach nur eine schnelle Nummer am Mittag.

Es war eine Vereinigung und zugleich ein Abschied.

Razzor hat sich bereits vollständig angezogen, es wird nicht mehr lange dauern bis er geht. Panik steigt in mir hoch, lässt mich beinahe würgen.

Instinktiv weiß ich, dass es durchaus sein kann, dass er nicht zu mir zurückkommt.

Tränen schießen mir in die Augen, eine eiskalte Angst schleicht sich in mein Herz.

Ich schlucke schwer, senke meinen Kopf und vermeide es, ihn anzusehen.

Mir ist durchaus klar, dass ich mich gerade unfair und naiv verhalte. Aber scheiß drauf, das ist das Recht von uns Frauen....

„Sieh mich an, Nicki!“

Anstatt seinem Befehl zu gehorchen, stehe ich auf und gehe ins Badezimmer.

Ich drehe das Wasser der Dusche an und betrachte in Spiegel über dem Waschbecken mein Spiegelbild.

Meine Wimperntusche ist verwischt, meine Haare sehen aus wie ein postkoitaler Unfall und in meinen Augen schwimmen Tränen.

Razzor war von Anfang an ehrlich und aufrichtig zu mir. Ich wusste, dass er mit seinen Brüdern Catchers Cousine retten muss, aber irgendwie kam mir das alles noch so weit weg vor.

Jetzt holt mich die Realität mit voller Wucht ein.

Scheiße – Scheiße – Scheiße!

„Mach diese verdammte Türe auf, Nicki!“

„Nein!“

Sehr schön, wenn er schreien und streiten will, ist mir das gerade recht, alles ist mir lieber, als heulend auf dem Bett zu sitzen.

„Ich zähle bis drei. Entweder ist sie dann auf oder ich trete sie verdammt noch mal ein."

„Es ist dein Zuhause. Tu, was du nicht lassen kannst, Razzor."

Ich höre ihn fluchen und weiß, dass er Ernst machen wird.

Bevor ich ihm gegenübertrete muss ich erst meine Gefühle wieder in den Griff bekommen. Außerdem will ich nicht mit ihm streiten, während ich ihn an meinem ganzen Körper spüren kann, das ist irgendwie irritierend.

Kurzerhand ignoriere ich den großen wütenden Rocker, der mit seiner Faust unablässig von außen gegen die Türe schlägt, so dass sie in den Scharnieren erzittert, und steige unter den heißen Wasserstrahl.

Der Wasserdruck massiert meine angespannten Muskeln. Ich lehne mich mit der Stirn gegen die vom Wasser aufgewärmten Fliesen und schließe die Augen.

Warum zur Hölle führe ich mich gerade so auf?

Weil du Angst hast ohne ihn zu sein....

Na klasse, mein Unterbewusstsein kennt die Antwort natürlich.

Unweigerlich stelle ich mir die Frage, was passiert, wenn ich einem Dead Rider seine Freiheit nehmen will – nichts Gutes.

Es gehört zu Razzors Leben, immer wieder mal ein paar Tage durchs Land zu fahren, und wenn ich diesen Mann wirklich will, dann muss ich lernen, damit klarzukommen.

Ein lautes Krachen reißt mich aus meinen Gedanken.

Razzor hat Ernst gemacht und die Türe kurz und klein geschlagen.

Ohne zu zögern steigt er samt seiner Kleidung, inklusive Kutte, zu mir unter die Dusche. Er umfasst mein Gesicht und zwingt mich ihn anzusehen.

Verwirrt beobachte ich wie das Wasser über das Leder der Weste perlt.

„Völlig egal wohin ich gehe, ich werde immer zu dir zurückkommen!"

Ich wische mir mit dem Handrücken etwas Wasser aus dem Gesicht.

„Ist das ein Versprechen, Rocker?"

„Aye Baby, das ist es!"

Und dann küsst er mich, nagelt mich mit seinem großen Körper gegen die Wand und stöhnt laut, als ich meine nackten Brüste an ihm reibe.

Meine Angst ihn zu verlieren ist geblieben, aber die Panik löst sich langsam auf. Razzor ist ein Mann, der zu seinem Wort steht. Wenn er sagt, dass er zurückkommt, dann wird er das auch tun.

15. Kapitel

Razzor

Nicki sitzt in ein großes Handtuch gewickelt vor mir auf dem Bett. Mit ihren nassen Haaren und ihren großen Augen reizt sie meinen Beschützerinstinkt.

„Du weißt, was ich dir versprochen habe?“ Sie nickt. „Ich werde alles in meiner Macht Stehende tun, um dieses Versprechen einzuhalten. Falls mir das aber nicht gelingt, will ich, dass du abgesichert bist.“

Ohne ihren Blick frei zugeben, öffne ich die oberste Schublade der Kommode und reiche ihr ein dickes Bündel Dollarscheine.

„Das sind 10 000 Dollar, damit kannst du ein neues Leben anfangen, Baby.“

Unser Deal hat mit Geld begonnen, und wenn es das Schicksal so will, wird er auch mit Geld enden.

Es kommt mir vor wie eine Ewigkeit, dass wir uns das erste Mal im Fight Club begegnet sind. In Wirklichkeit ist es erst ein paar Tage her.

Als sie versteht, was ich gerade tue, lässt sie das Geld fallen, als hätte sie sich daran die Finger verbrannt.

„Ich will es nicht, Razzor.“

Verständnislos sehe ich sie an.

Sie steht auf, schlingt mir ihre Arme um den Nacken und küsst mich zärtlich auf den Mund.

„Alles, was ich will, bist du! Also halte dein Versprechen und komm zu mir zurück.“

Ihre Worte machen mich sprachlos. Womit zur Hölle habe ich dieses fantastische Mädchen nur verdient.

„Nimm es Baby, bitte. Wenn ich zurückkomme kannst du es mir einfach wiedergeben.“

Nicki schluckt schwer, das Geld nimmt sie nicht.

Fluchend lasse ich sie los, packe mir ihren Rucksack und stopfe das Geld dort rein – mehr kann ich nicht tun.

„Ich muss los, die Jungs warten unten schon auf mich. Ich komme nach der Besprechung noch mal hoch. Etwas Zeit bleibt uns also noch. OK?“

Sie nickt stumm. Der Blick, mit dem sie mich ansieht, gefällt mir nicht, sie sieht so klein, schutzlos und verloren aus.

Wie nicht anders zu erwarten bin ich der Letzte, der an dem großen Tisch Platz nimmt. Ich bin zu spät. Ace sieht mich kurz an, als wollte er etwas sagen, überlegt es sich dann allerdings noch mal anders. Anscheinend steht mir meine schlechte Laune ins Gesicht geschrieben.

„OK Männer, jetzt, wo wir vollzählig sind, können wir loslegen."
Slide zündet sich mit seinem Zippo eine Kippe an, danach behält er es in der Hand und lässt es immer wieder auf- und zuschnappen.
Die Stimmung ist angespannt, jeder von uns weiß, was auf dem Spiel steht.
Catchers Augen glühen, er ist ganz offensichtlich bereit, sich mit dem Teufel persönlich anzulegen.
„Drei unserer Bitches sind bereit, sich als unsere *Ware* auszugeben. Wenn alles läuft wie geplant, kommen wir mit ihrer Hilfe in die Auktion."
Gemurmel wird laut, Skorpion schlägt mit der flachen Hand zustimmend auf den Tisch.
Ace sieht uns alle der Reihe nach an.
„Mir ist klar, dass diese Sache verdammt gefährlich ist. Aber wenn wir zusammenhalten und uns gegenseitig den Rücken decken, wird es uns gelingen, Abigail zu retten und zurück zu unseren Ladys zu kommen."
Slides Kiefer zuckt. Für gewöhnlich kann er es gar nicht erwarten, sich in irgendeine Schießerei zu stürzen, heute sieht das anders aus.
„Die Mexikaner kennen uns, sie wissen, dass wir keine Mädchenhändler sind. Wir müssen sehr gut aufpassen, um nicht aufzufliegen. Den offiziellen Teil der Operation werden Razzor und Loco übernehmen. Die beiden hatten noch nie etwas mit den Bohnenfressern zu tun. Wir anderen halten uns bedeckt und sichern ihnen den Rücken. Erst wenn wir Abigails genauen Aufenthaltsort kennen, werden wir uns mit einmischen und den Wichsern so richtig die Ärsche aufreißen."
Die nächsten 30 Minuten klären wir nur noch Kleinigkeiten.
Zum Schluss verkündet Ace, dass wir um 15:00 Uhr aufbrechen.
Mir bleibt also noch eine Stunde, um meine Sachen zu packen und mich von Nicki zu verabschieden.
Holy Bullshit!
Ich werde drei verfickte Kreuze machen, wenn diese Scheiße endlich hinter uns liegt.
Alles ist fertig gepackt und unsere Bikes sind abfahrbereit. In dem kleinen Transporter, der ganz rechts auf dem Hof steht, befinden sich die drei Frauen, Tiny, Leila und Summer, die sich bereit erklärt haben, für uns den Köder zu spielen. Wir haben genug Waffen und Munition dabei, um in einem Krieg zu ziehen.
Im Grunde genommen ist alles bereit, und dennoch will ich mich von Nicki noch nicht verabschieden.
Ich rede mir die ganze Zeit ein, dass es vielleicht ganz gut ist, dass wir jetzt einige Tage voneinander getrennt sind. Das ist vielleicht meine

letzte Chance, einen klaren Kopf zu bekommen. Wenn sich an meinen Gefühlen für sie während meiner Abwesenheit nichts ändert, werde ich ihr mein Leder anziehen und sie so vor Gott und der Welt zu meiner Old Lady erklären.

Ellen und Slide stehen etwas abseits, seine große Hand liegt auf ihrem flachen Bauch, in ihren Augen liegt derselbe Glanz wie in denen von Amy.

Es wird nicht mehr lange dauern, bis uns die beiden ihr kleines Geheimnis verraten werden.

Susan, Nora und Nicki sitzen auf ein paar Stühlen in der Sonne. Die drei unterhalten sich angeregt und ich weiß, dass es Nicki während meiner Abwesenheit gut gehen wird.

Gerade als Ace Amy in seine Arme zieht, hallt ein lauter Schrei über den Hof. Alarmiert checke ich die Umgebung, doch ich kann nichts erkennen. Plötzlich öffnet sich die hintere Türe des kleinen Transporters und Tiny steigt aus.

„Mit euch fahre ich nirgendwo hin, ihr blöden Tussis."

Aufgebracht zieht sie ihre Reisetasche aus dem Auto und marschiert vom Gelände.

Sprachlos sehe ich ihr nach. Ace ruft sie zu sich zurück, doch sie würdigt ihn keines Blickes.

„Ich hab euch gleich gesagt, dass es eine ganz miese Idee ist, die Bitches um Hilfe zu bitten." Amy sieht Ace herausfordernd an, er gibt ihr brummend Recht.

„Und jetzt?"

Ace sieht Slide fragend an.

„Wir haben bereits angekündigt, dass wir mit drei Mädchen kommen. Die Mexikaner werden bestimmt unruhig, wenn es jetzt nur noch zwei sind."

Fluchend trete ich gegen den Hinterreifen meines Motorrads.

Diese ganze Aktion steht unter einem echt beschissenen Stern.

Skorpion spuckt auf den Boden, Catcher sieht so aus, als würde er gleich die Beherrschung verlieren – ich kann es nachvollziehen.

In dem Moment, in dem ich sehe, dass Nicki von ihrem Stuhl aufsteht und auf Ace zugeht, wird mir schlecht.

Instinktiv weiß ich, was sie ihm anbieten wird. Rasende Wut steigt in mir hoch, pocht hinter meinen Schläfen.

„Ich weiß, dass ich eine Außenstehende bin, aber dennoch würde ich euch gerne helfen. Nehmt mich doch als Ersatz für Tiny mit."

Mit großen Schritten überwinde ich die Distanz zwischen uns und packe sie am Arm.

An Aces Mimik erkenne ich, dass er gewillt ist Nickis Hilfe anzunehmen.

„Nur über meine Leiche, Präs!“

Nickt schlägt mir auf die Brust und sieht mich aufgebracht an.

„Das hast du nicht zu entscheiden, Razzor.“

Es kostet mich gerade all meine Selbstbeherrschung, dass ich sie nicht vor allen Anwesenden anbrülle.

„Das habe ich sehr wohl. Du bist meine Frau und du stehst unter meinem Schutz. Ich werde nicht erlauben, dass du dich in Gefahr begibst, Baby.“

Mir ist klar, dass uns alle beobachten. Doch das ist mir egal.

„Razzor, du bist doch die ganze Zeit dabei. Du passt auf mich auf, wie soll mir denn da etwas passieren?“

Unser Plan hat 1000 Schwachstellen, doch das werde ich ihr nicht auf die Nase binden.

„Nein und damit basta!“

Wütend und zugleich amüsiert beobachte ich, wie sie zornig mit dem Fuß auf den Boden stampft.

„Du lässt also lieber Catchers Cousine im Stich, als dass du mich helfen lässt?“

Das war unter der Gürtellinie

„Ich lasse niemanden im Stich. Ich beschütze nur, was mir gehört.“

Ace räuspert sich laut.

„Ich kann verstehen, dass dir ihre Idee nicht gefällt, aber wir haben keine andere Möglichkeit, Bro.“

Fuck! Jetzt fällt mir auch noch mein Präsident in den Rücken.

Nicki ergreift meine Hand, verschränkt ihre Finger mit den meinen und sucht meinen Blick.

„Bitte, Razzor. Du hast mich gerettet und jetzt lass uns zusammen Abigail helfen. Ich weiß nicht, ob ich jetzt noch am Leben wäre, wenn du damals nicht für mich da gewesen wärst. Ich werde nie wirklich in Gefahr sein, immerhin wirst du auf mich aufpassen.“

Ich weiß, dass ich keine andere Wahl habe, als zuzustimmen. Und dennoch würde ich mir am liebsten die Zunge abbeißen.

„Du wirst immer in meiner Nähe sein!“

Sie nickt eifrig.

„Keine unnötigen Risiken – verstanden?“

„Ich verspreche es.“

Catcher taucht hinter mir auf, er klopft mir dankend auf die Schulter, ehe er sich an Nicki wendet.

„Ich werde ewig in deiner Schuld stehen, Kleines.“

Nicki ergreift seine ausgestreckte Hand.

„Das mit Abigail ist eine schlimme Sache. Ich weiß, wie es sich anfühlt, geschlagen und erniedrigt zu werden. Ihr seid Razzors Familie, es ist selbstverständlich, dass ich euch unterstütze."

Der Druck in meinem Kopf erreicht einen neuen Höhepunkt, ich bin kurz vorm Platzen.

Fluchend zünde ich mir eine Kippe an und inhaliere den ersten Zug auf Lunge.

Fuck – Fuck – Fuck!

Wie zur Hölle konnte das alles passieren?

Vor fünf Minuten hatten wir einen Plan, einen guten Plan und jetzt riskiert mein Mädchen ihr Leben.

Das ist doch alles ein riesen Haufen Scheiße!

Am Rande kriege ich mit, wie Ace Nicki reinschickt, um ihre Sachen zu packen. Anschließend kommt er zu mir.

„Ich kann mir vorstellen, wie du dich gerade fühlst, Razzor. Aber wir haben keine andere Wahl. Nicki ist jung und schön. Auf sie werden die Wichser garantiert anspringen. Sie wird uns die Türen öffnen, so werden wir Abigail finden."

„Wenn ihr etwas passiert garantiere ich für nichts!"

„Das verstehe ich, Bro."

Zum ersten Mal in meinem Leben binde ich mich an eine Frau und dann muss ich dabei zusehen, wie sie ihren Hals für den MC riskiert.

Ich könnte kotzen vor Wut, stattdessen lehne ich an meinem Bike und versuche mich zu beruhigen.

Meine Lunge fühlt sich an wie zugeschnürt und ich weiß, dass ich erst wieder richtig atmen kann, wenn wir diesen ganzen Mist hinter uns gebracht haben.

15. Kapitel

Nicki

„Warum zur Hölle hast du das getan, Baby? Willst du verkauft und vergewaltigt werden?"

Immer und immer wieder höre ich Razzors aufgebrachte Worte.

Seit wir vor einer Stunde aufgebrochen sind, hat er mir nur diese zwei Fragen gestellt.

Ansonsten spricht er nicht mehr mit mir, er ignoriert mich, soweit das eben geht, wenn man zusammen auf einem Motorrad sitzt.

Die Fahrt von Junction City nach Tacoma hatte sich ganz anders angefühlt. Ich hatte meine Arme ganz genau wie jetzt um seine Mitte geschlungen, um mich an ihm festzuhalten. Seine Hand lag immer wieder mal auf meinem Oberschenkel, wir waren regelrecht miteinander verschmolzen. Es hatte sich angefühlt wie ein extra langes Vorspiel...

Jetzt sind wir uns zwar körperlich nah und dennoch fühlt es sich so an, als wären wir unendlich weit voneinander entfernt. Razzor kocht vor Wut, sein Körper ist angespannt, hart und abweisend.

Vielleicht wäre es besser gewesen, wenn ich mit den anderen zwei Frauen in dem Van mitgefahren wäre, doch das hat Razzor nicht zugelassen.

„Sie ist meine Frau, sie fährt mit mir!"

Mit diesen Worten hat er Aces Vorschlag, dass ich im Auto mitfahren soll, kurzerhand in den Boden gestampft.

Und jetzt? Jetzt sitze ich hinter dem Mann, den ich liebe und fahre Richtung kanadische Grenze, um bei einer Rettungsaktion für ein Mädchen, das ich gar nicht kenne, im wahrsten Sinne des Wortes meinen Arsch zu riskieren.

So wie ich das sehe, war das wieder einmal eine meiner legendären falschen Entscheidungen.

Oh verdammt...

Eine unangenehme Angst breitet sich in mir aus.

Was, wenn ich diese gefährliche Aktion nicht unbeschadet überlebe?

War meine Entscheidung, mich an dieser Sache zu beteiligen, vorschnell?

Oh ja, das war sie....

Wahrscheinlich bin ich schrecklich naiv und dumm, aber tief in meinem Inneren fühle ich mich jetzt, wo ich bei Razzor bleiben kann, sicherer als im Clubhaus der Dead Riders bei den anderen Old Ladys.

Mein Vertrauen in Razzor ist grenzenlos, solange ich in seiner Nähe bin, kann mir nichts passieren.

Dank Catcher weiß ich, dass knapp 180 Meilen vor uns liegen. Wir fahren durch Seattle, Everett, Marysville bis nach Bellingham. Dort warten drei Nomads auf uns, die uns bei dieser Sache unterstützen werden. Von Bellingham sind es dann noch knapp 50 Meilen bis nach Burnaby in Kanada. Unsere Route ist einfach, wir bleiben immer auf der Interstate 5 bis wir dann endlich die Grenze überqueren.

Tief durchatmend ignoriere ich die Tatsache, dass Razzor stocksauer auf mich ist und kralle meine Finger noch fester in das Leder seiner Kutte. Der Fahrtwind bläst mir seinen Geruch in die Nase. Er riecht nach Leder, Mann und Seife.

Ich fühle mich gut und frei.

Wer hätte gedacht, dass ich eines Tages eine Rockerbraut bin?

Zufrieden schließe ich meine Augen und versuche, die vielen Emotionen, die Razzor in mir auslöst, zu entschlüsseln.

So wie ich ihn kenne, wird er, sobald wir auch nur fünf Minuten unter uns sind, von mir wissen wollen, warum zur Hölle ich meine Sicherheit riskiere und meine Hilfe angeboten habe. Und bis es soweit ist, sollte ich mir überlegt haben, wie aufrichtig ich zu ihm bin.

Ist es zu früh, um ihm meine Gefühle zu gestehen?

Verstoße ich damit gegen unsere Vereinbarung? Immerhin war von Gefühlen nie die Rede. Das zwischen uns ist eine Vereinbarung, ein Deal – ein Geschäft.

Was mache ich, wenn er meine Gefühle nicht erwidert?

Je länger ich darüber nachdenke, umso sicherer bin ich mir, dass ich ihm nicht sagen werde, dass ich mich in ihn verliebt habe. Das Letzte, was ich gebrauchen kann ist, dass ich ihm noch mehr Macht über mich gebe, als er sowieso schon hat.

Das mit der Liebe ist so eine Sache. Wenn ich das L-Wort als Erste ausspreche, mache ich mich angreifbar.

Es ist verrückt, aber ich habe weniger Angst vor den Mädchenschmugglern, als davor, von Razzor abgewiesen zu werden...

Bis jetzt ist es mir immer gelungen, gut auf mein Herz aufzupassen, zumindest bis ich diesem Dead Rider begegnet bin. Bei ihm wirken meine Schutzmauern einfach nicht. Razzor ist mein Kryptonit. Es muss mir irgendwie gelingen, mich vor diesem Mann zu schützen.

Plötzlich bremst er abrupt ab, mein Motorradhelm kracht gegen den seinen.

Ich rutsche dank der Bremsung weiter nach vorne, so dass ich quasi an seinem Rücken klebe. Erschrocken reiße ich die Augen wieder auf und sehe mich um.

Razzor hat die Beine auf die Straße gestellt. Sein breiter Rücken ist angespannt und versperrt mir die Sicht.

Neugierig schiele ich an seiner Schulter vorbei und entdecke zwei Cops, die uns den Weg versperren.

Oh Mist....

Ich war so in meine Gedanken versunken, dass ich überhaupt nicht auf meine Umgebung geachtet habe.

Wo sind wir mittlerweile eigentlich?

Neben uns befindet sich ein großer Fluss, der sich an der Straße entlangwindet.

Ich schiebe mein Visier hoch. „Was ist los, Razzor? Wo sind wir?"

„Kurz nach Mount Vernon."

Hier war ich vor einer kleinen Ewigkeit schon mal. Der Fluss neben uns muss, wenn mich nicht alles täuscht, der Skagit River sein, was bedeutet, dass wir kurz vor Burlington sind.

„Was wollen die Cops von uns?"

Mein Bauchgefühl verrät mir, dass wir gleich richtig Ärger bekommen.

Ace und Slide steigen von ihren Maschinen, setzen ihre Helme ab und gehen auf die Cops zu. Eine unangenehme Anspannung hat sich über uns gelegt, die Luft knistert.

Die Bullen haben bereits ihre Hände an den Waffen, Razzor greift hinter sich und zieht seine schwarze Halbautomatik aus dem Hosenbund. Nach einem kurzen Blick in die Runde weiß ich, dass alle Dead Riders hoch konzentriert und wachsam sind.

Ich zweifle keine Sekunde daran, dass keiner von ihnen ein Problem damit hat, einen Polizisten abzuknallen.

„Was habt ihr Riders hier zu suchen?"

Die Stimme des kleineren Bullen klingt feindselig.

„Wir sind nur auf der Durchreise."

Aces Antwort scheint den Polizisten nicht zu beruhigen.

„Wohin wollt ihr?"

Die Mimik des Präsidenten wirkt bedrohlich, wenn ich an der Stelle des Cops wäre, würde ich ihn nicht noch länger aufhalten.

„Das hat Sie nicht zu interessieren."

Slide legt den Kopf leicht schief und lässt den etwas größeren Polizisten nicht aus den Augen. Jeder hier spürt, dass wir nur eine falsche Bewegung von einer Schießerei entfernt sind. Ich lecke mir nervös über die Lippen und beobachte, wie Razzor die Waffe hinter seinem Rücken entsichert.

Ach du heilige Scheiße!

Neugierig strecke ich meinen Rücken etwas weiter durch, damit ich besser sehen kann, was passiert.

Razzor knurrt leise: „Bleib hinter mir, Baby. Wenn hier gleich die Kugeln fliegen, will ich, dass du geschützt bist!"

Wow – obwohl er noch immer wütend auf mich ist, will er mich mit seinem Körper beschützen.
Der kleine Bulle dreht sich ohne ein Wort um und geht zum Wagen. Er lehnt sich mit dem Arm auf die offenstehende Beifahrertüre des Polizeiwagens und greift nach dem Funkgerät.
„Wagen 31 an Zentrale.“
„Zentrale hört.“
„Wir haben hier ein......“
Weiter kommt er nicht. Der Knall eines Schusses zerreißt die angespannte Stille. Erschrocken schnappe ich nach Luft. Razzor hat sich so schnell bewegt, dass ich es nicht einmal mitbekommen habe. Der Polizist, der eben noch am Funkgerät stand, liegt nun blutend auf dem Boden. Sein noch unverletzter Kollege steht mit gezogener Waffe und zitternden Händen da und zielt auf Razzor. Blitzschnell ziehen die restlichen Riders ebenfalls ihre Pistolen. Jetzt steht der Cop einer kleinen Armee gegenüber.
Ich erkenne an seinem verängstigten Blick, dass er ganz genau weiß, dass er keine Chance hat. Fluchend lässt er die Waffe fallen und hebt unterlegen seine Hände.
„Hey Männer. Nur ruhig. Das hier muss nicht so enden.“
Reines Adrenalin rast durch meine Venen. Ich habe echt Angst, dass sie diese beiden Polizisten abknallen. Der Van, in dem sich die beiden anderen Frauen und die Waffen befinden, steht mit etwas Abstand hinter uns.
Razzor streicht mir beruhigend über den Oberschenkel, ehe er aufsteht. Jetzt wird das Bike nur noch vom Ständer gehalten.
„Es endet so, wie wir es für richtig halten.“
Er zwinkert Ace zu, entwaffnet den mittlerweile vor Angst schlotternden Polizisten und sieht nach dem angeschossenen Cop. Als er sich zu ihm nach unten bückt, rechne ich schon mit dem Schlimmsten. Doch anstatt ihm das Genick zu brechen, nimmt er sich nur dessen Waffe und wirft sie in hohem Bogen in das schnell fließende Wasser des Skagit River.
Das Blut des Mannes rinnt auf den Asphalt der Straße, bildet eine immer größer werdende Lache.
Slide hält dem noch stehenden Cop die Mündung seiner Waffe auf die Stirn.
„Geh zum Wagen.“
Ein heftiger Schauer lässt mich erbeben. Diese Situation erinnert mich daran, mit was für Männern ich gerade unterwegs bin. Nur weil sie zu mir respektvoll und nett sind, bedeutet das noch lange nicht, dass sie

nicht gefährlich sind. Diese Rocker sind zu 100 % tödlich und sollten niemals unterschätzt werden.

Der Polizist kommt Slides Aufforderung nach. Aus dem Funk höre ich, wie eine immer lauter werdende Frauenstimme nach den beiden Cops ruft.

„Zentrale an 31- Zentrale an 31. Melden sie sich sofort!“

Ich kann nur hoffen, dass die Zentrale nicht den genauen Standort des Polizeiautos ermitteln kann, sonst wimmelt es hier gleich nur so von Bullen.

„Zentrale an Wagen 31. Zentrale an Wagen 31.....“

Fassungslos sehe ich zu wie sich Skorpion seelenruhig eine Zigarette anzündet. Die Einzige, die hier langsam etwas panisch wird, bin ich, nun ja, und die beiden Polizisten. Die Riders hingegen sehen eher amüsiert, fast schon gelangweilt aus.

„Gib mir deinen Dienstausweis!“

Der Cop gehorcht sofort.

Razzor sieht sich den Ausweis eine Sekunde lang an, ehe er ihn sich hinten in die Hosentasche steckt.

„Jetzt weiß ich deine Dienstnummer und kenne deinen Namen. Solltest du so dumm sein und uns deine Kollegen auf den Hals hetzen, werde ich deine Adresse herausfinden und dich besuchen kommen! Hast du mich verstanden?“

„Jaaaa, ja das habe ich.“

Razzor nickt zufrieden – *heilige Scheiße....*

Catcher sitzt mit verschränkten Armen auf seinem Bike und zwinkert mir entspannt zu.

Mit routinierten Handgriffen fesselt Razzor den Bullen mit Hilfe von dessen Handschellen an die offen stehende Autotüre.

Nachdem er den silbernen Schlüssel ebenfalls in den Fluss geworfen hat, kommt er zu mir zurück, grinst mich frech an und setzt sich vor mich auf sein Bike. Ohne einen weiteren Blick auf den Verletzten zu werfen, startet er den Motor und reiht sich an seinen Platz in der Formation ein.

Heilige Scheiße, er benimmt sich nicht so, als ob er gerade einen Cop angeschossen hat. Die rote Pfütze schimmert dank der Sonnenstrahlen unnatürlich stark und zieht immer wieder meine Aufmerksamkeit auf sich.

Mein Magen rebelliert, ich presse meine Lippen zusammen und kneife die Augen zu.

Unsicher ignoriere ich den Blick des gefesselten Bullen, kralle mich an Razzor fest und spüre, wie er Gas gibt. Ungeduldig wie ein Raubtier knurrend vibriert der Motor zwischen meinen Beinen.

Ich werfe keinen Blick zurück, versuche nicht länger an das gerade eben Geschehene zu denken und konzentriere mich nur darauf, frischen Sauerstoff in meine Lungenflügel zu bekommen.

Was ist, wenn der Polizist stirbt?

Was, wenn Verstärkung eintrifft und sie uns verfolgen?

Blind für die Schönheit der Landschaft verbringe ich die nächste Stunde damit, mich über jede hinter uns gebrachte Meile zu freuen. Bis zu dem Vorfall mit den Polizisten hatte ich Angst davor, die Kanadische Grenze zu überqueren, jetzt kann ich es kaum erwarten.

Wie zur Hölle kann Razzor nur so ruhig bleiben?

Ich kenne mich mit dem Strafgesetzbuch nicht aus, aber ich bin mir sicher, dass er für viele Jahre in den Knast wandert, wenn sie ihn erwischen.

Als wir endlich in Bellingham, einer Stadt im Nordwesten des US-Bundesstaats Washington im Whatcom County ankommen, schmerzt mein Arsch höllisch. Ich bin es einfach nicht gewöhnt, so viel Zeit auf einem Motorrad zu verbringen.

Bellingham liegt am Pazifik, an der Bellingham Bay und ist ein eher ruhiger Ort. Alte Tannenwälder, Fischerboote und Holzhäuser prägen diese Stadt.

Ich spüre die Blicke der Einwohner auf meinem Rücken.

Ace biegt an der ersten Kreuzung links ab und hält vor einer abgelegenen Kneipe in einer Seitenstraße.

Ich habe keine Ahnung, wie spät es ist, aber ich schätze, dass wir es mittlerweile so etwa 18:00 Uhr haben.

Vor der Kneipe stehen vier schwere Motorräder. Schwarze Helme baumeln an den Lenkern, aus dem Haus dröhnt lautes, zutiefst männliches Lachen.

Nervösbeiße ich mir von innen auf die Wange.

Vielleicht war es wirklich keine gute Idee, dass ich mitgekommen bin. Jetzt mal ehrlich, es ist eigentlich noch nicht viel passiert und meine Nerven sind am Ende.

Unsicher, was jetzt passiert, beobachte ich, wie alle absteigen. Razzors Hand streift über meinen Oberschenkel und drückt kurz mein Knie.

Allein diese flüchtige Berührung reicht aus, um mich zu beruhigen.

Ich steige mit wackeligen Beinen vom Bike und öffne den Verschluss meines Helms.

Seufzend biege ich den Rücken durch und bewege meine Beine.

Slide beobachtet mich grinsend.

„Na Puppe, alles gut?“

Puppe? Echt jetzt?

Razzor schlingt mir seinen Arm um die Taille und zieht mich besitzergreifend an seine Seite. Süchtig nach seiner Nähe lehne ich meinen Kopf an seine Schulter.

„Ja, mein Po schmerzt nur etwas, sonst geht es mir gut."

„Dein Arsch wird sich daran gewöhnen."

„Ihr *Arsch*", Razzor betont das Wort bedrohlich, „geht dich überhaupt nichts an, Vize."

Slide lacht, schüttelt den Kopf und steigt die zwei Stufen zur Kneipe hoch.

Catcher und Skorpion folgen ihm, während Ace etwas weiter abseits steht und telefoniert.

Razzor umfasst mein Kinn, sucht meinen Blick und knurrt leise.

In den karamellfarbenen Tiefen erkenne ich seine Sorge und seine Besitzgier und ich weiß, dass er mich am liebsten ganz genau hier ficken möchte.

Alleine die Vorstellung, dass er mich packt, hochhebt und mit dem Rücken an die Wand presst, lässt mich feucht werden.

Auf der Straße neben uns fährt ein großer Truck vorbei, der unzählige Baumstämme geladen hat.

„Scheiße, Nicki! Einerseits bin ich verdammt froh, dich bei mir zu haben, aber andererseits würde ich dich am liebsten über meine Knie legen und dich grün und blau schlagen!"

Seine Worte lassen mich erschaudern. *Grün und blau? Oh Gott...*

Der neongrüne Totenkopf seines Piercings schnellt kurz zwischen seinen Lippen hervor.

In seinen Augen erkenne ich, dass er seine Drohung absolut ernst meint.

Nervös lecke ich mir die Lippen, versuche seinem eindringlichen Blick standzuhalten.

Razzor atmet tief durch und schüttelt frustriert den Kopf.

„Du hörst mir jetzt gut zu, Baby. Bis jetzt hast du nur einen kleinen Blick in meine Welt werfen können. Die nächsten Tage werden dir ganz genau zeigen, was für ein Mann ich bin. Die Männer, mit denen wir uns jetzt treffen, sind gefährlich, besonders für ein Mädchen wie dich. Du wirst in meiner Nähe bleiben – immer. Hast du mich verstanden?"

Mein Hals ist so zugeschnürt, dass ich nur ein kurzes Nicken zustande bringe.

.... Die nächsten Tage werden dir ganz genau zeigen, was für ein Mann ich bin....

Seine Worte machen mir Angst, ein heftiger Schauer rieselt über meinen Rücken.

Was will er mir damit sagen?

„Du wirst nur trinken, was ich dir erlaube. Und nichts annehmen, was nicht von mir kommt, ohne meine Erlaubnis einzuholen. Du wirst auf meinem Schoß sitzen, kein Wort sagen und keinem der anwesenden Männer in die Augen sehen. Verstanden?"

Oh Scheiße! Ich will jetzt sofort wieder zurück zu den anderen Ladys.

Im Augenwinkel sehe ich, wie die beiden anderen Frauen und Loco aus dem Van steigen, sie sehen kurz zu uns rüber, ehe sie mit Loco im Schlepptau in der Kneipe verschwinden.

„Und was ist mit denen? Brauchen die keinen Schutz?"

Razzor schüttelt den Kopf.

„Nein die brauchen keinen. Das sind Bitches, sie sind es gewöhnt, dass Männer sie anfassen und ficken. So ist ihr Leben – sie haben sich dafür entschieden und müssen jetzt damit umgehen. Sie sind verdammtes Freiwild und ihre Löcher stehen jedem Rider zur Verfügung."

Igitt... Welche Frau würde so etwas wollen?

„Wenn du dich nicht an meine Regeln hältst, Nicki, wird das böse enden. Also tu schön, was ich dir sage, und stell keine Fragen!"

Noch immer graben sich seine Finger in meine Haut, ich kann meinen Kopf nicht wegdrehen und meine Augen nicht abwenden. Sein Blick bohrt sich in meinen, er weiß genau, wie ich mich gerade fühle – verunsichert und panisch.

Nervös beobachte ich, wie sich seine Nasenflügel blähen, er ist wie ein wildes Tier, das meine Angst wittert.

Aus seiner Kehle löst sich ein dunkles Brummen. „Fuck Baby, du bist meine Schwachstelle!", er hebt mich hoch und presst seinen Mund auf den meinen. Sein Kuss ist brutal und wild. Wütend bohrt er seine Zunge zwischen meine Lippen, er öffnet mich und nimmt sich, was er braucht.

Sein Körper drängt sich an den meinen. Ich spüre seine Muskeln, fühle mich klein und schwach. Dieser Mann ist eine Naturgewalt, der ich nicht entkommen kann.

Razzor stiehlt mir den Atem, raubt mir den Verstand und nimmt sich mein Herz.

Seit wir uns das erste Mal begegnet sind, hat er mich immer wieder vor sich gewarnt, und dennoch bin ich nie geflüchtet.

Ganz im Gegenteil, ich will diesen Rocker mehr denn je.

Ob es verrückt ist? Definitiv!

Ob diese Entscheidung über kurz oder lang meinen Tod bedeuten kann? Durchaus möglich!

Ob ich es wieder tun würde? Oh ja!

Krachend schlagen unsere Zähne aufeinander, sein herber Geschmack flutet meine Sinne und zwischen meinen Beinen pocht es dumpf und verlangend.

Lieber Gott, steh mir bei...

Meine Beine knicken ein, alles, was mich jetzt noch aufrecht hält, ist sein muskulöser Arm, mit dem er mich an sich presst.

Er lässt mein Kinn los, umfasst meinen Nacken und drückt zu. In seiner großen Hand fühlt sich mein Genick ziemlich zerbrechlich an.

Razzor demonstriert mir, dass er hier die Macht hat, und dass ich nur bei ihm sicher bin.

Krampfend schreit meine Lunge nach Atem, doch Razzor lässt es nicht zu. Hinter meinen geschlossenen Lidern zucken grelle Blitze, ich bin kurz davor das Bewusstsein zu verlieren. Kraftlos stemme ich meine Hände gegen seinen Brustkorb, doch ich habe keine Chance gegen ihn. Meine Gegenwehr stirbt, ich ertrinke in unserem Kuss.

Hilflos - wehrlos – chancenlos.

Als Razzor mich endlich wieder frei gibt, schnappe ich keuchend nach Luft.

„Du. Gehörst. Nur. Mir!"

Blinzelnd versuche ich, meine Augen zu öffnen, es will mir nicht gelingen.

„Denk daran. Du bleibst immer bei mir, trinkst nichts ohne meine Erlaubnis und erwiderst keinen Blickkontakt."

Ich schlucke schwer, versuche mich an alles zu erinnern.

„OK, ich werde tun, was du sagst."

Seine Lippen verziehen sich zu einem angedeuteten Lächeln, das seine Augen nicht erreicht.

„Braves Mädchen!"

Er presst mir einen flüchtigen Kuss auf die Stirn und schnappt sich meine Hand. Verwirrt lasse ich mich von ihm mitziehen.

Was zur Hölle soll das alles?

Wofür brauchen wir diese Regeln?

Der Raum, den wir betreten, sieht ganz normal aus, nach einer typischen Kneipe eben. Doch anstatt sich an die Bar zu setzen, zieht er mich durch den Raum, bis wir an einer Stahltüre ankommen. Er klopft zwei Mal dagegen, sie wird geöffnet.

Der Mann, vor dem wir jetzt stehen, macht mir sofort Angst.

Seine Augen sehen mich durchdringend an. Auf seiner Wange prangt eine dicke Narbe, die seine rechte Gesichtshälfte eingefallen aussehen lässt. Sein Hals ist komplett schwarz tätowiert, er verströmt einen unangenehmen Geruch. Instinktiv lehne ich mich noch näher an Razzor.

Unsere Begegnung mit diesem gruseligen Kerl hat vielleicht fünfzehn Sekunden gedauert, kam mir aber wie eine Ewigkeit vor.

Razzor führt mich eine steile Treppe hinunter, wir gehen durch einen mäßig beleuchteten Korridor, ehe wir vor einer weiteren Stahltüre stehen bleiben. Wieder klopft Razzor zweimal an, wieder wird die Türe geöffnet.

Dieses Mal öffnet uns eine Frau die Türe. Sie trägt einen winzigen String und hat aufgeschürfte Knie.

Wo zur Hölle bin ich hier nur gelandet?

Der Raum, in dem wir uns jetzt befinden, hat keine Fenster. Verschiedenfarbige Strahler projizieren bunte Lichter an die Wand.

Ich sehe mich vorsichtig um, mein Herz rast.

Auf einer schwarzen Ledercouch, die sich links vom Eingang befindet, sitzt ein großer, breitschultriger Mann. Er trägt eine Kutte, die Razzors sehr ähnlich sieht, aber er hat andere Patches, die sein Leder zieren. Ohne es zu wollen, begegne ich seinem Blick.

Er hat stechende, eisblaue Augen. Und trotz der Tatsache, dass ich mit meiner Jeans, dem weißen Top und meiner Lederjacke deutlich mehr anhabe als all die anderen anwesenden Frauen, checkt er mich mit einem eindeutig interessierten Blick ab.

Razzors Warnung fällt mir wieder ein. *... erwidere keinen Blickkontakt....*

Trotzdem gelingt es mir nicht, den Blick abzuwenden.

In meinem Nacken breitet sich ein starkes Prickeln aus, das sich innerhalb von kürzester Zeit in meinem kompletten Körper ausbreitet.

Als es mir endlich gelingt, meinen Blick zu senken, entdecke ich die beiden Tätowierungen auf seinen Handrücken. Es sind Pistolen, deren Mündungen jeweils auf eine Spinne zeigen – sehr merkwürdig. Seine Weste steht leicht offen, so dass ich das Pistolenhalfter an seinen Schultern erkennen kann. An seinem rechten Oberschenkel befindet sich eine gut dreißig Zentimeter lange Lederscheide, aus der ein silberner Messergriff rausschaut.

Alles an diesem Mann wirkt hart, tödlich und gnadenlos.

Während ich ihn anstarre, legt er den Kopf schief und schnalzt laut mit der Zunge. Wie um mich zu verhöhnen richtet er seinen Blick auf meine rechte Hand, die fest von Razzors umschlungen wird.

Razzor geht weiter, zieht mich gnadenlos mit sich. Ich komme ins Stolpern und falle gegen seinen Rücken.

Sofort dreht er sich zu mir um und hilft mir, mein Gleichgewicht wiederzufinden.

„Hey Baby, ist alles OK?“

Ich nicke, werfe kurz einen Blick auf den mysteriösen Unbekannten und schlucke schwer.

„Ja, es ist alles gut. Ich bin nur irgendwie umgeknickt.“

Was sollte ich ihm auch anderes sagen? Dass ich schon nach einer Sekunde die erste Regel gebrochen und mir ein heftiges Blickduell mit einem Mann geliefert habe, der aussieht wie der leibhaftige Teufel?

Auch wenn ich zugeben muss, dass er ein verdammt attraktiver Teufel ist.

Ace taucht auch endlich auf, er bleibt neben mir stehen und prüft erst mal mit einem gründlichen Blick die Lage. Nicht zum ersten Mal kommt es mir so vor, als wäre er früher mal bei der Army oder so gewesen.

Er hat so eine autoritäre Art an sich, die gut dazu passen würde....

Als ob er meine Gedanken gehört hat, sieht er mich direkt an.

„Hör mal Kleines, du wirst nirgendwo alleine hingehen und immer in der Nähe von Razzor oder einem anderen Dead Rider bleiben. Verstanden?“

„Ja, Razzor hat mir die Regeln schon erklärt.“

„Gut!“

Mit diesem Wort wendet er sich wieder von uns ab und begrüßt niemand Geringeren als den sexy Teufel, dessen Blick mich zum Stolpern gebracht hat.

Warum zur Hölle wundert es mich nicht, dass sich die beiden kennen?

Razzor zieht mich immer tiefer in den Raum und somit weg von dem einzigen mir bekannten Ausgang. In mir wallt Panik auf. Automatisch dränge ich mich näher an meinen Rocker und suche so seinen Schutz.

Als wir an einer Sitzgruppe ankommen, lässt er sich auf einen der freien Sessel fallen und zieht mich bestimmend auf seinen Schoß.

Eine Handvoll Männer begrüßt Razzor, während ihre gierigen Blicke auf mir ruhen. Razzor rückt mich so zurecht, dass ich quer auf seinen Beinen sitze.

„Wo hast du denn das Mädel gefunden?“

Der Typ, dessen Augen in meinem Ausschnitt kleben, leckt sich gierig über seine blassen Lippen.

Razzor schiebt seine Hand zwischen meine Oberschenkel, so dass sein Daumen genau auf meinem Venushügel liegt.

„Vergiss es, Hugh. Die Kleine gehört mir!“

Mit seiner linken Hand schiebt Razzor meine Haare zur Seite, so dass Hugh den überdimensionalen, violetten Knutschfleck an meinem Hals sehen kann.

„Ja piss die Wand an. Du hast dir eine Old Lady genommen?“

Ace und der Teufel gesellen sich ebenfalls zu uns. Die leuchtend blauen Augen des Fremden gleiten ebenfalls über meinen Hals, er zieht erstaunt eine Augenbraue nach oben.

Slide und Skorpion setzen sich ebenfalls. Ein kleiner Typ, der zwischen all den muskelbepackten Rockern richtig schmächtig wirkt, reicht erst Razzor eine Bierflasche, ehe er mir auch eine geben will.

Sofort muss ich wieder an Razzors zweite Regel denken.

..... *Nimm keine Getränke an ohne meine Erlaubnis.....*

Brav wie ich bin, sehe ich fragend zu Razzor, der nickt zustimmend und ich nehme das Bier.

„Respekt Rider, der Kleinen hast du aber schnell gezeigt, wo es langgeht!“

Durstig genehmige ich mir einen Schluck, Razzors Finger zeichnen kleine Kreise auf den Stoff meiner Jeans.

Trotz des Jeansstoffs, der seine Finger von meiner nackten Haut trennt, beginnt mein Unterleib zu glühen.

Selbst hier, zwischen all den gefährlichen Männern, reagiert mein Körper mit uneingeschränkter Lust auf die Berührungen meines Rockers.

Das Bier ist kühl und herb und bringt meinen Kreislauf wieder in Schwung.

Mehr als zufrieden damit, mich an Razzors Oberkörper zu kuscheln und den Gesprächen der Männer zuzuhören, nippe ich immer wieder an der Flasche und entspanne mich völlig. Weder weiß ich, wer die Nomads sind, die wir hier treffen sollen, noch wann wir weiterfahren. Zum ersten Mal in meinem Leben habe ich mich komplett in die Obhut eines Mannes begeben, und was soll ich sagen?

Es fühlt sich erstaunlicherweise verdammt gut an.

Etwas später am Abend reicht mir Hugh die dritte Bierflasche. Wieder sehe ich erst zu Razzor, bevor ich sie nehme. Wieder erteilt er mir seine Erlaubnis, auf seiner Stirn bildet sich eine tiefe Falte. Er muss gar nichts sagen, ich weiß auch so, dass er nicht begeistert darüber ist, dass ich noch ein Bier trinke. Da mir aber bis jetzt nichts Antialkoholisches angeboten wurde und es hier unten heiß und stickig ist, bleibt mir nichts anderes übrig, als mit einem weiteren Bier meinen Durst zu stillen.

Razzor unterhält sich mit dem teuflischen Kerl, sie reden über irgendwelche Waffenlieferungen, Ladehemmungen und Russland.

Selbst wenn ich wollte, könnte ich dieser Unterhaltung nicht folgen.

Ace und Slide nehmen von Hugh eine Waffe entgegen, aus irgendeinem mir unerklärlichen Grund zerlegen sie sie komplett in ihre Einzelteile. Slides Finger gleiten unglaublich schnell und routiniert über den tödlichen Stahl, er scheint mit Waffen sehr vertraut zu sein. Loco steht etwas abseits, er behält den ganzen Raum im Blick und mir ist sofort klar, dass er so eine Art Wache ist.

Meine Blase drückt mittlerweile ziemlich, das Bier treibt. Unsicher sehe ich mich um, ich entdecke hier nirgends eine Tür, hinter der sich die Toiletten verbergen könnten.

Ich stelle die leere Bierflasche auf den Tisch vor mir und versuche von Razzors Schoß zu steigen – vergeblich. Er hält mich bestimmend fest. Weil es mir peinlich ist, es vor all diesen Kerlen laut auszusprechen, lehne ich mich an seine Schulter, küsse ihn sanft auf den Hals und flüstere ihm ins Ohr das ich dringend mal für kleine Mädchen muss.

Natürlich habe ich noch immer Regel Nummer drei im Kopf.

.... bleib immer in meiner Nähe, gehe nirgends alleine hin.....

Er unterbricht sein Gespräch, grinst mich schief an und steht mit mir im Arm auf.

Will er mich jetzt etwa begleiten?

„Ich bin sofort zurück, Spider.“

Spider? Jetzt weiß ich endlich, wie der Teufel heißt. Wobei das mit Sicherheit nur sein Straßenname ist.

Als ich Razzor neulich Nacht gefragt habe, warum jeder hier einen Spitznamen hat, hat er mir erklärt, dass es diese Namen nicht nur zum Spaß gibt. Jeder dieser Namen hat einen persönlichen Ursprung. Außerdem sind sie sehr hilfreich. Jeder kennt Razzor nur als Razzor und nicht als Tom Kurtis, so ist es für die Bullen viel schwerer, ein bestimmtes Verbrechen zuzuordnen.

Neugierig wie ich bin habe ich ihn natürlich auch gefragt, was Razzor denn genau bedeutet. Er hat mir nur zugezwinkert, mich geküsst und mir einen so festen Klaps verpasst, dass sich seine Handfläche auf der Haut an meinem Po abgezeichnet hat, ehe er mir gesagt hat, dass das sein Geheimnis bleibt.

Razzor stellt mich auf den Boden, packt sich meinen Arm und führt mich zu der Stahltüre, durch die wir diesen Raum betreten haben. Wir gehen einen langen Gang entlang. Noch bevor wir an der Toilette angekommen sind, müssen wir an einem Pärchen vorbei. Die Hände des Mannes haben sich um den schmalen Hals der kleinen Blondine geschlossen, während er sie in einem gnadenlosen Rhythmus fickt.

Immer und immer wieder rammt er sich so tief in sie, dass sie laute Schreie von sich gibt - ich habe keine Ahnung ob es Lust- oder Schmerzensschreie sind.

Er verstärkt den Druck seiner Finger, jetzt gibt sie nur noch ein ersticktes Gurgeln von sich.

Ach du heilige Scheiße...

Ich mag es ja auch gerne etwas härter, aber das ist zu krass.

Razzor zieht mich weiter, ohne den beiden besondere Aufmerksamkeit zu schenken. Er öffnet eine braune Holztüre, hinter der sich eine Art Badezimmer verbirgt.
Razzor schaltet das Licht an, zieht mich in seine Arme und küsst mich stürmisch.
Seine Zunge duelliert sich mit der meinen, dieser Mann raubt mir den Atem.
Er verpasst meinem Po einen Klaps, löst sich von mir und grinst mich frech an.
„Tu was du tun musst, ich warte hier auf dich."
„Echt jetzt?"
„Yep, oder willst du genauso wie die Bitch da draußen enden?"
Allein bei der Vorstellung wird mir schlecht.
„Sollten wir ihr helfen?"
Er schüttelt den Kopf.
„Keiner zwingt all die Bitches hier herumzuhängen. Sie sind freiwillig hier. Jede von diesen Frauen weiß, mit welchen Typen sie es hier zu tun hat."
Wut wallt in mir hoch, ich stemme die Hände in die Hüften.
„Und was ist, wenn sie es sich jetzt anders überlegt hat?"
Im Gegensatz zu Razzor weiß ich dank Mike ganz genau, wie es sich anfühlt, benutzt, erniedrigt und verletzt zu werden.
Razzor schnalzt mit der Zunge, stößt sich von der Wand ab und streicht mir mit seinem Handrücken zärtlich über die Wange.
„Du musst lernen dich nicht einzumischen, Baby."
Ohhhhhh, jetzt reicht es mir aber...
„Du meinst, so wie du dich damals im Fight Club nicht eingemischt hast?"
Genervt verdreht er seine Augen, verschränkt die Arme vor der Brust und wartet, dass ich endlich aufs Klo gehe.
Fluchend schüttle ich den Kopf, öffne den Knopf meiner Hose und sehe ihn herausfordernd an.
„Fuck Nicki! Was ist denn jetzt schon wieder?"
Er wirft in einer entnervten Geste die Hände in die Luft.
„Du musst dich umdrehen."
Seine Augen weiten sich.
„Warum?"
Seine Stimme klingt gereizt und bedrohlich.
„Wenn du mir zusiehst, kann ich nicht pinkeln!"
„Echt jetzt?"
Ich nicke. „Warum gehst du nicht einfach raus und wartest vor der Türe?"

Seine Augen werden dunkel, er presst seine Lippen wütend zusammen.
„Du bist mein Mädchen und ich lasse dich hier nicht aus den Augen. Verstanden?"

Sein Verhalten entbehrt jeglicher Logik, immerhin gibt es hier nur diese eine Türe. Wenn er davor warten würde, wäre ich absolut sicher. *Verdammich!*

Warum ist dieser Kerl nur so verdammt stur?

Mittlerweile kenne ich Razzor gut genug, um zu wissen, wann es keinen Sinn mehr macht, weiter zu diskutieren. Also halte ich meine Klappe und warte, dass er sich endlich umdreht.

„Ja, ich hab's verstanden. Aber du musst dich wirklich umdrehen."

Während er irgendetwas über störrische Weiber, nackte Pussys und nervige Ladys murmelt, dreht er mir seinen breiten Rücken zu und lässt mir so etwas Privatsphäre.

Erleichtert ziehe ich mir die Hose runter und setze mich.

Dumm wie ich bin, kann ich es natürlich nicht lassen, ihn weiter zu reizen.

„Jetzt hast du mich ja doch aus den Augen gelassen."

„Reiz mich nicht, Baby!", ist alles, was er dazu sagt.

Ich beeile mich und stehe eine Minute später vor dem Waschbecken, um mir die Hände zu waschen.

Mittlerweile hat er sich wieder zu mir umgedreht, unsere Blicke treffen sich im Spiegel.

Das Karamellbraun seiner Augen wirkt im schwachen Licht der Leuchtstofffröhre tiefschwarz.

Er fixiert mich mit seinem eindringlichen Blick, er ist der erste Mann, dem es gelingt, mich mit seiner bloßen Anwesenheit so zu erregen.

Die Luft um uns herum beginnt zu knistern, mein Atem kommt schnell und flach.

Mit zwei großen Schritten kommt er auf mich zu, packt mich und umfasst mit seinen Händen meine Brüste.

Stöhnend drücke ich den Rücken durch und reibe mich an ihm.

„Es kostet mich jegliche Selbstbeherrschung, dass ich dich nicht ganz genauso hart ficke, wie der Typ draußen im Flur diese Bitch. Ich will dich schreien hören, Nicki, ich will dich kontrollieren und unterwerfen. *Fuck!* Wenn es um dich geht, verliere ich den Verstand..."

Seine langen Finger schließen sich um meinen Hals, mein Puls schnellt in die Höhe.

„Zu wem gehörst du, Baby?"

„Dir, ich gehöre nur dir!"

„Yeah, Baby."

Besitzergreifend schiebt er seine Hand in meine Jeans, seine Finger gleiten unter die dünne Spitze meines Strings und teilen meine Schamlippen.

Meine Augen fallen zu, ich konzentriere mich nur noch aufs Fühlen.

In der Sekunde, in der sein Daumen über meinen geschwollenen Kitzler reibt, zieht sich mein Unterleib lustvoll zusammen.

Stöhnend spreize ich meine Beine etwas weiter, gewähre ihm so besseren Zugang zu meiner Mitte.

„Fuck Kleines, ich liebe es, wie du auf mich reagierst. Du bist so verdammt nass, deine Pussy kann es kaum erwarten, endlich gebumst zu werden."

Er entzieht mir seine Hand, ich gebe ein frustriertes Schnaufen von mir.

Razzor gibt meinen Hals wieder frei, erstaunlicherweise fehlt mir sein bestimmender Griff. Es fühlt sich erschreckend gut an, von ihm kontrolliert zu werden.

„Beug dich vor und stütz dich mit den Händen am Waschbecken ab."

Seine Stimme klingt rau und bestimmend, ich tue ohne nachzudenken was er sagt.

Geschickt öffnet er meine Hose, zieht sie bis zu meinen Knöcheln hinab. Langsam streichen seine Handflächen über meinen Po, seine Finger graben sich tief in mein Fleisch, ich bin mir sicher, dass ich morgen die Abdrücke seiner Finger auf meinem Körper trage.

Ich spüre wie er mit seinen Fingern meine Schamlippen teilt, ehe er mich mit ihnen fickt.

Das schmatzende Geräusch meiner Muschi, unsere Blicke, die sich im Spiegel treffen und mein lautes Stöhnen – es dauert nicht mehr lange bis ich mich verliere....

Heiße Wellen branden durch meinen Bauch, meine Nervenbahnen gehen in Flammen auf. Die vielen intensiven Emotionen, die sich in mir ausbreiten, lassen mein Herz wie wild schlagen. Razzor ist ein unheimlich faszinierender Mann. Er ist streng und angsteinflößend, er will mich nicht nur vögeln, sondern unterwerfen und in Besitz nehmen. Doch da ist auch eine andere Seite an ihm, ich erkenne an seinem Blick, dass er ganz genau wie ich spürt, dass es zwischen uns beiden schon längst nicht mehr um diesen blöden Deal geht.

Seine Zähne schaben über die empfindliche Haut an meinem Nacken, ehe er fest zubeißt.

Wie sich das zwischen uns wohl entwickelt?

Ich mache mir gar nicht erst die Illusion, dass ich einen Mann wie ihn auf Dauer halten kann. Verwirrt schüttle ich meinen Kopf, der Gedanke, dass ein Mann wie Razzor eine feste Beziehung führt, ist verrückt.

Plötzlich zieht er seine Hand zurück, schlägt mir fest auf den Po.
„Ahhh..."
„Scheiße Baby, konzentrier dich auf das hier und jetzt oder ich verpasse dir ein so hartes Spanking, dass es die Hölle für dich sein wird, bis nach Burnaby zu fahren."
Ich lecke mir über die Lippen, seine Hand streicht über die schmerzende Stelle.
„Du bist ja ein richtiger Romantiker, Razzor."
Alleine die Vorstellung, dass er seine Worte wahr werden lässt, sorgt dafür, dass ich noch feuchter werde.
„Ich mag ja vieles sein, aber ganz bestimmt kein Romantiker."
Seine Hand schiebt sich unter mein Shirt, zieht meinen BH nach unten und umfasst meine rechte Brust. Er verwöhnt meine Brustwarze, zieht sie zwirbelnd in die Länge und kneift zu. Gerade als ich denke, dass ich den köstlichen Schmerz nicht länger aushalten kann, gibt er sie wieder frei, packt mich an der Hüfte und dreht mich zu sich herum. Eine Sekunde später sitze ich auf dem Waschbecken und sehe dabei zu, wie er die große, bullenkopfförmige Schnalle seines Gürtels öffnet, seine Hose nach unten zieht und seinen dicken Schwanz herausholt.
Ich lecke mir gierig über die Lippen und genieße den Anblick.
Sein Glied ist lang, rot und verdammt dick. An dem kleinen Schlitz an der Spitze seiner Eichel hängen bereits die ersten milchigen Tropfen seiner Lust.
Wulstige Adern schlängeln sich über die komplette Länge seines Penis, seine Hoden sind prall und dick.
Ungeduldig spanne ich meinen Unterleib an, versuche so das Gefühl der Leere, das nur Razzor vertreiben kann, zu mildern.
Ohne seinen Blick von meiner feuchten Pussy zu nehmen, rollt er mein Shirt hoch und entblößt so meine Titten.
Sein heißer Mund schließt sich um meinen Nippel, seine Zunge umkreist das rosa Fleisch, ehe seine Zähne fest zubeißen. Mein atemloser Schrei erfüllt den Raum, während er mit seinen Fingern durch meine Schamlippen streicht.
Unbeschreibliche Lust und bittersüßer Schmerz erfüllt meine Sinne.
Mein süßer moschusartiger Duft vermischt sich mit seinem herben Aroma.
Wenn ich ihn nicht bald in mir spüre, drehe ich durch. Ungeduldig schlinge ich ihm meine Arme um den Nacken, ich ziehe ihn zu mir, küsse ihn und knabbere an seiner Unterlippe. Ungeduldig strecke ich meine Hand nach seinem Schwanz aus und packe ihn besitzergreifend. Wenn er dachte, dass dieses Spiel nur einer spielen kann, muss ich ihn enttäuschen.

Hart wie Stahl und weich wie Samt, sein Glied ist einfach perfekt.

Gierig lasse ich meine Finger an seiner Länge entlanggleiten, streichle mit meinem Daumen über die saftige Spitze und verreibe so die Vorboten seiner Lust.

Das laute Knurren, das sich aus seiner Kehle löst, lässt mich erschaudern.

Ich weiß, dass es nicht mehr lange dauern wird, bis er die Beherrschung verliert.

Und ganz genau das will ich. Ich will den urtümlichen, unkontrollierbaren Razzor, den, der sich rücksichtslos nimmt, was er will.

„Holy Shit, Baby!"

Er schlägt meine Hand weg, bringt sich vor mir in Position und rammt sich mit einem gnadenlosen Stoß so tief in mich, dass ich glaube, in zwei Teile gerissen zu werden.

Das Geräusch seines keuchenden Atems vermischt sich mit meinem Stöhnen. Seine Hände legen sich auf meine Knie, er spreizt meine Beine noch etwas weiter, dringt noch tiefer ihn mich ein.

Razzor ist verdammt gut ausgestattet, mein Körper ist mit seiner Größe beinahe überfordert. Sein Gesicht hat sich zu einer Fratze der Lust verzogen, seine Zähne sind zusammengebissen und seine Nasenlöcher blähen sich bei jedem Vorstoß.

Das hier ist nicht einfach nur Sex, es ist eine Paarung, eine Vereinigung, eine Verschmelzung zweier Körper.

Sein Rhythmus lässt mich taumeln. Ich vergesse zu atmen, ich vergesse zu existieren und konzentriere mich nur noch auf den Mann, dem ich mein Herz geschenkt habe.

Nach Halt suchend kralle ich mich an seinen Armen fest, ich spüre wie sich meine Fingernägel in seine Haut bohren.

„Du bist mein Eigentum, Baby! Ich werde kämpfen und ich werde töten, um meinen Besitzanspruch auf dich durchzusetzen."

Sein lautes Brüllen hallt von den gefliesten Wänden wieder.

Ich spüre, wie er sich aus mir zurückzieht, nur um sich einen Atemzug später erneut bis zum Schaft in mich zu rammen. Hilflos vergrabe ich meine Finger noch fester in seinem Unterarm, während ich mich in meiner Lust verliere. Der über mir hereinbrechende Orgasmus ist so stark, dass ich keine Luft mehr bekomme. Das Pochen in meinem Körper fühlt sich an wie die Erschütterung einer Explosion.

Ich zittere und zucke, schreie und keuche, und komme immer und immer wieder.

Razzor beugt sich mit seinem Oberkörper über mich, hält mich fest und jagt noch immer seinen Höhepunkt. Mit einem gutturalen Laut pumpt er sein Sperma so tief in meinen Schoß, dass ich die pulsierende Hitze deutlich spüren kann.

Verschwitzt und kraftlos sinke ich gegen ihn. Vor meinen Augen tanzen dunkle Punkte, mein Puls dröhnt mir in den Ohren.

Ich versuche verzweifelt, frischen Sauerstoff in meine Lungen zu bekommen, damit ich nicht in Ohnmacht falle.

„Fuck, Baby!“

Razzors geknurrte Worte lassen mich erbeben.

Seine Hände umfassen mein Gesicht und heben es so weit an, dass sich unsere Blicke treffen. Erstaunlich sanft streicht er mit seinen Lippen über die meinen, ehe er mich unsagbar zärtlich küsst.

Razzor ist kein Mann der Worte, und das muss er auch gar nicht sein. Mit diesem Kuss zeigt er mir nur allzu deutlich, was er für mich empfindet.

Träge umschlingen sich unsere Zungen, während er sich sachte aus mir zurückzieht.

Sein dunkler Blick liegt auf meiner Pussy, ich spüre wie sein Samen aus mir heraus und an der Innenseite meines Schenkels entlangläuft.

Razzor gibt ein leises Zischen von sich, er streckt seine Hand aus und verteilt sein Sperma auf meinen Schamlippen - er massiert es regelrecht ein.

„Mir gefällt der Gedanke, dass du mich in und auf dir trägst. Das macht dich noch mehr zu meinem Eigentum.“

Ohne seinen Blick von meiner Möse abzuwenden, schiebt er zwei seiner Finger in mich.

„Ich spüre meinen Saft in dir.“

Er entzieht mir seine Finger und hebt sie mir vor den Mund.

Instinktiv weiß ich, was er von mir will. Ich umfasse sein Handgelenk, sauge seinen Zeige- und seinen Mittelfinger in meinen Mund und lutsche sie sauber.

„Yeah, Baby!“

Nach ein paar Sekunden gebe ich seine Finger wieder frei und lecke mir über die Lippen.

„Du bist mein Untergang, Frau.“

Das will ich doch hoffen....

Erst jetzt fallen mir die blutigen Kratzspuren an seinen Armen auf.

Vorsichtig fahre ich mit meinen Fingern über die roten Striemen.

„Razzor... ich.....es... das wollte ich nicht.“

Seine Lippen verziehen sich zu einem breiten Grinsen.

„Ich würde sagen, wir haben uns beide nicht verschont.“

Jetzt muss ich auch lachen.

„Nein, das haben wir nicht.“

Er presst mir einen saften Kuss auf die Stirn.
„Lass uns zurück zu den anderen gehen."
Ich rutsche nach vorne und steige vom Waschbecken. Erschrocken zucke ich zusammen, als ich feststelle wie wund ich bin.
Er packt seinen Schwanz, schiebt ihn zurück und zieht seine Hose hoch.
Als er meine Reaktion bemerkt, wird sein Grinsen noch etwas breiter.
„Oh Baby, ich kann es kaum erwarten, dich erneut zu ficken."
Verdammt! Völlig egal wie wund ich bin, mir geht es ganz genauso....

16. Kapitel

Razzor

Ich fühle mich schwerelos und zugleich geerdet.

Zum ersten Mal in meinem Leben habe ich das Gefühl zu wissen, wo ich wirklich hingehöre und wo mein Platz ist. Doch dieser Platz ist kein Ort, kein Haus und auch kein Land, sondern eine Frau. Nicki Nox ist alles, was ich brauche, sie begehre ich mehr als mein Leben.

Mittlerweile würde ich für diese Frau nicht nur töten, sondern auch sterben.

Wenn ich meine Augen schließe und mich erinnere, kann ich noch immer ihre lustvollen Schreie hören.

Die mittlerweile verkrusteten Kratzer an meinen Armen sind der beste Beweis dafür, dass wir die Kontrolle verloren haben.

Wir ficken nicht, wir finden einander – wir verbinden uns miteinander....

Dank dem Mädchen, das auf meinem Schoß sitzt und das ihren Kopf so vertrauensvoll an meinen Hals lehnt, male ich mir zum ersten Mal in meinem Leben eine glückliche Zukunft aus. Und der Mittelpunkt meiner Fantasie ist Nicki.

Gedankenverloren streiche ich mit meinen Händen über ihre Schulter bis hinab zu ihrem Handgelenk. Ace und Spider sitzen mir gegenüber. Mein Präsident erklärt ihm und den beiden anderen Nomads Poker und Mad, die uns nach Kanada begleiten werden, unseren Plan.

Völlig egal was die Zukunft auch bringen mag, ich werde nicht zulassen, dass Nicki und ich jemals wieder getrennt werden.

Diese Frau ist das Beste, was mir jemals passiert ist, und ich werde alles tun, um sie zu schützen, auch wenn das bedeutet, dass ich mich gegen meinen MC stellen muss.

Ace kommt mit seiner Erläuterung gerade an der Stelle an, an der wir unsere Mädchen an die Mädchenhändler abgeben, damit sie ebenfalls bei der Versteigerung angeboten werden. Das ist der heikelste und zugleich der beschissenste Teil unseres Plans.

Unweigerlich spannt sich mein Körper vor Wut und Sorge an.

In meinem Sichtfeld breiten sich rote Punkte aus, am liebsten würde ich Nicki jetzt packen, sie auf mein Bike werfen und mit ihr ans Ende der Welt fahren.

Wie zur Hölle soll ich für die Sicherheit meines Mädchens sorgen, wenn ich sie diesen Wichsern überlasse?

Natürlich wird sie nicht lange unter deren Kontrolle sein, maximal eine Stunde - aber fuck - in einer Stunde kann verdammt viel passieren.

Eine Vergewaltigung dauert nur wenige Minuten, Knochenbrüche und eine schwere Verletzung nur Sekunden.

Selbstredend wollen diese Schweine ihre Ware, wie sie die Frauen nennen, nicht beschädigen, doch es ist kein Geheimnis, dass es dennoch immer wieder geschieht.

Nicki spürt die Veränderung meines Körpers. Ihre Hand streicht zärtlich über meinen Nacken, sie dreht meinen Kopf zu sich, so dass ich ihr direkt in die Augen sehe.

„Entspann dich, Razzor. Alles wird gut gehen."

In ihren grün-grauen Augen erkenne ich, dass sie sich vor dem Kommenden fürchtet. Und trotz ihrer Angst versucht sie, mich zu beruhigen.

Diese Frau ist mein Untergang...

„Da bin ich mir nicht so sicher, Kleines. Du solltest verdammt noch mal gar nicht hier sein! Es ist absoluter Wahnsinn, dass du dich dieser Gefahr aussetzt."

Nicki ist eine wunderschöne junge Frau, jeder halbwegs vernünftige Mann erkennt sofort, dass sie etwas ganz Besonderes ist. Ich kann mir vorstellen, dass es eine ganze Menge reicher Säcke gibt, die bei der Versteigerung für sie bieten werden.

„Ich tue das nur, weil ich mir sicher bin, dass du mich beschützen wirst. Du hast mich schon einmal gerettet und du wirst es wieder tun."

Dieses Mädchen vertraut mir so sehr, dass sie ohne zu zögern ihr Leben riskiert, um dem Motorcycle Club zu helfen.

Es gibt Momente im Leben eines Mannes, an denen er an einem Punkt ankommt, an dem er sich nicht mehr beherrschen kann. An dem die Maske der Zivilisation von seinem Gesicht rutscht und er der Außenwelt zeigt, wer er wirklich ist. Und ganz genau dieser Moment ist für mich jetzt gekommen.

Ich atme so tief durch, dass sich meine Nasenflügel blähen, erst als meine Lunge so voller Sauerstoff ist, dass ich das Gefühl habe, dass sie gleich platzt, atme ich langsam wieder aus. Nicki spürt, dass ich sie jetzt brauche, sie beugt sich zu mir und küsst mich tief und hingebungsvoll. Das Gefühl ihres weichen Körpers, der sich gegen meinen harten presst, raubt mir das letzte bisschen Verstand. Ihre kleine Hand schiebt sich vorne in meine Hose, sie umfasst bestimmend meinen harten Schwanz.

Heilige Scheiße....

Es ist noch keine Stunde her, dass ich sie gnadenlos gebumst habe, und dennoch ist sie schon wieder bereit für mich. Ich spüre Spiders Blick auf uns ruhen, es ist nicht das erste Mal, dass er mein Mädchen mit diesem gierigen Blick ansieht. Dieser Wichser begehrt was mir gehört, doch er hat Pech. Nicki ist mein Eigentum, kein anderer Mann wird sie jemals wieder berühren. Aus meiner Kehle löst sich ein warnendes Knurren, Spider wendet endlich seinen Blick ab. Sein Glück. Wenn er sich nicht bald zusammenreißt, schieße ich ihm ein Loch zwischen die Augen. Seit wir vorhin von unserem Abenteuer im Bad zurückgekommen sind, kann er seine Augen nicht von meinem Mädchen abwenden. Sein Blick wandert immer wieder von den blutigen Kratzern an meinem Arm zu der Frau auf meinem Schoß.

Mit ihren wundgeküssten Lippen, dem postkoitalen Strahlen in den Augen und ihren verwuschelten Haaren sieht sie einfach herrlich verrucht aus.

Ich würde mein Bike darauf verwetten, dass Spider sie sich sofort packen würde, wenn ich sie nicht längst als mein Eigentum gekennzeichnet hätte. Es wird verdammt noch mal Zeit, dass sie endlich mein Leder trägt und ich es offiziell machen kann. Erst wenn sie ein *Property of Razzor* auf ihrem Rücken stehen hat, werde ich mich wieder einigermaßen entspannen können.

Bis dahin liegt noch ein langer und gefährlicher Weg vor uns.

Der köstliche Apfelgeruch, der sie umhüllt, steigt mir in die Nase.

Ihre kleinen Finger liebkosen meine Eier. Mit ihren Fingernägeln kratzt sie leicht über die Unterseite meines Glieds – es braucht nicht mehr viel und ich komme wie ein unerfahrener Junge in meiner Hose.

„Fuck, Baby!"

Mein Fluch beinhaltet so viel männliche Gier und unbefriedigte Lust, dass sich ein äußerst zufriedenes Grinsen auf ihren geschwollenen Lippen ausbreitet. Dieses kleine Miststück weiß ganz genau, was sie mit mir anstellt...

Meine innere Bestie fletscht ungeduldig die Zähne, und ich weiß, dass ich mich nicht mehr lange kontrollieren kann.

Die Gnadenfrist meiner Süßen ist vor einer Sekunde abgelaufen.

Gott steh mir bei - von dieser Frau werde ich niemals genug bekommen.

Was bin ich doch für ein glücklicher Bastard, dass ausgerechnet ich sie mein eigen nennen kann...

Ein leichter Nieselregen hat eingesetzt, die Straßen spiegeln das Licht des runden Vollmonds.

Endlich bringen wir die letzte Etappe hinter uns.

Das Stadtgebiet von Burnaby liegt im geographischen Zentrum des Bezirks Metro Vancouver und der Burrard Halbinsel. Im Westen grenzt Burnaby an Vancouver, im Osten an Port Moody und im Norden an den Burrard Inlet. Der Fraser River steht für die südliche Grenze der Stadt. Die Landschaft ist geprägt von Hügelzügen, Tälern, Seen und einer

Schwemmlandebene. All das liegt unter dem schützenden Schatten des Burnaby Mountain.

Was würde ich dafür geben, mit Nicki einfach nur wegen der schönen Gegend hierher zu fahren. Doch anstatt mit ihr Urlaub zu machen, liefere ich sie an die Mexikaner aus....

Wenn es mir nicht gelingt sie zu beschützen, wird sie an den Höchstbietenden verkauft und vergewaltigt.

Keine Ahnung, wie ich es anstellen soll, sie diesen Wichsern auszuhändigen. Ich weiß nicht, was die nächste 24 Stunden passieren wird, aber ich weiß, dass ich alles in meiner Macht Stehende tun werde, um sie zu beschützen.

Je schneller wir diese Scheiße hinter uns gebracht haben, desto besser ist es.

Mit jeder Meile die wir uns der Kanadischen Grenze nähern, wird Catcher angespannter. Sein Fahrstil wird aggressiver, er ist kurz davor, vor Sorge endgültig durchzudrehen.

Nickis Finger haben sich unter meiner Lederjacke am Bund meiner Jeans festgekrallt.

Kurz bevor wir losgefahren sind, habe ich bis zum Anschlag in ihr gesteckt. Fuck, ich war so tief in ihr, dass ich kaum noch atmen konnte. Zu meinem großen Erschrecken war ich kurz davor, ihr zu sagen, dass ich sie liebe.

Nur mit größter Selbstbeherrschung ist es mir gelungen, die Worte unausgesprochen herunterzuschlucken.

Was sagt es über einen Mann wie mich aus, wenn ich meinem Mädchen beim Sex sagen will, dass ich sie liebe? Bin ich jetzt endgültig verloren gegangen, oder doch eher gerettet worden?

Shit! Ich habe keine Ahnung, was ich jetzt tun soll.

Die komplette Fahrt über war ich so in meine Gedanken vertieft, dass ich nicht viel von meiner Umgebung mitbekommen habe.

Holy Bullshit!

Wenn wir diese Aktion ohne nennenswerte Verluste hinter uns bringen wollen, muss jeder von uns voll bei der Sache sein. Ich kann es mir beim besten Willen nicht leisten wie ein liebeskranker Teenager ununterbrochen meine Emotionen zu analysieren.

Catcher und ich sind die einzigen, für die hier mehr als nur das eigene Leben auf dem Spiel steht. Ich weiß nicht wie, aber es muss mir irgendwie gelingen, Nicki zu beschützen – koste es was es wolle.

Ace und Slide biegen auf den Parkplatz eines schäbig wirkenden Motels. Catcher, Loco, Skorpion und die Nomads tun es ihnen gleich.

Jetzt ist der Augenblick gekommen, an dem wir uns aufteilen. Loco kommt mit mir, während uns die anderen den Rücken sichern.

Wenn alles gut geht, sind wir übermorgen um diese Uhrzeit schon so gut wie daheim.

Kaum dass ich das Motorrad geparkt habe, kommt auch schon Ace auf mich zu.

„Ich habe gerade mit meinem Informanten telefoniert, die Übergabe der Mädels findet in 60 Minuten in der Kensington Ave 46 statt. Die Auktion beginnt zwei Stunden später um Mitternacht."

Tief durchatmend akzeptiere ich die Tatsache, dass wir das jetzt durchziehen müssen.

„OK. Wissen die Mädels Bescheid?"

„Loco klärt die Bitches auf, ich dachte mir, Nicki willst du übernehmen."

Mein Mädchen steht direkt hinter mir und unterhält sich leise mit Catcher.

Die Geräusche um uns herum sind zu laut, so dass ich nicht verstehen kann, was er zu ihr sagt.

Als er sie dann jedoch in eine feste Umarmung zieht, reicht es mir.

Dass meine Eifersucht völlig unbegründet ist, ist einem winzigen Teil meines Verstands durchaus bewusst und dennoch ertrage ich es nicht, wenn ein anderer Mann sie in den Armen hält – Nicki gehört mir!

Es ist kein Geheimnis, dass Catcher seine Old Lady Susan über alles liebt. Die Art, wie er Nicki an sich zieht, hat etwas Brüderliches, wahrscheinlich bedankt er sich gerade bei ihr dafür, dass sie ihr Leben riskiert, um seine Cousine Abigail zu retten.

Leise fluchend balle ich meine Hände zu Fäusten und atme mehrmals tief durch.

Endlich gibt er sie wieder frei, mein Puls beruhigt sich wieder.

Aces dunkles Lachen sorgt dafür, dass ich meinen Blick von Catcher und Nicki abwende.

„Dich hat es schwer erwischt, Bro."

Mit diesen Worten dreht er sich um und geht zu Slide und Skorpion.

Angespannt und mehr als schlecht gelaunt schnappe ich mir mein Mädchen, verschränke meine Finger mit den ihren und ziehe sie in das Motelzimmer, das Loco bereits für uns klargemacht hat.

Nachdem ich die Türe hinter uns geschlossen habe, sehe ich ihr tief in die Augen. Nicht zum ersten Mal stelle ich mir die Frage, ob ich das Risiko, das Nicki auf sich nimmt akzeptieren kann.

„Setz dich, Baby."

Als sie sieht, wie angespannt ich bin, durchquert sie das Zimmer und setzt sich auf den Holzstuhl, der direkt neben dem Bett steht.

Ich bin wütend. Ich bin so scheiß wütend, dass ich am liebsten das ganze Zimmer zu Kleinholz schlagen würde, doch ich kontrolliere meine aufsteigende Aggression und fokussiere mich auf das Wichtigste.

„OK, hör zu Baby." Ich fahre mir mit der Hand über den Iro und lasse meinen Kopf angespannt im Nacken kreisen.

„In einer Stunde geht es los. Loco und ich werden dich und die zwei anderen Frauen mit dem Van in die Kensington Ave 46 bringen. Dort findet um Mitternacht die Auktion statt. Was bedeutet, dass du zwei Stunden Zeit hast, um Abigail ausfindig zu machen. Wenn du sie gefunden hast, versuch mit ihr abzuhauen. Skorpion wird sich vor dem Haus auf die Lauer legen, sobald er euch beide sieht, wird er euch packen und in Sicherheit bringen. Wenn dir das nicht gelingt, wird es zur Auktion kommen. Spider wird sich unter die Interessenten mischen und für euch beide bieten. Loco und ich werden ebenfalls anwesend sein, allerdings können wir schlecht auf unsere eigene Ware bieten. Ich schwöre dir, dass ich dich die ganze Zeit im Auge behalten werde. Ich werde nicht zulassen, dass dir etwas passiert."

Wie versteinert sitzt Nicki auf dem Stuhl, jetzt wo es ernst wird, scheint sie erst zu begreifen, wie verdammt gefährlich diese ganze Unternehmung ist.

Es gibt gewisse Risiken, die wir nicht kalkulieren können.

An manchen Auktionen dürfen besonders reiche Bieter eine Art Vorauswahl treffen. Das bedeutet, dass sie sich schon vor der eigentlichen Auktion die Frauen aussuchen können, die sie wollen und diese auch sofort mitnehmen können.

Nicki ist eine sehr schöne Frau, es ist durchaus möglich, dass sie jemand schon vor der Versteigerung für sich beansprucht.

Laut Catchers Aussage ist Abigail noch unberührt. So widerlich es auch sein mag, aber viele Männer sind bereit, ein Vermögen für eine Jungfrau auf den Tisch zu legen. Alles in allem ist die Wahrscheinlichkeit, dass Abigail und Nicki schon vor der eigentlichen Versteigerung gekauft werden, sehr hoch.

Spider wird versuchen, ebenfalls an diesem Vorverkauf, oder wie auch immer man das nennen will, teilzunehmen. Ob ihm das gelingt ist fraglich.

Die Mexikaner sind sehr misstrauisch. Es wird für uns alle nicht leicht sein, sie zu täuschen.

Nicht in der Lage mich auch nur eine Sekunde länger von ihr fernzuhalten, setze ich mich vor sie aufs Bett und umfasse ihre Hände. Fasziniert sehe ich zu, wie sich ihre kleinen Finger um meine schlingen.

„Du wirst immer in meiner Nähe sein?“
Die Angst, die sich in den Tiefen ihrer Augen, die wie Achate schillern, spiegelt, schickt mich beinahe auf die Knie.
„Du musst mir glauben, wenn ich dir jetzt sage, dass ich dich mit meinem Leben beschützen werde.“
„Ich vertraue dir, Dead Rider.“
Ihre vollen Lippen verziehen sich zu einem angedeuteten Lächeln, mein Herz macht einen Satz. Bei allen Göttern, ich liebe dieses Mädchen von ganzem Herzen.
Heilige Scheiße!
Ich bin ein verdammtes Arschloch. Wenn ich Nicki wirklich verdient hätte, würde ich sie mir jetzt packen, mit ihr auf mein Bike steigen und schnellstens von hier verschwinden. Doch ich widerstehe dem Drang, sie in Sicherheit zu bringen und bleibe meinem MC loyal. Was das über mich aussagt? Keine Ahnung! Allerdings fühle ich mich wie ein mieses Dreckschwein.
„Fuck Nicki. Ich bin mir nicht sicher, ob ich dein Vertrauen verdient habe.“
Feige wie ich bin, schaffe ich es nicht länger, ihren eindringlichen Blick zu erwidern. Ich stütze meine Ellenbogen auf die Knie und vergrabe mein Gesicht in den Handflächen.
Jetzt in diesem Augenblick fühlt es sich so an, als ob ich in zwei Teile gerissen werde.
Ich schaffe es nicht beidem gerecht zu werden. Wie soll ich Nicki beschützen und zugleich meinem Club helfen?
Ohne zu zögern rutscht sie vom Stuhl und kniet sich vor mir auf den Teppich. Ihre Hände umfassen meinen Kopf, sie küsst meine Finger und bringt mich erneut dazu, sie anzusehen.
„Du wirst mich beschützen. Daran glaube ich fest.“
„Mit meinem Leben, Baby! Ich werde jeden töten, der dir zu nahe kommt.“
Besitzergreifend ziehe ich sie auf meinen Schoß und erobere ihren Mund.
Erst als wir beide völlig atemlos sind, gebe ich sie wieder frei.
„Bevor ich dir die Sachen gebe, die du anziehen musst, muss ich dir aber noch eine Sache erklären.“
„Und was?“
„Sobald wir in der Kensington Ave 46 angekommen sind, werde ich so tun müssen, als wärst du mir völlig gleichgültig. Ramon und seine Männer müssen glauben, dass du für mich nichts weiter bist als irgendeine Schlampe, durch die ich viel Geld verdienen kann...“
Bei dem Wort Schlampe zuckt sie getroffen zusammen.

„... Versprich mir, dass du damit umgehen kannst, oder ich werde Ace sagen, dass du dich an dieser Sache nicht mehr beteiligst.“

Sie schluckt schwer, ehe sie tapfer nickt.

„Ich kann damit umgehen.“

Fuck! Irgendwie habe ich meine Zweifel daran.

Nicki ist tough und stark, aber sie hat keine Ahnung, auf was sie sich da eingelassen hat. Sie versteht die Tragweite nicht.

„OK. Dann komm, wir müssen dich fertig machen.“

Kaum dass ich ihr vom Boden aufgeholfen habe, klopft es an unserer Zimmertüre.

Summer, eine der Bitches, die uns helfen, reicht mir einen dünnen schwarzen Stofffetzen.

„Das ist für Nicki, sie soll das anziehen, bevor wir fahren.“

„Danke.“

„Kein Thema, Rider.“

Sie zwinkert mir verschwörerisch zu und geht zurück in den Raum neben uns.

Ich werfe Nicki den Stofffetzen zu und setze mich auf den Stuhl, auf dem sie vorhin gesessen hat, während sie das Kleid, falls man das bisschen Stoff so nennen kann, prüfend mustert.

Ich unterdrücke den in mir aufsteigenden Wutanfall und zünde mir stattdessen eine Kippe an.

Mir ist klar, dass ich sie nicht in einem Kartoffelsack bei den Mexikanern abliefern kann, aber das? Heilige Scheiße - das ist zu krass....

Bei all den Bitches, die durchs Clubhaus rennen, ist es mir gerade recht, wenn sie mehr nackt als angezogen sind, doch bei Nicki stört es mich, wenn andere Männer zu viel nackte Haut sehen.

Ohne sich zu beklagen tauscht sie ihre Jeans und das Top gegen das knappe Kleid.

Nicki ist zwar schlank, hat aber an den richtigen Stellen verdammt geile Kurven, und ganz genau diese werden durch den engen schwarzen Stoff bestens betont. Ihr Rücken ist bis hinunter zum Steißbein entblößt, und als ob das noch nicht reichen würde, bietet es auch einen tiefen Einblick in ihr Dekolleté.

Fluchend springe ich vom Stuhl auf, balle meine Hände zu Fäusten und erschrecke selbst von dem lauten Knurren, das sich aus meiner Kehle löst.

Nicki sieht mich verunsichert an.

„Holy Fuck, Baby! Ich kann dich so nicht gehen lassen!“

Prüfend sieht sie an sich herab.

„Warum, sieht es etwa nicht gut aus?"

Ist das ihr Ernst?

Ich muss sie nur ansehen und bekomme einen verdammten Harten und sie macht sich Sorgen, dass es nicht gut aussieht? Weiber!

„Gut? Nein Baby. Ein Burger und ein kaltes Bier sind gut. Du in Kombination mit diesem Kleid bist einfach nur göttlich. Ich glaube nicht, dass ich dich so zu den Mexikanern bringen kann."

Das schüchterne Lächeln, zu dem sich ihre Lippen verziehen, lässt meinen Herzschlag ins Stolpern geraten.

Jeder Kerl, der sie so zu Gesicht bekommt, wird sie besitzen wollen.

Wie zur Hölle soll ich ruhig bleiben und auf sie aufpassen, wenn sich sämtliche potentielle Bieter an ihr satt sehen.

Am liebsten würde ich ihr meinen Namen auf die Stirn tätowieren.

Fest entschlossen verdränge ich meine Eifersucht und meine Sorge und ziehe sie zu mir heran. Warm und anschmiegsam presst sich ihr kleiner Körper an den meinen.

Ihre Nähe verbrennt mich. Süchtig tackere ich meinen Mund auf ihren, sauge ihre Unterlippe zwischen meine Lippen und beiße sachte zu.

Das köstliche Apfelaroma, das sie immer umgibt, steigt mir in die Nase. Fordernd schicke ich meine Hände auf Reisen, ich präge mir ein letztes Mal ihre Kurven ein, koste sie und schlinge meine Zunge um die ihre.

Sie ist mein– für immer mein!

Ich habe Catcher versprochen, dass ich alles in meiner Macht Stehende tun werde, um seine Cousine zu retten. Und ganz genau das werde ich auch tun. Aber wenn ich feststelle, dass es für Nicki zu gefährlich wird, breche ich die Aktion ab, schnappe mir mein Mädchen und hole sie aus dieser Scheiße raus.

Bis jetzt haben wir nicht erfahren, wie es Abigail geht. Ich kann nur hoffen, dass wir nicht zu spät kommen...

17. Kapitel

Nicki

Razzor presst mich so fest an sich, dass ich kaum noch Luft bekomme. Seine große Handfläche ruht auf meinem Rücken, so als wolle er versuchen, möglichst viel von meiner nackten Haut zu bedecken und vor fremden Blicken zu beschützen.

Auch wenn ich es mir nicht gerne eingestehe, aber langsam breitet sich Panik in mir aus.

Ich habe Angst, große Angst.

Es war ein Fehler, mich freiwillig zu melden, das weiß ich jetzt.

Damals ging es mir nur darum, dass ich bei Razzor bleiben wollte.

Naiv wie ich war, dachte ich wirklich, dass ich ihn irgendwie unterstützen kann. Jetzt weiß ich, dass meine Anwesenheit nur das Gegenteil bewirkt.

Ich sehe die Sorge in seinen schönen karamellfarbenen Augen und ich weiß, dass er sich wegen mir nicht richtig konzentrieren kann. Anstatt ihn zu unterstützen habe ich es ihm also noch viel schwerer gemacht. Jetzt muss er nicht nur auf sich selbst aufpassen, sondern auch meinen Arsch retten, wenn es hart auf hart kommt.

Das Salamandertattoo, das sich von seinem linken Auge bis hinab zu seinem Hals räkelt, zuckt leicht.

Ich stelle mich auf die Zehenspitzen, recke mich ihm entgegen und küsse ihn tief und langsam. Als ich mich wieder von ihm löse, suche ich seinen Blick und sehe ihm tief in die Augen.

„Ich verspreche dir, dass ich gut auf mich aufpassen werde. Es wird mir gelingen, Abigail zu finden. Und dann werden du und deine Brüder uns da rausholen."

Razzor schweigt, er sagt kein Wort und sieht mich nur durchdringend an.

Irgendwie hatte ich gehofft, dass ihn meine Worte beruhigen, aber seine Mimik wird immer düsterer.

Da ich keine Ahnung habe, wie viel Zeit uns noch bleibt, bin ich nicht bereit, auch nur eine Sekunde davon zu verschwenden. Seufzend schmiege ich mich an ihn und lausche seinem kraftvollen Herzschlag.

„Jeder Mann, der dich anfasst, wird sterben!"

Mit diesen Worten zieht er mich noch fester an seinen Brustkorb.

Das raue Leder seiner Kutte reibt über meine Wange, sein muskulöser Oberschenkel schiebt sich zwischen meine Schenkel.

Die Zeit vergeht, keiner von uns ist bereit, den anderen loszulassen. Erst als es laut an der Türe klopft, löst er sich von mir. Widerwillig gebe ich ihn frei, streiche mit zittrigen Fingern das Kleid glatt und verschwinde im Badezimmer.

Mit schlotternden Knien lasse ich mich auf den geschlossenen Toilettendeckel sinken und atme mehrmals tief durch.

Verdammt noch mal, Nicki Nox, reiß dich gefälligst zusammen!

Mein Unterbewusstsein schnauzt mich aufgebracht an. Fluchend verdränge ich all meine Angst in den hintersten Winkel meines Herzens, stehe wieder auf und kümmere mich um mein Äußeres.

Weder habe ich eine Bürste, noch mein Make-up. Um etwas Farbe in mein Gesicht zu bekommen, kneife ich mir ein paar Mal in die Wangen. Mit meinen Fingern fahre ich mir durch die Haare, schüttle sie aus und sorge so für etwas mehr Volumen.

Prüfend sehe ich meinem Spiegelbild in die Augen. Trotz meiner Angst strahlen meine Augen regelrecht. Dank Razzors vielen Küssen, sind meine Lippen dauergeschwollen und an meinem Hals prangt noch immer die blau-violette Bisswunde.

„... das ist verdammt noch mal nicht verhandelbar, Ace!"

Razzors wütende Stimme dringt durch die verschlossene Badezimmertüre bis zu mir durch. Über was sich die beiden wohl gerade streiten?

Automatisch atme ich etwas flacher und öffne die Türe so leise es geht einen kleinen Spalt.

„Bist du dir sicher, dass du es so durchziehen willst?"

Razzor denkt keine Sekunde lang über Aces Frage nach.

„Aye, das bin ich. Ihr Leben ist wichtiger als meines!"

Eine schwere Stille legt sich über das Zimmer.

„Gut, dann werde ich Slide darüber informieren."

„Danke, Präs."

Das Geräusch von schweren Stiefeln, die auf den Boden treffen, wird immer leiser.

Erst als ich es kaum noch hören kann, öffne ich die Türe etwas weiter und sehe Razzor an.

Er steht mit weit gespreizten Beinen und angespannten Muskeln mitten im Raum. Sein Blick ist starr auf das Bett gerichtet, seine Kiefermuskulatur zuckt unruhig.

Worum es bei diesem Gespräch wohl ging?

„Komm her, Nicki."

Ohne zu zögern befolge ich seinen Befehl.

Jetzt stehe ich direkt vor ihm, er sieht mich noch immer nicht an.

Catcher erscheint an der offen stehenden Zimmertüre.

Sein Blick gleitet anerkennend über meinen Körper, ihm scheint das Kleid gut zu gefallen.

Als sein Blick an meinem Gesicht ankommt, und er meine fragend hochgezogene Augenbraue sieht, räuspert er sich kurz.
„Abfahrt in fünf Minuten."
Mit diesen Worten dreht er sich um und verschwindet wieder aus meinem Sichtfeld.
Endlich sieht Razzor mich an. Wir stehen uns so nah gegenüber, dass sein warmer Atem über meine Stirn streicht, und dennoch berühren wir uns nicht.
„Ich liebe Dich, Baby!"
Ohhh meinnnn Goootttttt....
Hat er das gerade wirklich gesagt?
Verdutzt und völlig sprachlos sehe ich ihn an.
Seine Miene ist völlig ausdruckslos, wir berühren uns noch immer nicht.
Ich bin wirklich keine hoffnungslose Romantikerin, aber ein bisschen mehr Emotionen hätte ich mir bei diesem Geständnis schon irgendwie gewünscht.
Warum sagt er mir das jetzt?
Und warum sagt er mir das auf diese Art und Weise?
Unsere Blicke treffen sich. In seinen Augen kann ich erkennen, dass er seine Liebeserklärung absolut ernst meint.
Noch bevor ich reagieren kann, beugt er sich zu mir herab, küsst mich kurz und hart und marschiert anschließend an mir vorbei.
Verwirrt und zitternd stehe ich nun allein in dem schäbigen Motelzimmer und frage mich, was hier gerade passiert ist. Erst als Loco zu mir kommt und mich daran erinnert dass die angekündigten fünf Minuten rum sind und wir los müssen, bewege ich mich Richtung Van.
Während der kompletten Fahrt bin ich wie paralysiert.
Leila und Summer befinden sich in der Sitzreihe hinter mir. Razzor sitzt am Steuer und Loco auf dem Beifahrersitz.
Die Männer unterhalten sich über irgendwelche Harleys und die Route 66, ich schweige. In meinem Kopf herrscht so ein Durcheinander, dass ich am liebsten laut schreien würde. Doch ich unterdrücke meine Frustration, atme einfach stoisch weiter ein und aus.
Mein Blick huscht unfokussiert durch die Gegend, ich nehme von meiner Umgebung kaum etwas wahr. Darum bin ich auch mehr als überrascht, als wir an einer Tankstelle anhalten.
Razzor und Loco steigen aus, die Seitentüre des Vans wird geöffnet und ich begegne Razzors Blick. Unweigerlich ertrinke ich in den vertrauten braunen Tiefen seiner Augen.
Loco erscheint an seiner Seite, unterbricht den kurzen Moment der Zweisamkeit.

„Seid ihr bereit für die Show, Ladys?"
Ich habe keine Ahnung, wovon er redet. Verwirrt lasse ich meine Augen über meinen Rocker gleiten, für die heutige Aktion haben er und Loco ihre Kutten und sämtliche andere Gegenstände, die sie mit dem MC der Dead Riders in Verbindung bringen könnten, abgelegt.

Sie sind sozusagen undercover unterwegs.

Leila und Summer wackeln anzüglich mit den Augenbrauen als Loco zwei paar Handschellen aus der Hosentasche zieht, ich hingegen kann dieser Scheiße nichts Amüsantes abgewinnen.

Razzor packt mich am Arm, als ich realisiere, was er vorhat, zucke ich erschrocken zurück.

Meine letzte Erfahrung mit diesen schrecklichen Dingern hat dank Mike und seinen perversen Neigungen nicht gerade schmerzlos stattgefunden und ist somit auch nicht meine schönste Erinnerung. Augenblicklich beginnt mein Herz wie wild zu rasen, meine Kopfhaut prickelt unangenehm und ich bekomme kaum noch Luft.

„Bitte tu das nicht...."

Als er meine Worte hört, sieht er mich undurchdringlich an.

„Ich muss, Baby. Die Mexikaner werden uns nicht glauben, dass wir euch entführt haben, wenn ihr euch freiwillig an diese Bohnenfresser übergeben lasst. Das macht sie misstrauisch."

Er atmet gepresst ein.

„Wir müssen das durchziehen, Nicki. Sonst fliegen wir auf und werden noch bevor wir unsere Verstärkung rufen können vom Sack bis zur Nasenspitze aufgeschlitzt. Du musst überzeugend sein, schrei mich an und wehr dich. Keine Frau von Verstand will gegen ihren Willen versteigert werden...."

...Keine Frau von Verstand will so eine Liebeserklärung...

Der Gedanke huscht mir so schnell durch den Kopf, dass ich gar nicht weiß, wo er wirklich hergekommen ist.

Keine Ahnung wieso? Aber ich spüre, dass ich gerade wirklich wütend auf Razzor werde. Vielleicht liegt es an dem Stress der vergangenen Tage, oder an der beschissenen Situation, in der ich gerade feststecke, aber am liebsten würde ich diesem Rocker Bastard die Augen auskratzen.

Es mag sein, dass er mich damals in Oregon gerettet hat, aber was hat mir das gebracht?

Nichts! Denn jetzt sitze ich hier mit zwei völlig irren Tussis irgendwo in Kanada in einem Van und lasse mich, mit Handschellen gefesselt, freiwillig an gewalttätige Mexikaner übergeben, die mich dann an den Meistbietenden verkaufen werden. Damit der dann seine perversen Neigungen an mir ausleben kann.

Und warum? Wofür? Ganz einfach - weil ich mich hoffnungslos in diesen Dead Rider verliebt habe. Ich wollte bei ihm sein, ihm den Rücken stärken und ihn nicht alleine gehen lassen.

Doch statt der großen Liebe habe ich eine beschissene Liebeserklärung und eiserne Handschellen bekommen.

Scheiße! Scheiße! Scheiße!

Die Frage, wie ich überhaupt erst in diese Situation gekommen bin, lässt sich schnell und leicht beantworten: durch falsche Entscheidungen.

Ich bin die gottverdammte Queen der Fehlentscheidungen, und das wird sich für den Rest meines kläglichen Lebens nicht mehr ändern.

Panisch sehe ich auf die an Razzors Zeigefinger baumelnden Handschellen.

„Ich kann das nicht."

Atemlos schließe ich meine Augen, ein heftiges Zittern lässt mich erbeben.

Plötzlich vergesse ich, wo ich bin, Mikes abschätziges Lachen ertönt in meinen Ohren, ein Flashback katapultiert mich zurück in meine Vergangenheit.

Es ist kalt und dunkel. Jeder Zentimeter meines Körpers schmerzt. Es ist so still, dass ich nichts außer meinen eigenen, viel zu schnellen Atemzügen, höre.

Ich friere, das einzig Warme, das ich spüre, ist mein Blut, das über die Innenseiten meiner Oberschenkel läuft.

Mit letzter Kraft versuche ich mich zu befreien, doch es will mir einfach nicht gelingen. Mike hat mich mit seinen Handschellen an das Gestell des Bettes gefesselt. Hilflos laufen mir Tränen über die Wangen. Die salzige Flüssigkeit brennt, als sie in den Riss meiner aufgeplatzten Oberlippe läuft.

Es war nicht das erste Mal, dass Mike mich geschlagen hat, aber es war das erste Mal, dass er mich sichtlich dabei verletzt hat.

Zwischen meinen Beinen pocht es unangenehm. Bis jetzt hat Mike sich immer kontrollieren können – heute ist ihm das nicht gelungen.

Er hat mich so hart gefickt, dass es sich so angefühlt hat, als würde er mich in zwei Teile reißen. Ich kann noch immer seine Finger auf mir spüren, morgen werde ich bestimmt unzählige blaue Flecken haben.

Ohne Zeitgefühl liege ich mit weit gespreizten Beinen auf dem fremden Hotelbett und warte darauf, dass Mike endlich aus dem angrenzenden Badezimmer kommt und mich losbindet. Als ich ihn mit den Handschellen vor dem Bett habe stehen sehen, wusste ich sofort, dass diese Nacht ganz besonders schlimm werden wird. Und dennoch ist es mir nicht gelungen, ihm diese Sache auszureden.

Das Rauschen des Wassers verstummt, Panik breitet sich in mir aus. Was, wenn er noch nicht mit mir fertig ist? Was, wenn er mich noch mal vögeln will? Ein zweites Mal halte ich das nicht aus. Die Badezimmertüre öffnet sich, aus einem kleinen Spalt dringt ein Lichtstrahl in meine Dunkelheit.

Hilflos und mit letzter Kraft reiße ich mit meinen Armen und Beinen an den Fesseln, doch ich habe keine Chance. Das Eisen schneidet sich in meine Gelenke. Mike kommt auf mich zu, stellt sich neben das Bett und streicht mit seinen Händen durch meine Haare.

Diese unerwartet zärtliche Geste verängstigt mich zu tief....

„Baby, beruhige dich. Ich bin bei dir."

Razzors Stimme dringt zu mir durch, holt mich aus der Erinnerung zurück in die Realität.

Ich ertrinke in seinen karamellbraunen Augen und vergrabe mein tränenüberströmtes Gesicht an seiner Halsbeuge.

Heilige Scheiße, Mike ist es echt gelungen, einen Teil von mir zu zerstören.

Razzor hebt mich aus dem Van, setzt sich auf den Beifahrersitz und wiegt mich wie ein Baby langsam hin und her. Von Loco und den zwei Bitches ist weit und breit nichts zu sehen. Völlig machtlos gegen die Tränen, die aus meinen Augen laufen, atme ich tief ein und beruhige mich langsam wieder etwas.

„Es tut mir leid, Nicki. Ich wusste nicht, dass Handschellen so eine Reaktion bei dir auslösen."

Die Muskeln in seinen Armen sind angespannt. Sie umschließen mich wie warmer Stahl. Bei diesem Mann fühle ich mich sicher und geborgen.

Schniefend wische ich mir mit dem Handrücken über die Nase.

„Das wusste ich bis gerade eben auch nicht."

„Willst du darüber reden, Kleines?"

„Nein. Jetzt ist nicht der richtige Augenblick."

In einer liebevollen Geste presst er mir seine Lippen auf die Stirn.

„Was auch immer in deiner Vergangenheit vorgefallen ist, Baby, ich werde dafür sorgen, dass es nie wieder passiert."

Wie gerne würde ich ihm das glauben, wie gerne würde ich mich in seinen Armen und an seiner starken Brust vor den Gefahren dieser Welt verstecken, doch das geht nicht.

Tief durchatmend löse ich mich von ihm, stelle mich auf meine wackeligen Beine und wische mir mit den Fingern den verlaufenen Mascara aus dem Gesicht.

„Shit! Ich sehe bestimmt schrecklich aus."

Razzors Gesichtsausdruck wird ganz sanft.

„Du bist wunderschön und nichts auf dieser Welt kann daran etwas ändern.“

Loco und die zwei Mädchen kommen lachend auf uns zu.

Ohne uns besondere Aufmerksamkeit zu schenken, steigen die Bitches wieder ein und Loco lässt mit einem leisen Klicken die Handschellen einrasten.

So wie es aussieht, bin ich die Einzige, die mit der Gesamtsituation völlig überfordert ist.

Vielleicht bin ich nicht stark genug, um in der Welt der Rocker zu überleben?

Razzor steht ebenfalls auf, streicht mit seinem Zeigefinger über meinen entblößten Rücken.

„Du musst dieses Scheißteil nicht anziehen, Baby. Es geht auch ohne.“

Ich ignoriere ihn, werfe einen kurzen Blick in den Seitenspiegel und erschrecke.

Dank des völlig verlaufenen Mascaras sehe ich aus wie ein Waschbär auf LSD.

„Zumindest sehe ich jetzt wie ein richtiges Entführungsopfer aus.“

„Yep, du siehst echt fertig aus, Nicki.“

Noch bevor ich auf Locos freche Erwiderung antworten kann, rammt ihm Razzor seine Faust in den Magen.

Loco kippt stöhnend nach vorne, sein Gesicht ist schmerzverzerrt.

„Du kleiner Pisser solltest meine Lady mit etwas mehr Respekt behandeln! Kapiert?“

„Kapiert, Bro.“

Mit rasendem Herzen setze ich mich zurück in den Van und strecke Razzor meine Handgelenke entgegen.

Mit zusammengezogenen Augenbrauen und einem grimmigen Blick sieht er mich prüfend an.

„Bist du dir sicher, Baby?“

Nein, keineswegs.

„Ja!“

Fluchend legt er mir die Handschellen an. Kaum dass meine Handgelenke gefesselt sind, beugt er sich noch etwas weiter zu mir vor und haucht mir einen zärtlichen Kuss auf die Lippen.

„Ich werde dich beschützen, Baby.“

Bevor er die Seitentüre des Vans wieder zuzieht, erhasche ich einen Blick auf den grünen Totenkopf seines Zungenpiercings, das zwischen seinen Lippen herausschaut.

Ich habe keine Ahnung, was mich in den nächsten Stunden erwartet, aber ich glaube Razzor, wenn er mir verspricht, bestmöglich auf mich aufzupassen.

18. Kapitel

Razzor

In der Kensington Ave 46 steht eine noble, aus massivem Stein gebaute Villa. Das riesige Grundstück ist von einer drei Meter hohen Mauer eingefasst, auf der sich gerollter Stacheldrahtzaun befindet. Das unregelmäßige Aufblinken der roten Kontrollleuchten der vielen Kameras erinnert mich an den Knast.

Das Stadtbild wird hauptsächlich von Holzhäusern geprägt, diese Villa ist der komplette Kontrast zu den restlichen Gebäuden. Der alte Baumbestand verdeckt das aschfahle Licht des Mondes und wirft verzerrte Schatten auf die Hauswand.

Seit wir die Mädels vor fünfzehn Minuten in die Hände der Mexikaner übergeben haben, bin ich kurz davor, die Nerven zu verlieren.

Eigentlich sollte ich erleichtert darüber sein, dass unser Plan bis hierher reibungslos funktioniert hat, denn das war keineswegs sicher.

Auch wenn Nicki alles getan hat, um ihre Angst zu verbergen, ist es ihr nicht gelungen. Ihre geweiteten Pupillen, das verräterische Zittern ihrer Unterlippe und ihr viel zu schnell kommender Atem haben sie verraten.

Angespannt stehe ich neben Loco und warte, dass die Auktion beginnt. Ramon, der Kopf der Mexikaner, hat uns versichert, dass es nicht mehr lange dauern wird.

Nicki, Leila und Summer wurden in die Kellerräume gebracht. Alle drei wissen dank verschiedener Fotos, wie Abigail aussieht. Mit ein bisschen Glück finden sie Catchers Cousine noch vor Beginn der Auktion. Wenn nicht, verkompliziert sich unser Plan um ein Vielfaches.

Mit jeder Minute treffen mehr Männer ein. Angesehene Geschäftsmänner, hochrangige Politiker und weltweit bekannte Mafiosos drücken sich im sprichwörtlichen Sinne die Türklinke in die Hand. Hier gibt es kein Gut und kein Böse, kein Richtig und kein Falsch. Anscheinend befinden wir uns heute Nacht jenseits sämtlicher Gesetze. Anders kann ich mir nicht erklären, wie es sein kann, dass sich ein Senator mit einem gesuchten Mafioso bei einem Glas Whisky darüber unterhält, wie viele Frauen heute Nacht wohl angeboten würden.

Holy Fuck! Ich will nicht scheinheilig sein, die Gesetze interessieren mich einen Scheißdreck. Aber ganz genau solche Veranstaltungen wie diese hier, sind der Grund, warum ich kein Vertrauen in unsere Justiz habe.

Unsere Welt ist korrupt. Jeder ist sich selbst der Nächste und absolut jeder ist käuflich.

Die Anwesenheit des Senators erklärt zumindest, warum sich hier keiner darüber Gedanken macht, erwischt zu werden.

Die Frauenhändler werden von ganz oben gedeckt und beschützt.

Halbnackte Girls, die nur einen goldenen Body tragen, servieren kleine Häppchen und eisgekühlte Getränke. Dieses ganze Schickimicki widert mich an.

Wenn es nach mir ginge, würde ich diese Villa samt allen anwesenden Käufern kurzerhand in die Luft jagen.

„Entspann dich, Bro."

Loco hat gut reden, schließlich riskiert hier nicht sein Mädchen ihr Leben.

Jetzt in diesem Augenblick, während ich hier stehe und mich möglichst gleichgültig gebe, kann Nicki alles Mögliche angetan werden.

Bittere Galle steigt mir in die Kehle. Es kostet mich all meine Kraft, mich nicht sofort auf die Suche nach ihr zu machen.

Seit wir in Tacoma losgefahren sind, habe ich immer wieder mit dem Gedanken gespielt, Nicki einfach zu packen und mit ihr bis ans Ende der Welt zu fahren, jetzt bereue ich, dass ich es nicht getan habe. Meine Loyalität dem Club gegenüber stand früher an erster Stelle – jetzt tut sie das nicht mehr.

Meine Prioritäten haben sich geändert. Ich mag vieles sein, aber bestimmt kein Mann der Worte. Meine Liebeserklärung vorhin im Motel war mit Sicherheit nicht die romantischste, aber die aufrichtigste.

Männer wie ich fürchten sich vor nichts, nicht mal vor dem Tod. Wir lernen erst, was wahre Angst ist, wenn wir unser Herz an ein Mädchen verlieren.

Ein lauter Gong reißt mich aus meinen Gedanken.

„Gentlemen, darf ich Sie in den Salon bitten?"

Man hat mich in meinem Leben schon vieles genannt, aber gewiss noch nie Gentleman.

Ein junges Mädchen, ich schätze sie auf gerade mal achtzehn, sieht uns verschüchtert an. Ihre Augen wirken wie die einer alten, gebrochenen Frau. Nicht ein Funke Leben ist darin zu erkennen.

Loco und ich ignorieren die schwarzen Chesterfield Sessel und lehnen uns an der hinteren Wand an.

So haben wir alles im Blick und unsere Rücken sind gesichert.

Ich spüre die Magnum, die sich unnachgiebig gegen meine Wirbelsäule drückt, und atme mehrmals tief durch.

Nicht zum ersten Mal denke ich über verschiedene Szenarien nach.

Was ist, wenn sich Catchers Cousine gar nicht hier aufhält?

Es ist durchaus möglich, dass sie bereits im Vorfeld verkauft worden ist, oder dass sie die Gefangenschaft nicht überlebt hat. Die Mexikaner sind nicht gerade für ihre Fürsorge bekannt.

So oder so – wenn wir Abigail heute Nacht nicht finden, wird Catcher Amok laufen.

Ein lauter Gong ertönt und sorgt dafür, dass alle Gespräche verstummen. Eine erwartungsvolle Stille legt sich über den Salon.

Mein Herzschlag dröhnt so laut in meinen Ohren, dass ich nur schwer die Stimme des Auktionators hören kann, der soeben die provisorisch aufgebaute Bühne betritt.

Holy Shit.

Meine Instinkte schlagen Alarm, irgendetwas stimmt hier nicht.

„Geht es nur mir so oder hast du gerade auch ein ganz beschissenes Gefühl?"

Loco sieht mich an, seine rechte Hand liegt locker auf dem Griff seiner unter dem Shirt verborgenen Waffe.

„Yep, hier liegt Ärger in der Luft."

Es ist vorgesehen, dass Nicki Abigail vor der Auktion ausfindig macht und mir dann, wenn sie versteigert werden soll, ein Zeichen gibt. Daraufhin werde ich meine Brüder und die Nomads alarmieren und zusammen werden wir dann diese fucking Party sprengen.

Doch bis wir diese Wichser hier alle abknallen können müssen wir warten. Wenn wir zu früh loslegen, besteht die Gefahr, dass die Mexikaner durchdrehen. Diese Bohnenfresser sind ein verdammt schießwütiges Volk.

Wenn hier erst mal die Kugeln fliegen, wird es verdammt schwer, Nicki und die anderen Frauen heil aus der Villa zu bekommen.

Selbst wenn Nicki Abigail nicht findet, kann sie vielleicht in Erfahrung bringen, ob es weitere Auktionen wie diese hier gibt. Wenn es ihr gelingt, sich mit den anderen Mädchen, die hier versteigert werden sollen, zu unterhalten, kann sie vielleicht herausfinden, wo die Gefangenen versteckt werden, bevor sie hierher gebracht werden.

So ungern ich es auch zugebe, aber wir brauchen diese Informationen, also müssen wir warten. Das Problem an der Sache ist nur, dass ich noch nie ein besonders geduldiger Mann war. Und warten gehört nicht gerade zu meinen Stärken. Vor allem dann nicht, wenn mein Mädchen in Gefahr ist.

Loco rempelt mich mit der Schulter an, ich sehe zu ihm und er bedeutet mir mit einer Bewegung seines Kinns, dass ich nach vorne sehen soll.

Das Mädchen, das zuerst auf die Bühne geführt wird, zittert am ganzen Körper, bis auf eine schwarze Spitzenkorsage und die dazu passenden halterlosen Strümpfe trägt sie nichts. Barfuß und am ganzen Leib zitternd versucht sie ihren Körper mit ihren Armen zu bedecken. Sofort kommt einer von Ramons Männern und packt sie so hart an den Schultern, dass sie mit einem lauten Aufschrei ihre Arme wieder fallen lässt.

Tränen laufen über ihre Wangen, pure Mordlust pulsiert durch meine Adern.

Die Verzweiflung und die Angst des Mädchens lassen mich beinahe durchdrehen. Immer und immer wieder muss ich mir ins Gedächtnis rufen, dass es nicht in unserer Macht liegt, allen diesen Frauen zu helfen. Wenn ich wegen ihr meine Identität preisgebe, sind Nicki und Abigail verloren.

Im Gegensatz zu mir scheint die Panik und die Verzweiflung des Mädchens die anderen Herren nicht zu berühren. Ihre Augen gleiten gierig über den nur spärlich bekleideten Frauenkörper.

Der Auktionator verkündet das Startgebot von 4000 Dollar und schon steigt ihr Preis in unermessliche Höhen.

Mit jedem weiteren Gebot verliere ich mehr von meiner Selbstbeherrschung.

Bei Gott! Was sind das nur für Männer, die es nötig haben, ein wehrloses Mädchen zu kaufen? Meines Wissens ist der anwesende Senator verheiratet. Was seine Frau wohl zu seinem Hobby sagen würde?

Wenige Minuten später ist die Kleine für 10 000 Dollar an den Meistbietenden verkauft worden.

In der nächsten halben Stunde werden zehn weitere Frauen versteigert.

Meine Sorge um Nicki erreicht ein unerträgliches Maß. Mittlerweile hasse ich mich dafür, dass ich zugelassen habe, dass sie sich in diese Situation gebracht hat.

„Und jetzt werte Herren, kommen wir zu einer ganz besonderen Schönheit. Das Startgebot liegt bei 8000 Dollar."

Innerlich kochend beobachte ich, wie meine Süße auf die Bühne geführt wird. Im Gegensatz zu den Frauen, die vor ihr verkauft wurden, sind Nickis Arme mit Handschellen auf dem Rücken fixiert.

Auf ihren Armen erkenne ich mehrere Hämatome, die sehr an eine Hand erinnern. Auf ihrem Hals leuchtet ein roter Kratzer und ihre Unterlippe ist aufgeplatzt.

Was auch immer vorgefallen ist, meine Süße scheint es den Mexikanern nicht leicht gemacht zu haben. Ein unbändiger Stolz erfüllt mich. Auch wenn es dumm von ihr war, diesen Arschlöchern die Stirn zu bieten – ich habe nichts anderes von ihr erwartet

Ein knapper String und ein dazu passender BH sind alles, was sie ihr an Kleidung gelassen haben.

In dem Augenblick, in dem der erste Wichser sein Gebot für mein Mädchen abgibt, sehe ich rot.

Ohne darüber nachzudenken, ziehe ich die Waffe aus meiner Hose, entsichere sie und schieße dem Arschloch direkt in den Hinterkopf.

„Fuck, Bro! So sah unser Plan nicht aus."

„Scheiß auf den Plan!"

Loco zieht ebenfalls seine Waffe. Schuss für Schuss arbeiten wir uns durch die Menge. Erst als die ganzen Schweine tot auf dem Boden liegen, stelle ich fest, dass niemand Geringerer als Ramon höchstpersönlich hinter meiner Lady steht und ihr den Lauf seiner Waffe gegen die Schläfe drückt.

Ohne zu blinzeln erwidere ich Ramons Blick. Laute Schreie und viele weitere Schüsse kündigen die Ankunft unserer Verstärkung an – meine Brüder sind da.

Da ich sie nicht informiert habe, müssen sie die Schüsse gehört und ihre eigenen Schlussfolgerungen daraus gezogen haben.

Skorpion und Ace stürmen zu uns in den Salon. Aces Blick gleitet über die vielen Leichen, die den Boden pflastern.

„Heilige Scheiße, Razzor! Was ist hier passiert?"

„Diese Dreckschweine wollten meine Frau kaufen. Das konnte ich nicht zulassen."

Als Ace mich fassungslos ansieht, zucke ich nur kurz mit den Schultern.

Präsident hin oder her.... Er soll es ja nicht wagen, mir einen Vorwurf zu machen.

Ich will nicht wissen, wie er reagiert hätte, wenn man seine halb nackte Old Lady vor seinen Augen an irgendein perverses Arschloch versteigert hätte.

Skorpion schnalzt laut mit der Zunge, ehe er ein ersticktes Lachen von sich gibt.

Warum wundert es mich nicht, dass er diese Scheiße hier urkomisch findet.

Catcher und Poker stürmen zu uns. Catcher entdeckt Nicki und Ramon. Mit großen Schritten steigt er über die leblosen Körper, die am Boden liegen und geht auf Ramon zu.

„Noch einen Schritt weiter und ich knalle sie ab!"

Ramons Drohung hallt durch meinen Körper wie ein Erdbeben der Stärke zehn.

Nicki sieht mich panisch an. Das laute Schluchzen, das sich von ihren Lippen löst, lässt meinen Beschützerinstinkt eine neue Dimension erreichen.

Ich sehe wie Nicki tief einatmet, ehe sie den Blick von mir abwendet und zu Catcher sieht. „Sie ist im Keller."

Auch ohne dass sie einen Namen nennt, wissen wir alle sofort, dass sie von Abigail redet.

„Wenn du sie und die anderen Mädchen frei lässt, lassen wir dich am Leben."

Aces Versprechen an Ramon kann ich niemals einhalten. Dieser Hurensohn muss sterben!

Der Mexikaner sieht meinem Präsidenten tief in die Augen, ehe sich ein freudloses Lachen aus seiner Kehle löst.

„Für wie dumm hältst du mich Rider?"

Bämm – Bämm – Bämm....

Im Flur hinter uns fallen mehrere Schüsse.

Eine Kugel saust so nah an meinem Kopf vorbei, dass sie einen Teil meines Ohrläppchens abreißt. Der Schmerz ist höllisch, jedoch lasse ich mich nicht von ihm ablenken.

Ace und Catcher lassen sich auf den Boden fallen, ich hingegen drehe mich kurz um, ziele auf den Bohnenfresser, der es gewagt hat, mich anzuschießen und drücke ab. Eine halbe Sekunde später fällt der Mexikaner auf den Boden. Ein kreisrundes Loch ziert seine Stirn.

„Bei Gott, ich werde dich und jeden deiner Männer ausschalten, wenn du meine Lady nicht sofort gehen lässt!"

Meine Drohung hängt schwer im Raum, erneut ertönen Schüsse, dieses Mal hören wir sie jedoch nur dumpf. Ace fängt meinen fragenden Blick auf.

„Die Nomads sind zusammen mit Slide durch den Hintereingang in den Keller gestürmt."

Catcher rennt zusammen mit Loco los, um die Nomads zu unterstützen.

„So wie es aussieht, befinden wir uns in einer Pattsituation."

Ramon stößt einen Schwall mexikanischer Flüche aus. Nicki sucht meinen Blick. Pure Todesangst lodert in ihren Augen.

Es muss mir irgendwie gelingen, Nicki zu befreien. Aufgrund meiner vorschnellen Aktion eskaliert die ganze Sache hier, wenn wir nicht bald eine Lösung finden.

„Ramon, gib nach. Es wird nicht mehr lange dauern bis es hier nur so vor Bullen wimmelt. Die Schüsse konnte man drei Straßen weit hören."

Ace deutet mit seiner Waffe auf den in seinem eigenen Blut liegenden Senator.

„Das hier wird das FBI auf den Plan rufen. Wir sollten alle so schnell es geht von hier verschwinden!"

Der Mexikaner schüttelt den Kopf.

„Vergiss es, Ace. Eine Kugel im Rücken ist das Letzte, was ich will."

„Ich erschieße niemanden hinterrücks. Ich mag es, wenn meine Opfer ihren Tod kommen sehen."

Für gewöhnlich bin ich in dieser Hinsicht mit meinem Präs einer Meinung. Aber bei Ramon würde ich da glatt eine Ausnahme machen.

Die Schüsse im Keller verstummen endlich – ob das ein gutes Zeichen ist?

So wie ich Catcher kenne, hat er mit den Maisfressern kurzen Prozess gemacht. Wenn es um seine Familie geht, versteht er keinen Spaß.

Loco sichert noch immer die Türe hinter uns, niemand ist bereit, seine Knarre auch nur einen Zentimeter weit zu senken.

Endlich sehe ich Catcher und Spider auf uns zukommen. Catchers Kutte weist an der rechten Schulter ein Einschussloch auf, der weiße Ärmel seines Shirts ist rot gefärbt. In Spiders Armen liegt ein bewusstloses, halb nacktes Mädchen – Abigail.

„Was ist passiert?"

Catcher wirft unserem Vize einen wütenden Blick zu.

„Slide hat sie mit dem Vulkanier Griff ausgeknockt."

Aces schüttelt den Kopf.

„Fuck Slide, das wird echt noch zur Gewohnheit."

Alle hier erinnern sich an die erste Nacht, die Amy im MC verbracht hat. Damals kam es auch zu einer Auseinandersetzung mit den Mexikanern. Und ganz genau wie jetzt, lagen damals ein paar tote Taccos auf dem Boden, während Slide Amy ins Reich der Träume geschickt hat. Slide und Ace waren zusammen mehrere Jahre bei der Army, ich schätze, dass die beiden so manche Gewohnheiten einfach nicht ablegen können.

Am liebsten würde ich meinen Vize damit aufziehen, dass man in der Army wohl lernt, wie man kleine Mädchen hinterrücks ausschaltet, doch das spare ich mir in Anbetracht der jetzigen Situation lieber.

Nicki lehnt sich etwas weiter nach rechts. Ramon reagiert sofort und presst ihr seine Waffe noch etwas fester gegen den Kopf.

Unsere Blicke treffen sich, sie streckt an ihrer rechten Hand drei Finger aus. Ich verstehe sofort, was sie vorhat, und schüttle verneinend den Kopf.

Sie muss wahnsinnig sein, wenn sie denkt, dass ich auf Ramon schieße, während er sie mit einer geladenen Waffe bedroht.

Slide durchschaut ebenfalls, was Nicki vorhat.

Die beiden haben echt zu viele schlechte Actionfilme gesehen.

Er und Skorpion heben ebenfalls ihre Waffen, beide zielen auf Ramons Kopf.

Dieser wird immer nervöser. Jetzt, wo feststeht, dass keiner seiner Männer überlebt hat, beginnt der Finger, der auf dem Abzug seiner Waffe liegt, gefährlich zu zittern.

Heilige Scheiße!

Wenn es dumm läuft, wird er sie noch aus Versehen erschießen.

Nicki leckt sich nervös über die Lippen, sie knickt einen Finger ab, so dass nur noch zwei zu sehen sind. Dieses verrückte Mädchen zieht das wirklich eiskalt durch.

Aus der Ferne sind die Sirenen der immer näher kommenden Bullen zu hören. Verdammt noch mal, diese Nacht wird immer verrückter. Wenn Nicki mit ihrem Countdown am Ende ist, wird mir nichts anderes übrig bleiben, als abzudrücken und zu beten, dass Nicki diese Selbstmordaktion überleben wird.

„Hörst du das, Ramon? Es wird Zeit von hier zu verschwinden!"

Skorpions Taktik, Ramon immer nervöser zu machen und ihn abzulenken geht ganz offensichtlich auf. Schweißtropfen sammeln sich auf der Stirn des Wichsers, so langsam scheint ihm der Arsch auf Grundeis zu gehen.

Nicki knickt noch einen Finger ab, ich ignoriere das Stimmengewirr um mich herum, blende die nahende Kavallerie aus und visiere die Stirn des Mexikaners mittig an.

Das hier ist der wichtigste Schuss meines Lebens. Wenn ich den versaue, stirbt die einzige Frau, die ich je geliebt habe.

Meine Atmung stockt, ich nicke leicht, um Nicki zu signalisieren, dass ich bereit bin.

Sie versteht mich, ihr letzter Finger verschwindet.

Ohne zu zögern drücke ich ab, mein Mädchen wirft sich so weit es geht nach links und einen Herzschlag später ist es vorbei. Gelb-weiße Hirnmasse spritzt auf den Boden, die hintere Hälfte von Ramons Schädel explodiert regelrecht.

So schnell ich kann, renne ich zu meiner Lady, ziehe sie hoch und reiße sie in meine Arme. Sie zittert am ganzen Körper, leise schluchzend presst sie sich an mich, sie versteckt ihr Gesicht an meiner Halsbeuge und weint.

Besitzergreifend schlinge ich ihr meine Arme um die Taille, ihre Knie geben nach, ich hebe sie hoch und trage sie ohne einen Blick zurück aus dem Haus. Im Augenblick ist es mir scheißegal, was mit all den Leichen, den restlichen Frauen und meinen Brüdern passiert. Alles, was in diesem Augenblick für mich zählt ist, dass das Mädchen in meinen Armen und ich vom Schicksal eine zweite Chance bekommen haben.

19. Kapitel

Spider

Ein Blick, ein verdammter Blick und ich vergesse alles, was ich mir selbst geschworen habe.

Aquamarinblaue Augen, blonde lange Haare und das Gesicht eines Engels.

Unzählige Kugeln surren durch die Luft, der Boden ist voller leerer Patronenhülsen und lebloser Körper. Doch das alles interessiert mich nicht - ich habe nur Augen für das Mädchen in meinen Armen.

Fuck!

Ich weiß nichts über sie, außer dass sie minderjährig und Catchers kleine Cousine ist.

Abigail, der Name passt gut zu ihr.

Allein bei der Vorstellung, was der Kleinen alles zugestoßen wäre, wenn wir sie nicht befreit hätten, lässt mich unfassbar wütend werden. Ich bin weiß Gott kein Heiliger, um ehrlich zu sein bin ich weit entfernt davon. Aber ich bin nie so tief gesunken, dass ich eine Frau gegen ihren Willen genommen habe.

Abigail eine Frau zu nennen, wäre vermessen. Sie ist ein unschuldiges kleines Mädchen, das zum ersten Mal in ihrem Leben einen Blick auf die dunkle Seite dieser Welt geworfen hat.

Wir stammen aus verschiedenen Welten. Sie ist das Licht und ich bin die Dunkelheit. Obwohl mir das klar ist, kann ich nicht verhindern, dass ich mir vorstelle, wie es wohl sein muss, dieses Mädchen für mich zu beanspruchen.

Für Männer wie mich gibt es nicht viele Schätze, wir haben alles was wir brauchen, wir nehmen uns was wir wollen und wir tun, wonach uns der Sinn steht.

Was auch immer nach dem Leben auf uns wartet, es wird ganz bestimmt nicht das Paradies sein. Ich bin ein Dead Rider, ein Nomad ohne festen Wohnsitz und ohne Zuhause. Ich hätte dieser Kleinen nichts zu bieten.

Mein Leben besteht aus Hass, Gewalt und Finsternis.

Es wäre nicht fair, ein Mädchen wie sie in meine Welt zu ziehen.

Ganz davon abgesehen ist sie minderjährig. Scheiße, sie ist gerade mal sechzehn Jahre alt - sie ist tabu für mich. Und dennoch fällt es mir unfassbar schwer in ihrer Nähe einen klaren Kopf zu behalten.

Vorsichtig streiche ich mit meiner Hand über ihr entblößtes Schlüsselbein, genieße das Gefühl ihrer seidigen Haut unter meinen schwieligen Fingern. Eine undefinierbare Sehnsucht ergreift von mir Besitz – ich bin verloren.

So schwer es mir auch fallen mag, dieses eine Mal muss ich das Richtige tun.

Ich muss Abigail frei geben, sie loslassen und am besten vergessen, dass es sie überhaupt gibt. Egoistisch wie ich bin, presse ich sie bei diesem Gedanken nur noch etwas fester gegen meinen Oberkörper. Das dringende Bedürfnis, sie vor der restlichen Welt zu beschützen, breitet sich in mir aus, frisst sich durch meine Seele. Ich schirme sie mit meinem Rücken vor den neugierigen Blicken der anderen Männer ab und ernte dafür einen dankbaren Blick von Catcher, der durch seine Schusswunde nicht in der Lage ist, sie selbst zu tragen. Wenn er wüsste, welche Gedanken und Fantasien mir gerade durch den Kopf jagen, würde er mir nicht danken, er würde seine Waffe ziehen und mir direkt ins Herz schießen – da bin ich mir sicher.

Am Van angekommen setze ich mich auf die hinterste Sitzbank, ziehe Abigail beschützend auf meinen Schoß und halte sie fest.

Eine Nacht – eine Schießerei – ein Mädchen – ein verändertes Leben.

So schnell kann es passieren: Vor einer Stunde war mir nichts wichtiger als meine Freiheit, jetzt sehne ich mich nach einem einzige Kuss von den rotesten Lippen, die ich jemals gesehen habe.

Scheiße! Was bin ich nur für ein Arschloch....

Dieses Mädchen will ich nicht ficken und benutzen - Sie will ich erobern und besitzen!

Fluchend wende ich meinen Blick von ihrem Gesicht ab und schaue aus dem Fenster. Endlich setzt sich der Van in Bewegung und wir verschwinden vom Tatort, ehe die Bullen mit ihren Einsatzwagen die Straßen blockieren.

Nicki

Es ist warm und weich, ich liege auf einem dicken Kissenberg, meine Augen sind geschlossen und meine Hand ruht auf einer starken, leicht behaarten Männerbrust.

Seit Razzor mich aus der Villa getragen hat, hat er mich keine Sekunde lang aus den Augen gelassen.

Er beschützt mich mit einer Intensität, die mir den Atem raubt.

Fühlt es sich so an, geliebt zu werden?

Ist es wichtig, wie eine Liebeserklärung ausgesprochen wird?

Oder kommt es eigentlich nur darauf an, ob einem der Partner zeigt, dass er einen liebt?

Ich habe keine Ahnung wie Leila und Summer hierhergekommen sind.

Oder wo der Arzt herkommt, der gerade zwei Zimmer weiter Catchers Schusswunde versorgt. Alles, was ich weiß ist, dass es Abigail den Umständen entsprechend gut geht, und dass wir diese Nacht wundersamerweise überlebt haben.

Spider wacht über Abigail fast so intensiv wie Razzor über mich.

Wie sich das wohl noch entwickeln wird?

Vielleicht ist er ja der nächste Dead Rider, der sich eine Old Lady nimmt. Wobei ich mir gut vorstellen kann, dass Catcher ihn eher erschießen wird, als dass er zulässt, dass sich Spider an seine viel zu junge Cousine ranmacht.

All die anderen Frauen, die entweder schon verkauft worden waren, oder noch versteigert werden sollten, konnten dank uns von der Polizei gefunden und gerettet werden.

Diese Nacht wird Schlagzeilen machen. Ich habe in meinem Leben noch nie so viele Tote auf einmal gesehen.

Die Dead Riders haben nicht gezögert, sie haben gekämpft und damit auf eindrucksvolle Art und Weise unter Beweis gestellt, dass man sie niemals unterschätzen sollte.

Müde strecke ich mich, ich spüre Razzors Blick auf meinem Gesicht und mein Herz setzt für eine Sekunde aus.

Es war nie geplant, dass ich mich so in diesen Rider verliebe, es war nie geplant, dass er zum Mittelpunkt meines Lebens wird, doch jetzt, wo es passiert ist, müssen wir sehen, wie wir unsere Zukunft gestalten wollen....

„Wie geht es dir, Baby?“

Blinzelnd öffne ich meine Augen und ertrinke in den karamellbraunen Tiefen seiner Iris. Wir sind uns so nah, dass mich sein Geruch wie eine Wolke umgibt. Mein Rocker riecht nach Schießpulver, Leder und Schweiß, eine betörende Mischung die meine Libido zum Leben erweckt.

„In deinen Armen geht es mir immer gut.“

„Und wie geht es dir? Was macht dein Ohrläppchen?“

„Dank dem Doc hat die Blutung endlich aufgehört.“

Falls er denkt, dass ich nicht bemerke, dass er mir verheimlicht, dass er noch immer Schmerzen hat, irrt er sich. Typisch großer böser Rocker, er will natürlich nicht zugeben, dass es höllisch weh tut.

Nachsichtig schüttle ich den Kopf und lasse meinen Blick über sein Gesicht gleiten.

Sein markanter Kiefer wird von einem Dreitagebart bedeckt, ich lege ihm meinen Arm um den Nacken, ziehe ihn zu mir herunter und reibe mich an seinen Bartstoppeln. Ich liebe es, wie sie leicht über meine Haut kratzen, wenn er mich küsst.

Ich liebe seine großen Hände, die mich so besitzergreifend und beschützend halten.

Oh Gott.... ich bin hoffnungslos verloren, denn ich liebe einfach alles an ihm!

Dieser eiskalte Rocker behandelt mich, als wäre ich das Beste und Wertvollste, was er jemals besessen hat. In seiner Nähe fühle ich mich begehrenswert und weiblich.

Mit einem leisen Knurren rollt er sich auf mich, er umfasst meine Handgelenke, presst sie über meinem Kopf in das weiche Kissen und dann küsst er mich so stürmisch, dass unsere Zähne krachend aufeinanderschlagen.

Wild und gierig umschlingt er meine Zunge, raubt mir den Atem. Ich halte mich nicht zurück und erwidere seinen Kuss mit derselben Leidenschaft.

Er presst seine Hüfte gegen meine Mitte. Augenblicklich verfluche ich die Klamotten, die verhindern, dass sein harter Schaft in meinen Körper eindringen kann. Pure Lust schießt durch meine Venen. Atemlos beende ich unseren Kuss, beiße ihm verspielt in den Hals und raune ihm mit heiserer Stimme zu, dass ich ihn endlich in mir spüren will.

Anstatt sich die Klamotten vom Leib zu reißen und mich hart zu ficken, sieht er mich unsicher an.

„Baby, ich weiß nicht, ob das so eine gute Idee ist. Du hast heute Nacht viel durchgemacht, und ich bin gerade nicht in der Lage, mich zurückzuhalten. Wenn ich dich jetzt nehme, dann hart und verdammt tief. Ich bin mir nicht sicher, ob du das jetzt aushalten kannst..." Er atmet so tief ein, dass sich seine Nasenflügel dabei blähen.

„... ich will dich weder verängstigen noch will ich dich verletzen."

Wenn ich mich nicht schon längst in ihn verliebt hätte, dann wäre es spätestens jetzt um mich geschehen.

Seine Sorge rührt mich, und beweist mir aufs Neue, dass ich diesem Mann zu 100 % vertrauen kann. Und dennoch ist sie absolut unbegründet.

Ich umfasse sein Gesicht mit beiden Händen und fessle seinen Blick an den meinen.

„Hör auf so viel nachzudenken, Dead Rider, und fick mich endlich. Nach all den Geschehnissen der letzten Stunden brauche ich dich hart und tief! Halt dich nicht zurück und zeig mir, zu wem ich gehöre."

Für eine scheinbar endlose Sekunde hält er meinen Blick gefangen, dann richtet er sich auf und streift seine Kutte und sein mit Blutspritzern übersätes Shirt ab. Ungeduldig zerre ich an seinem Gürtel, öffne seine Hose und entblöße so seinen dick geschwollenen, dunkelroten Schwanz.

Das Wissen, dass ich nun diesem Mann gehöre, verleiht diesem intimen Augenblick etwas Magisches.

Ich will, dass mich dieser Rocker unterwirft, ich will, dass er sich nimmt, was er braucht und mir so das süße Vergessen der allumfassenden Machtlosigkeit schenkt.

So schnell wie er sich ausgezogen hat, so langsam macht er es bei mir. Razzor lässt sich viel Zeit. Er liebkost jedes Fleckchen meiner Haut, küsst meine sensiblen Brustwarzen, nur um sie anschließend hart zu beißen.

Bittersüßer Lustschmerz pulsiert in meinen Adern, lässt meine Schamlippen sehnsüchtig pochen.

Seine langen Finger legen sich auf meine Oberschenkel, schieben sich etwas weiter nach oben und umfassen meine Taille.

Mit jedem Atemzug, mit jedem kraftvollen Herzschlag und jeder weiteren Sekunde, kommt ihm seine Beherrschung immer mehr abhanden.

Ich spüre, wie die Maske der Zivilisation von seinem Gesicht rutscht und den Mann offenbart, der er wirklich ist – ein gnadenloser Killer, ein Dead Rider, der sich nimmt, was er will und in diesem Augenblick will er mich.

Warm und schwer legt sich seine rechte Hand auf meinen Bauch. Sein Daumen streicht über meinen Venushügel, legt sich auf meinen Kitzler.

Wimmernd hebe ich mein Becken, erhöhe so den Druck.

„Bitte Razzor, fick mich..“

Er überhört mein Flehen, lässt sich weiterhin viel zu viel Zeit.

Bestimmend umfasst er mit seiner rechten Hand meine Pobacke und vergräbt seine Finger in meinem Fleisch.

„Sieh mich an, Nicki.“

Erregt erwidere ich seinen Blick.

Unser Atem vermischt sich. Ich sehe in seinen braunen Augen den verzweifelten Wunsch mich völlig zu besitzen. Urtümlich roh und animalisch - dieser Mann ist alles, was ich brauche.

Die Finger seiner linken Hand legen sich um meinen Hals, demonstrieren mir, wie hilflos ich bin. Ergeben schließe ich meine Augen und vertraue mich ihm an.

Grob und doch sanft presst er seinen Mund auf den meinen.

Seine Zunge dringt in mich ein, kostet mich, entlockt mir ein lustvolles Stöhnen.

Gierig erwidere ich seinen Kuss, ehe ich mich in dem erbarmungslosen Ansturm meiner Emotionen verliere.

Hilflos vergrabe ich meine Finger seinem Arm und presse mich an ihn.

Seine Nase streicht über mein Schlüsselbein, hinab zu meinem Bauchnabel.

Ich höre, wie er meinen Duft inhaliert, ehe ich seine scharfen Zähne an meiner empfindlichen Haut spüre.

Mein Puls rast, als sich seine Zähne immer tiefer in mein Fleisch graben.

Saugend – knabbernd – beißend.

Mir ist klar, was er da gerade macht.

Mein Rider markiert mich an einer der schutzlosesten Stellen meines Körpers als sein Eigentum.

Das Blut in meinen Adern beginnt zu sieden. Ich fahre mit meinen Fingern über die Stelle und spüre die tiefen Abdrücke, die seine scharfen Zähne hinterlassen haben.

Wenige Atemzüge später löst er sich wieder von mir.

Der Schmerz weicht einem dumpfen Pochen.

Seine Zunge leckt sich ihren Weg zwischen meine weit gespreizten Schenkel, seine Lippen saugen sich an meinem Kitzler fest.

Ohhh jaaaaa....

Als er endlich mit zwei seiner langen Finger in mich eindringt, stockt mir der Atem.

Rau und heiß züngelt er immer wieder über meine Öffnung. Sein Daumen massiert meinen Damm, ehe er sich auf meinen Anus legt. Razzor übt immer mehr Druck aus. Automatisch verspanne ich mich, doch er gibt nicht nach. In der Sekunde, in der sein Daumen bis zum Anschlag in meinen Po eindringt, breitet sich ein dekadenter Dehnungsschmerz in meinem Körper aus. Einerseits will ich mich seinem unnachgiebigen Finger entgegenpressen, andererseits will ich ihm ausweichen. Die doppelte Penetrierung und seine unablässig leckende Zunge lassen mich erschauern. Keuchend kralle ich meine Finger in das Bettlaken, stemme meine Fersen tief in die Matratze und krümme meine Zehen. Das Zucken in meinen Oberschenkeln wird immer stärker, kündigt meinen nahenden Orgasmus an.

„Komm für mich Baby – jetzt!“

Wie auf Kommando stürze ich über die Klippe. Mein Körper zuckt, bebt und krampft, meine Scheidenwände saugen seine Finger noch tiefer in mein Inneres.

Hilflos schnappe ich nach Luft. Vor meinen Augen tanzen grelle Punkte, während er seine Finger langsam aus mir zurückzieht. Augenblicklich fühle ich mich leer und beraubt.

Razzor rollt sich von mir runter, dreht mich auf den Bauch und umfasst meinen Nacken.

„Auf die Knie, Kleines.“

Schwer atmend komme ich seinem Befehl nach. Ich weiß, was jetzt kommt, meine Nervenbahnen sind zum Zerreißen angespannt.

In dieser Position bin ich ihm hilflos ausgeliefert, ganz genauso, wie er es am liebsten hat.

„Jetzt spreiz deine Beine, zeig mir deine gierige Möse."

Wieder tue ich, was er sagt.

Ich spüre, wie mir der Saft meiner eigenen Erregung an den Innenseiten meiner Oberschenkel entlangläuft. Der süße, moschusartige Duft meiner Lust erfüllt den Raum. Razzor kniet sich hinter mich, seine Handfläche streicht trügerisch sanft über meine Rundungen.

„Gott, du bist so unglaublich schön, Baby!"

Um meinen Grad der Erregung noch etwas zu steigern, streicht er mit seinen Fingerspitzen durch meinen Pospalt, tunkt seine Finger in meine Nässe und verreibt sie auf meinen Schamlippen. Seufzend presse ich meine Stirn in das Kissen und schnappe nach Luft.

Plötzlich berührt er mich nicht mehr, er lacht über mein unzufriedenes Keuchen.

„Nicht so gierig, Nicki. Jetzt wird erst gespielt, bevor ich mich so hart in dich ramme, dass du nicht mehr laufen kannst."

Ich kenne Razzor, und ich weiß, dass seine Worte keine leere Drohung sind. Damals in Junction City hat er mich so hart gevögelt, dass ich kurz davor war, mein Bewusstsein zu verlieren.

Es hat zwei ganze Tage gedauert, bis ich wieder richtig laufen und mich wieder normal bewegen konnte.

Aus dem Augenwinkel sehe ich wie er seinen harten Schwanz umfasst und seine dicke Eichel zwischen meine Schamlippen schiebt. Meine Pussy ist mittlerweile so glitschig, dass es ein Leichtes für ihn ist, seinen Penis zu befeuchten. Als ich ihn dann an meiner Rosette spüre, stockt mir der Atem.

Automatisch versuche ich, mich aufzurichten und ihm zu entkommen, doch seine Hand, die noch immer meinen Nacken umfasst, hält mich mühelos in Position.

„Na, na, na, Kätzchen, du willst dich mir doch nicht verweigern?"

Seine Hüfte ruckt vor, er schiebt sich ein paar Zentimeter tief in das enge Loch.

„Razzor...."

Die Mischung aus erregendem Schmerz und purer Lust, die sich in mir ausbreitet, verschlägt mir den Atem.

Zentimeter für Zentimeter dringt er tiefer in mich ein. Als er bis zur Hälfte in mir ist, holt er aus und verpasst meiner rechten Pobacke einen harten Schlag.

Heiß und pulsierend breitet sich ein glühender Schmerz in meinem Unterleib aus.

Noch bevor mein Schrei verstummt ist, rammt er sich bis zum Schaft in mich.

Sein Glied ist so dick und groß, dass es sich einen Augenblick lang so anfühlt, als würde er mich in zwei Teile zerreißen.

„Atme Baby, du musst atmen."

Ich höre seine Worte, doch mein Körper reagiert nicht. Er ist viel zu sehr damit beschäftigt, die vielen Empfindungen, die Razzor in mir auslöst, zu verarbeiten und zu genießen.

Endlich beginnt er, sich in mir zu bewegen. Jedes Mal, wenn er sich fast ganz aus mir zurückgezogen hat, klatscht seine Hand auf meine Pobacke.

Meine Haut beginnt zu glühen, während meinem Verstand die Lichter ausgehen.

Razzor beschleunigt seinen Rhythmus: tiefer – schneller – härter.

Das klatschende Geräusch seiner Handfläche, die unnachgiebig auf meine Haut trifft, vermischt sich mit meinem lustvollen Stöhnen und seinem animalischen Knurren.

Der Schmerz, die Lust – es ist fast zu intensiv für mich.

Razzor hatte mich gewarnt, doch ich wollte ja nicht auf ihn hören.

Es fühlt sich so an, als würde er mich in meine Einzelteile zerlegen, und einen Teil von sich dazugeben, ehe er mich wieder zusammensetzt.

Schreiend, stöhnend und wimmernd zerfließe ich unter seiner Inbesitznahme.

Das Geräusch unserer aufeinandertreffenden Körper lässt mich erbeben.

Mir ist durchaus bewusst, dass uns seine Brüder, die sich in den angrenzenden Zimmern aufhalten, hören können, doch in diesem Moment ist mir das völlig gleichgültig.

Nichts existiert mehr, nichts ist mehr wichtig. Alles, was zählt, sind dieser Mann und die Liebe, die wir füreinander empfinden.

Mein Hintern glüht dank seiner Schläge. Gerade als ich das Gefühl habe, keinen weiteren Schlag aushalten zu können, beendet er das Spanking und schiebt seine Finger tief in meine Scheide.

Die doppelte Penetration sorgt dafür, dass ich mich laut stöhnend in einem weiteren Höhepunkt verliere.

Razzor brüllt laut auf und rammt sich ein letztes Mal tief in mich.

Seine Hände legen sich auf meine Schulter. Er presst mich noch etwas fester auf sein Glied während er sich laut brüllend in mich ergießt.

Ich bin so erschöpft, dass mich nur noch seine Hände auf den Knien halten.

„Holy Shit, Baby. Das war unglaublich ...“, flüstert er mit rauer Stimme.

Er zieht sich langsam aus mir zurück, streicht vorsichtig über die empfindliche Haut meines Pos und lacht zufrieden auf, als ich wimmernd zusammenzucke.

„Oh Nicki, du wirst mich morgen verfluchen. Meile für Meile wirst du hinter mir auf meinem Bike sitzen und dich an diesen Fick erinnern.“

Er lässt sich neben mir ins Bett fallen und zieht mich fürsorglich in seine Arme.

Ich bin so k.o., dass es mich meine restliche Kraft kostet, ihm zu antworten.

„Dann fahre ich eben mit den Anderen im Van zurück.“

„Vergiss es, Baby. Du bist meine Frau, meine Old Lady und du sitzt hinter mir auf meinem Bike.“

Seine unnachgiebige Stimme verrät mir, dass ihm der Gedanke, dass wir die komplette Fahrt über getrennt sind, nicht gefällt.

Ich presse ihm einen sanften Kuss auf die Brust und seufze leise.

„Das werden wir sehen, wenn es so weit ist, Razzor.“

„Keine Chance, Nicki. Das ist nicht verhandelbar!“

Es gefällt mir, wenn er sich wie ein besitzergreifender Höhlenmensch verhält – es gefällt mir viel zu gut.

Mit einem zufriedenen Lächeln auf den Lippen schließe ich meine Augen und gleite in einen tiefen Schlaf. Noch bevor mich die Dunkelheit der Traumwelt völlig verschlungen hat, spüre ich, wie er mir einen liebevollen Kuss auf die Lippen drückt, mich fester an sich zieht und eine Decke über uns ausbreitet.

Er ist mir so nah, dass sein Atem über meine erhitzte Haut streift.

„Ich liebe dich, Nicki Nox! Ich liebe dich mehr als mein Leben - ich liebe dich mehr, als du es dir auch nur annähernd vorstellen kannst!“

Seine Wörter schleichen sich in mein Herz, legen sich wie Goldstaub auf meine Seele und wärmen mich von innen.

Wer hätte gedacht, dass ein Dead Rider so schrecklich romantisch sein kann?

20. Kapitel

Razzor

Weich und anschmiegsam liegt sie in meinen Armen.

Dieses Mädchen hat mich so unsagbar fest an sich gebunden, dass ich, wenn sie nicht bei mir ist, kaum noch Luft bekomme.

In wenigen Stunden, wenn sich alle etwas erholt haben, werden wir aufbrechen und zurück nach Tacoma fahren. Slide und Ace können es kaum erwarten, zu ihren schwangeren Ladys zurückzukommen.

Im MC wartet eine Menge Arbeit auf uns. Zwar haben wir heute Nacht, indem wir Ramon getötet haben, der Schlange den Kopf abgeschlagen. Aber die Vergangenheit hat uns gelehrt, dass die Mexikaner das unglaubliche Talent haben, sich innerhalb kürzester Zeit neu zu organisieren.

Uns jetzt in Sicherheit zu wiegen, wäre ein großer Fehler, der unseren Tod bedeuten könnte.

Diese scheiß Bohnenfresser werden einen Vergeltungsschlag planen und sich an uns rächen.

Es wird übel werden – es wird blutig werden. Doch es gibt nichts, womit wir Dead Riders nicht fertig werden können.

Die heutige Nacht hat mir gezeigt, dass Nicki das Wichtigste in meinem Leben ist.

Meine Treue und meine Loyalität werden zukünftig in erster Linie ihr gelten, erst danach wird der MC kommen.

Erschöpft presse ich sie noch etwas fester an mich, inhaliere ihr köstliches Apfelaroma und entspanne mich etwas.

Ein nie gekannter Frieden breitet sich in mir aus. Bisher dachte ich immer, dass es mich mein Leben kosten wird, wenn ich mich verliebe. Meine Kindheit war die Hölle, durch sie habe ich gelernt, dass es einen verletzbar und schwach macht, wenn man liebt.

Nicki hingegen beweist mir, dass ich mich getäuscht habe.

Die Liebe ist etwas Besonderes – es kommt nur darauf an, wen man liebt...

21. Kapitel

Nicki

Die Fahrt hat lange gedauert, und Razzors Androhung hat sich bewahrheitet. Mein Arsch hat die komplette Fahrt über höllisch gebrannt.

Dieser Rocker und seine spankende Handfläche werden eines Tages mein Untergang sein.

In Schrittgeschwindigkeit rollen wir auf das Gelände der Dead Riders.

Hier hat sich nichts verändert, alles ist ganz genau so wie bei unserer Abreise vor zwei Tagen. Die Ölfässer stehen leer und mit Ruß überzogen auf dem Hof, aus der Werkstatt ertönen die Geräusche der Mechaniker, während Noras Kiddies auf der Wiese Fußball spielen. Der Frieden, den dieses Clubhaus ausstrahlt, beruhigt meine noch immer angespannten Nerven.

Hin und wieder ist das Leben schon ziemlich skurril.

Dass wir alle noch am Leben sind, ist in meinen Augen pures Glück. Bis auf Catchers Schusswunde ist keinem von uns etwas passiert.

Die Dead Riders haben in den letzten 48 Stunden eine ganze Menge Blut vergossen. Sie haben nicht nur mitten auf der Interstate auf einen Polizisten geschossen - oh nein – sie haben auch in Kanada gut zwei Dutzend Tote zurückgelassen. Vom einfachen Straßenkriminellen bis zum Senator – es wurde niemand verschont.

In der Vergangenheit habe ich immer wieder von solchen Vorfällen in den Nachrichten gehört oder darüber in Zeitungen gelesen. Es ist jedoch etwas völlig anderes, dieses Blutbad selbst zu erleben. In meiner Erinnerung höre ich noch immer das laute Knallen der Schüsse, ich rieche den metallischen Geruch des frischen Blutes und höre das laute Röcheln der Sterbenden.

Razzor parkt sein Motorrad direkt neben dem von Ace, wie üblich mit dem Hinterrad Richtung Wand. Loco, der Catchers Bike übernommen hat, stellt sich seitlich neben uns. Kaum dass die Motoren verstummt sind, kommen auch schon Amy, Nora und Susan auf uns zu. Als Susan bemerkt, dass der Prospect Catchers Motorrad gefahren hat, wird sie weiß wie eine Wand.

Da außer mir niemand zu bemerken scheint, dass sie vor Sorge kurz vorm Umkippen ist, gehe ich auf sie zu und ziehe sie in meine Arme.

„*Schhhh,* beruhige dich, Susan, deinem Mann geht es gut. Er wurde angeschossen und konnte deswegen nicht selber fahren. Er müsste jede Minute ankommen.“

Ich höre, wie sie erleichtert ausatmet. Ein heftiger Schauer lässt sie erbeben.
„Danke Nicki. Ich bin schon vom Schlimmsten ausgegangen.“
„Das kann ich verstehen, jede von uns hätte an deiner Stelle so reagiert.“
Ich löse meine Arme von ihr, sofort ist Razzor wieder an meiner Seite.
„Habt ihr Abigail gefunden?“
Razzor legt mir seinen Arm um die Schultern, ehe er Susans Frage beantwortet.
„Ja, unser Plan ist zu 100 % aufgegangen.“
Ein unüberhörbarer Stolz schwingt in seiner Stimme mit.
„Das ist toll.“
Ihre Augen huschen zum Tor, sie wartet ganz offensichtlich auf Catchers Ankunft.
Ace verschwendet keine Zeit, eilt auf seine Old Lady zu und zieht sie stürmisch in seine Arme.
Der Kuss, mit dem er sie begrüßt, lässt mir die Hitze in die Wangen steigen. Verlegen wende ich meinen Blick ab und lasse den beiden so etwas Privatsphäre.
Slide packt sich Ellen, küsst sie sanft und zärtlich und legt seine große Hand mit weit gespreizten Fingern besitzergreifend auf ihren leicht gerundeten Bauch.
„Hey Süße, na, wie geht es euch beiden?“
„Jetzt wo ihr zurück seid, geht es uns wieder gut.“
Heilige Scheiße....
Diese Rocker können so unglaublich zärtlich und leidenschaftlich sein, dass ich niemals glauben würde, dass jeder von ihnen ein gnadenloser Killer ist, wenn ich es nicht mit eigenen Augen gesehen hätte.
Jeder dieser Männer hat zwei Gesichter ...
Der Zusammenhalt des MCs ist unglaublich, so etwas habe ich in meinen ganzen Leben noch nie erlebt.
Mit gut zehn Minuten Verspätung passiert auch endlich der Van das breite Tor.
Spider, der den Wagen gefahren hat, springt aus dem Auto und öffnet die Schiebetüre. Catcher steigt als Erster aus, als Nächste sehe ich Leila und Summer, dann erscheint Abigail in der Türe. Sie sieht sich unsicher um. Als sie die vielen Rocker entdeckt, die sich um uns herum versammelt haben, um uns daheim willkommen zu heißen, breitet sich ein panischer Ausdruck auf ihrem Gesicht aus. Erst als Spider sich vorbeugt und ihr etwas ins Ohr flüstert, scheint sie sich wieder etwas zu entspannen.

Catcher beobachtet die beiden, seine Mimik gibt nichts von seinen Gefühlen preis. Kopfschüttelnd und leise vor sich hin fluchend, wendet er sich vom Van ab und macht sich auf den Weg, um Susan zu begrüßen. Die fällt ihm mit Tränen in den Augen um den Hals und versteckt ihr Gesicht an seiner Halsbeuge. Catchers rechte Schulter ist unter einem dicken weißen Verband verborgen. Obwohl er Glück im Unglück hatte und es ein glatter Durchschuss war, wird es wohl einige Zeit dauern, bis er wieder komplett genesen ist.

Abigail versteckt sich regelrecht hinter Spider. Catchers Cousine sieht neben diesem mörderisch aussehenden Rocker wie ein kleines Mädchen aus.

Sie ist kleiner als ich, ich schätze sie auf 1,60 Meter. Mit ihren schmalen Schultern und dem unschuldigen Gesicht ist sie das absolute Gegenteil von Spider. Und dennoch scheinen sich die beiden gefunden zu haben. Seit wir Abigail gerettet haben, beobachte ich die beiden und auch wenn Catcher nicht gerade begeistert davon ist, dass sich seine kleine Cousine zu diesem Nomad hingezogen fühlt, finde ich es irgendwie schön.

Ich meine, jetzt mal ehrlich, was kann Abigail Besseres passieren?

Falls Spider es ernst mit ihr meint, und das sollte er, wenn er nicht von Catcher gekillt werden will, ist Abigail in den besten Händen. Spider wird nie zulassen, dass ihr etwas passiert. Er ist ganz genau wie Razzor ein sehr besitzergreifender und dominanter Mann. Ich bin mir sicher, dass er zu 100 % in der Lage ist, dieses Mädchen zu beschützen. Mit ihm an ihrer Seite wird ihr so eine Scheiße wie mit den Mexikanern ganz bestimmt nicht noch mal passieren.

Ellen und Nora kommen auf mich zu, beide ziehen mich in eine kurze, jedoch herzliche Umarmung.

„Oh Gott, wir haben uns solche Sorgen um euch gemacht."

Als Amy die Verletzungen in meinem Gesicht entdeckt, sieht sie Razzor vorwurfsvoll an.

„Warum zum Teufel hast du nicht richtig auf sie aufgepasst?"

Razzor sieht Amy verdutzt an und ohne dass ich es verhindern kann, fange ich an zu lachen. Ich hätte es am Anfang wirklich nicht für möglich gehalten, aber jetzt wo es mir gelungen ist, meine Eifersucht in den Griff zu bekommen, mag ich Amy echt gerne.

Es ist offensichtlich, wie sehr sie Ace liebt. Ich muss also nicht befürchten, dass sie mir Razzor wegnehmen möchte.

„Halt die Klappe, Weib, du hast ja keine Ahnung."

Amy gibt ein aufgebrachtes Schauben von sich, streckt ihm die Zunge raus und macht sich auf den Weg, um Abigail zu begrüßen. Als First

Lady des Clubs ist es ihre Aufgabe, an der Seite ihres Mannes die Nomads und das Mädchen im Club willkommen zu heißen.

Erschöpft lehne ich mich an Razzors Schulter, schlinge ihm meine Arme um die Taille und sauge seine Kraft in mich auf.

Die Ereignisse der letzten Tage fordern so allmählich ihren Tribut. Jeder Muskel meines Körpers ist angespannt, meine Schultern schmerzen und ich bin so unfassbar müde.

Am liebsten würde ich mir jetzt meinen Mann schnappen, ihn in den ersten Stock zerren und mich mit ihm schlafen legen. Doch so leicht wird das nicht möglich sein.

Ace führt Amy an seiner Seite zurück ins Clubhaus, ein paar Meter vor der Türe bleibt er stehen und dreht sich noch mal zu uns um.

„Ihr habt dreißig Minuten, Männer. Dann will ich jeden von euch Säcken in meinem Büro sehen."

... wusste ich es doch, so viel zu meinem Plan, in Razzors Armen einzuschlafen ...

„Komm Baby, ich bring dich rauf. Du bist völlig erschöpft und brauchst eine Pause."

Am liebsten würde ich ihm widersprechen, doch ich schließe meinen Mund wieder und lasse mich von ihm in sein Apartment bringen.

Es fühlt sich merkwürdig an, wieder hier zu sein. Razzor spürt meine Unsicherheit und zieht mich in eine beschützende Umarmung.

„Wir haben es geschafft Baby, es ist alles gut."

Ich spüre, wie mir Tränen in die Augen steigen, ich schaffe es nicht, sie wegzublinzeln.

Schniefend genieße ich seine Nähe, lasse mich von ihm halten und entspanne mich das erste Mal seit einer gefühlten Ewigkeit.

Seit wir uns begegnet sind, gleicht meinem Leben einer außer Kontrolle geratenen Achterbahnfahrt. Ich sehne mich nach etwas Ruhe, und ja, sogar ein bisschen Langweile wäre super.

Seit unserer ersten Begegnung habe ich so viele Menschen sterben sehen, dass es fast schon unheimlich ist.

Natürlich hatte Mike seinen Tod verdient, und auch die perversen Arschlöcher in Kanada mussten ausgeschaltet werden. Wenn die Riders sie nicht umgelegt hätten, würden jetzt sie selbst in einer Holzkiste liegen und auf ihre Beisetzung warten.

Das alles ist mir schmerzlich klar, und dennoch bin ich völlig verschreckt.

Ich will, dass dieses Töten ein Ende hat.

Aber ist das überhaupt möglich?

Razzor ist ein Member des gefürchtetsten Motorcycle Clubs des Landes. Die verdienen ihr Geld nun mal nicht als Postboten oder Bäcker.

Das Leben, für das sich Razzor entschieden hat, ist gefährlich, und wenn es dumm läuft auch tödlich.

Tief durchatmend verdränge ich die unschönen Erinnerungen, die wie ein Kurzfilm in Dauerschleife vor meinem geistigen Auge ablaufen, lecke mir über die Lippen und hebe meinen Kopf an, so dass ich meinem Mann in die Augen sehen kann.

Auch ohne dass wir darüber geredet haben, weiß ich, dass unser Deal längst Geschichte ist.

Scheiß auf die 5000 Dollar und auf die zeitliche Begrenzung. Dieser Mann ist mein Schicksal und ich bin sein Mädchen – so einfach ist das!

Ich versinke in den karamellbraunen Tiefen seiner Iris und inhaliere seinen Geruch.

„Es tut mir leid, dass du das alles miterleben musstest, Baby."

„Du musst dich nicht entschuldigen. Es ist meine Schuld, immerhin wollte ich euch unbedingt begleiten. Ich hätte genauso gut auf dich hören und hier bei den anderen Ladys bleiben können."

Süchtig nach seiner Nähe schiebe ich meine Finger unter sein Shirt, und presse meine Hand genau auf die Stelle, an der ich seinen kraftvollen Herzschlag spüren kann.

Völlig egal, wie viele Männer in der Zukunft noch sterben werden – Hauptsache dieser hier lebt!

„Ja, das stimmt."

Er zwinkert mir verspielt zu, versucht mich so etwas aufzuheitern.

„Jetzt wo es uns gelungen ist Abigail zu retten, wird es endlich etwas ruhiger werden."

Ohne seinen Blick freizugeben, stelle ich mich auf die Zehenspitzen und recke mich ihm entgegen.

„Ist das ein Versprechen, Dead Rider?"

„Aye, das ist es, Baby."

Sachte streife ich mit meinen Lippen über die seinen, liebkose sie mit meiner Zunge und dringe langsam in seinen Mund ein.

Razzor brummt leise, seine Hände legen sich auf meine Hüften, ehe er mich mit Leichtigkeit hochhebt. Automatisch schlinge ich ihm meine Beine um die Mitte und vertiefe unser Zungenspiel.

Seine Küsse schaffen es, mich alles vergessen zu lassen. Die Realität weicht in weite Ferne - nichts ist mehr von Bedeutung, nichts zählt mehr – nichts außer uns.

Mein Herz sehnt sich nach diesem Mann wie ein Ertrinkender nach dem nächsten Atemzug.

Unser Kuss wird immer leidenschaftlicher, zwischen meinen Beinen breitet sich ein erregtes Pochen aus.

Ich spüre, wie er sich bewegt, realisiere aber erst, dass er mich ins Badezimmer getragen hat, als er mich mit dem Hintern auf dem Waschbecken absetzt. Ohne auf seine Klamotten Rücksicht zu nehmen, streckt er den Arm aus, schaltet das Wasser in der Dusche an und stellt es auf warm.

„Ich werde dich jetzt duschen, ficken und ins Bett stecken. Und während ich mich mit meinen Brüdern bespreche, wirst du dich etwas ausruhen und eine Runde schlafen."

Eigentlich sollte es mich als emanzipierte Frau stören, dass er mich so bevormundet. Aber erstaunlicherweise tut es das nicht, ganz im Gegenteil. Es fühlt sich verdammt gut an, dass er sich so fürsorglich um mich kümmert.

Mit geschickten Fingern zieht er mich Stück für Stück aus, liebkost die freigelegte Haut, knabbert an meinem Ohrläppchen und saugt sich an meinem Hals fest.

Er spürt instinktiv, dass ich ihn jetzt zärtlich brauche. Es ist fast schon unheimlich, wie gut er mich nach dieser kurzen, jedoch sehr intensiven Zeit kennt.

Es gibt Paare, die leben jahrelang zusammen, und dennoch wissen sie eigentlich nichts über den anderen. Bei uns ist es genau anders herum. Wir kennen uns erst seit einer guten Woche, aber es fühlt sich so an, als wären es bereits Jahre.

Als wir uns wenige Minuten später nackt gegenüberstehen, beginnt die Luft um uns herum zu flirren.

Mein Herzschlag donnert wie wild durch meine Nervenbahnen, meine Lippen prickeln erwartungsvoll und meine Sinne spielen, wie immer in seiner Nähe, verrückt.

Dieser Mann gibt mir das Gefühl, die begehrenswerteste Frau auf diesem Planeten zu sein. Ich sehne mich danach, ihn bis zum letzten Zentimeter in mir aufzunehmen.

Es fällt mir nicht schwer zu erkennen, dass er mit seiner Selbstbeherrschung ringt.

Seine Hände ballen sich zu Fäusten, so als müsste er sich davon abhalten, mich zu packen. Aber ich will seine Selbstbeherrschung nicht, ich will, dass er mich verschlingt und mich in Besitz nimmt. Ich will, dass er mich berührt und kostet, mich packt und nie mehr los lässt – *oh Gott* – ich will einfach alles....

Gierig sauge ich seinen Anblick in mich auf.

Alles an diesem Mann ist hart und kraftvoll. Seine Haut ist übersät mit Tattoos und Narben, sein Gesicht ist markant und sein Glied dick und lang – ich habe nie einen schöneren Mann gesehen.

Wobei ich mir nicht ganz sicher bin, ob das Wort *‚schön'*, das richtige ist, um ihn zu beschreiben.

Animalisch – wild – unbändig – gnadenlos – hart – tödlich.

Diese Synonyme würden viel besser zu meinem Rocker Bastard passen.

Das Wasser prasselt, von uns unbeachtet, auf den Boden der Dusche, ehe es im Abfluss verschwindet. Der wabernde Wasserdampf hängt wie dichter Nebel in der Luft.

„Steig unter die Dusche, Kleines."

Nervös lecke ich mir die Lippen, prickelnde Vorfreude rieselt über meinen Rücken.

Ich tue was er sagt, lege meinen Kopf in den Nacken und stöhne wohlig auf, als die Hitze meine angespannte Muskulatur lockert.

„Nicki, die Nixe, ich glaube ich habe einen passenden Spitznamen für dich."

„Du weißt aber schon, dass *‚Nixe'* eine andere Bezeichnung für *‚Meerjungfrau'* ist. Und dass Meerjungfrauen der Legende nach Seefahrer bei lebendigem Leib gefressen haben."

Seine Pupillen weiten sich.

„Hat meine Nixe etwa Hunger?"

Ich strecke meine Hand nach ihm aus, ziehe ihn zu mir unter den heißen Wasserstrahl und gehe langsam vor ihm auf die Knie.

Schlagartig verdunkelt sich der Farbton seiner Iris, seine Bauchmuskeln spannen sich an, so dass die Konturen seines Sixpacks noch etwas deutlicher hervortreten. Fasziniert beobachte ich, wie die Muskeln in seinen Oberschenkeln erwartungsvoll zu zucken beginnen. Mit meiner rechten Hand umfasse ich seinen harten Schwanz, massiere die komplette Länge und streiche sanft über den kleinen Schlitz an der Spitze seiner Eichel.

Es fühlt sich einfach göttlich an, so vor ihm zu knien. Unter meinen Berührungen zuckt sein Glied auffordernd und es wird noch etwas härter. Ich beuge mich zu ihm vor, lecke über seine saftige Eichel und suche seinen Blick.

Noch bevor ich ihn richtig in den Mund genommen habe, legt mir Razzor seine Hand auf den Hinterkopf. Ich stütze mich an seinem Bein ab, öffne meine Lippen noch ein Stückchen weiter und sauge seinen Penis tief in meine Kehle.

Sein herbes Aroma flutet meine Sinne - er schmeckt köstlich.

Ich verwöhne ihn mit meiner Zunge, presse meine Lippen fest zusammen und wippe mit meinem Kopf vor und zurück.

Zwischen meinen Schenkeln beginnt es sehnsüchtig zu pochen und mein Unterleib zieht sich erregt zusammen. Mein Körper versucht so das Gefühl der Leere zu verdrängen, doch es funktioniert nicht. Wirklich zufrieden werde ich erst sein, wenn Razzor sich bis zum Schaft in mir vergraben hat, mich aufs Äußerste dehnt und mich komplett ausfüllt.

Sein dunkles Knurren in Verbindung mit seinem lauten Stöhnen treiben mich an.

Ich vergesse zu atmen und nehme ihn so tief es geht in meiner Kehle auf.

Gerade als ich mich wieder etwas zurückziehen will, presst er mich mit seiner Hand noch etwas weiter auf sein Glied. Meine Nasenspitze stößt gegen seinen Bauch, während ich seine Eier an meinem Kinn spüre.

Meine Atmung stockt, automatisch schießen mir Tränen in die Augen.

„Fuck Süße, das ist der Wahnsinn."

Als er seine Hüfte nach vorne schiebt, muss ich würgen.

„*Schhhh,* entspann dich, Baby."

Ich versuche es – wirklich, doch es gelingt mir nicht. Die Finger an meinem Hinterkopf lockern sich wieder etwas, so dass ich seinen Penis ein paar Zentimeter aus meinem Mund gleiten lassen kann. Erleichtert ziehe ich frischen Atem durch meine Nase, ehe ich mich wieder voll und ganz meiner Aufgabe widme – meinen Rocker um den Verstand zu bringen....

22. Kapitel

Razzor

Ace sitzt rauchend in seinem Sessel am Kopfende des Tisches. Sämtliche Riders, die sich heute auf dem Gelände des MCs aufgehalten haben, sind seinem Befehl gefolgt und haben sich in seinem Büro eingefunden. Für gewöhnlich nehmen an solchen Besprechungen nur die First Nine teil, also die neun ranghöchsten Members, doch heute ist das anders. Selbst Loco und die beiden neuen Prospects lehnen an der Wand und lauschen der Besprechung. Für die drei Nomads Poker, Mad und Spider wurden extra Stühle an den Tisch gestellt.

Trotz der vielen Männer herrscht eine ungewöhnliche Stille. Jeder lauscht neugierig Slides Bericht: „... zum Schluss gab es zwar keine Überlebenden mehr, aber das war auch nie das Ziel dieser Operation."

Zustimmende Rufe und Pfiffe werden laut. Ace hebt seine rechte Hand, sorgt so wieder für etwas Ruhe. Slide zündet sich eine Kippe an, inhaliert den Rauch und lässt sein Zippo immer wieder auf- und zuschnappen.

„Trotz aller Vorsicht ist es durchaus möglich, dass in den nächsten Tagen das FBI vor der Türe steht und dumme Fragen stellt. Wir müssen alle vorsichtig sein und uns in den nächsten Wochen etwas bedeckter halten. Das bedeutet, dass wir die anstehende Waffenlieferung auf nächsten Monat verschieben."

Ace sieht mich kurz an und gibt mir mit einem angedeuteten Nicken zu verstehen, dass ich jetzt an der Reihe bin.

Bevor ich verkünde, was Sache ist, werfe ich einen Blick in die Runde und sehe jedem meiner Brüder kurz in die Augen.

„Wie ihr wisst, bin ich nicht alleine zurückgekommen..."

Die meisten nicken, andere sehen mich neugierig an.

„...Nicki hat in Kanada ihren Arsch für den Club riskiert, sie ist aufs Ganze gegangen, um die Dead Riders zu unterstützen. Ich bin unheimlich stolz auf sie. Diese Frau ist ohne Vorwarnung in mein Leben geplatzt und ich habe nicht vor, sie wieder entkommen zu lassen..."

Bevor ich mein Schicksal endgültig besiegele, indem ich es offiziell mache, atme ich ein letztes Mal tief durch.

Ace und Slide grinsen mich wissend an, in ihren Augen funkelt reine Schadenfreude. Die beiden wissen ganz genau, was kommt – mein Schwanz wird an die sprichwörtlich goldene Leine gelegt.

Vor ein paar Wochen war ich noch wütend auf mich und die ganze Welt, aber dank dem Mädchen, das oben in meinem Bett liegt, hat sich das schlagartig verändert.

„Scheiße, Brüder... ein Mann muss tun, was ein Mann tun muss. Und ich muss dieser Frau mein Leder anziehen und sie zur Old Lady nehmen. Was das für euch Idioten heißt, ist klar - behandelt sie mit Respekt und beschützt sie mit eurem Leben."

Noch bevor ich meine Ansprache beendet habe, werden Jubelrufe laut. Fäuste treffen auf die hölzerne Tischplatte und schwere Stiefel krachen auf den Boden.

Es ist immer wieder eine große Sache, wenn ein Rider beschließt, sich eine Lady zu nehmen. Nicki mag das vielleicht noch nicht begriffen haben, aber seit ganz genau diesem Moment hat sie eine Horde großer Brüder, die dazu bereit sind, sie mit ihrem Leben zu verteidigen.

So scheiße wir die vielen Bitches auch behandeln mögen, wenn es um unsere Old Ladys geht, verstehen wir keinen Spaß. Diese Frauen sind uns heilig. Sie werden geliebt und beschützt – ihr Leben lang!

Nachdem Ace die Sitzung offiziell beendet hat, erheben wir uns alle. Catcher kommt als erster auf mich zu, er sieht mir in die Augen und streckt mir seine Hand entgegen.

Ich ergreife sie, seine Finger schlingen sich fest um mein Handgelenk.

„Du hast dich richtig entschieden. Nicki ist definitiv Old-Lady-Material. Sie passt gut zu dir und zum Club. Ich gratuliere dir, Bro."

„Ja, sie passt perfekt."

Mit einem wissenden Lächeln auf den Lippen wendet sich Catcher von mir ab und verlässt das Büro unseres Präsidenten. Die Schweißperlen, die ihm über die Stirn gelaufen sind, verraten mir, dass ihm seine Schulter höllische Schmerzen bereitet.

Es dauert eine kleine Ewigkeit, bis mir alle gratuliert haben. So sehr ich mich auch über die Glückwünsche meiner Brüder freue, jetzt im Augenblick kann ich es kaum erwarten zurück zu meinem Mädchen zu kommen.

Heute Nacht wird eine fette Party steigen. Erfahrungsgemäß werden unzählige Bitches und Hangarounds das Clubhaus stürmen. Der Alkohol wird in Strömen fließen und die Dead Riders werden ihrem Ruf wieder einmal alle Ehre machen.

Im Grunde genommen die perfekte Nacht, das Problem an der Sache ist nur, dass ich null Bock auf diese Scheiße habe.

Oh Shit! Es muss mich echt schwer erwischt haben, wenn ich anstatt zu feiern und mir so viele Pussys wie möglich zu gönnen, meine Zeit lieber mit nur einem ganz bestimmten Mädchen verbringen will.

Nicki ist wie eine Droge für mich - sie putscht mich auf, macht mich high und abhängig.

Nach einer gefühlten Ewigkeit steige ich endlich die Stufen hoch und sperre meine Apartmenttüre auf. Die Stille, die mich empfängt, verrät mir, dass meine Süße tatsächlich eingeschlafen sein muss. Nach der Aufregung der vergangenen Tage und dem harten Sex vorhin unter der Dusche wundert mich das nicht im Geringsten. Für mich ist es eh ein Rätsel, woher sie ihre ganze Kraft nimmt.

Im Gegensatz zu ihr bin ich dieses Leben gewöhnt und dennoch bin ich völlig fertig. Auch wenn ich es mir nur ungern eingestehe, aber die letzten Tage stecken mir noch immer in den Knochen. Im Schlafzimmer angekommen, entdecke ich meine nackte, nur halb zugedeckte Lady. Nicki liegt quer auf dem Bett, ihre Füße hängen über die Matratze, während sie ihre Arme fest um mein Kopfkissen geschlungen hat.

Schweigend lasse ich meine Augen über ihre schlanke Gestalt gleiten.

Das leise Seufzen, das sich aus ihren halb geschlossenen Lippen löst, lässt mich auf der Stelle hart werden.

Verdammt! Dieses Mädchen muss nichts weiter tun als schlafend in meinem Bett zu liegen, um mich in den Wahnsinn zu treiben.

Ob diese Anziehungskraft jemals weniger wird?

Sieht man sich nach einer gewissen Zeit aneinander satt?

Oder wird es immer schlimmer?

Ich hoffe auf Ersteres, ansonsten weiß ich nicht, wie ich auf Dauer damit umgehen soll ohne wahnsinnig zu werden.

Meine Kindheit war scheiße – so viel steht fest. Ich bin ein Bastard ohne irgendwelche familiäre Bindungen. Aufgrund dieser Tatsache habe ich keine Ahnung, wie ich mit der Liebe, die ich für diese Frau empfinde, umgehen soll.

Mir ist klar, dass ich der Versuchung lieber widerstehen sollte, doch ich schaffe es nicht.

Mit einem großen Schritt überwinde ich die Distanz, die mich noch vom Bett trennt, beuge mich über sie und schnuppere an ihrem Hals.

Der herrliche Apfelgeruch, der sie immer umgibt, steigt mir in die Nase und betört meine Sinne.

Ich müsste nur meine Hand ausstrecken und schon könnte ich meine Finger über ihren runden Po gleiten lassen. Der schmale Spalt lockt mich wie magisch an.

Der Druck in meinen Eiern wird immer stärker, mein harter Schwanz presst sich so fest gegen den unnachgiebigen Stoff meiner Jeans, dass es schmerzt.

Ich würde mein Bike darauf verwetten, dass ihre Pussy heiß und feucht und absolut bereit für mich ist.

Bastard hin – Bastard her, ich bringe es einfach nicht übers Herz, sie nur wegen meiner Bedürfnisse aus dem Schlaf zu reißen. Nicki gehört mir, sie ist meine Old Lady. Somit ist es meine Aufgabe, mich gut um sie zu kümmern. Und wenn das bedeutet, dass ich in manchen

Situationen ihre Bedürfnisse über die meinen stellen muss, dann werde ich das tun.

Süchtig nach ihrem Geschmack streife ich mit meinen Lippen über die ihren, inhaliere ihren Atem und genieße das Wissen, dass sie nur mir gehört.

Der Teufel soll mich holen, wenn ich sie jemals wieder so einer Gefahr aussetze wie in den vergangenen zwei Tagen.

Abrupt richte ich mich wieder auf, wende mich von ihr ab und verlasse das Apartment.

Es muss mir irgendwie gelingen mich zu beschäftigen. Am besten mache ich mich die nächsten Stunden in der Werkstatt nützlich. Der alte Chevy, an dem ich bis vor meiner Abreise gearbeitet habe, ist bestimmt schon fertiggestellt. Aber es sind mit Sicherheit viele neue Aufträge reingekommen, die jetzt darauf warten, endlich abgearbeitet zu werden. So wie ich das sehe, wird es Zeit, dass ich wieder in meine gewohnte Routine reinkomme. Es wird mir guttun, mich mit so etwas Banalem, wie zum Beispiel einem defekten Rücklicht oder einem undichten Kühler, auseinanderzusetzen.

Fluchend wische ich meine ölverschmierten Hände an dem alten Lumpen ab, den ich zwischen meinen Werkzeugen gefunden habe. Es hat zwei Stunden gebraucht, um die Dichtung des Tanks auszuwechseln, jetzt sollte der Wagen endlich wieder einwandfrei funktionieren. Gerade als ich die Werkstatt verlassen will, fahren drei Motorräder auf unser Gelände. Ich erkenne auf den ersten Blick, dass es Devils sind.

Der MC Black Devils ist ein befreundeter Club der seinen Sitz in Everett hat.

Slides Old Lady Ellen ist die Tochter des Präsidenten, King. Es gab mal eine Zeit, da habe ich diesen Mann respektiert, doch die ist längst vorbei.

Als damals rausgekommen ist, dass er seine Tochter an seinen Vizepräsidenten versprochen hat, damit dieser ihm den Präsidentenpatch sichert, während er selbst wegen Steuerhinterziehung eine fünfjährige Haftstrafe abgesessen hat, hat er meinen Respekt verloren.

Ich hasse Männer, die ihre Familien dazu benutzen, um ihre Macht auszubauen. In meinen Augen sollte ein Mann wegen seiner Taten und nicht wegen irgendwelcher Intrigen geachtet werden. Das letzte Mal, als ich King gesehen habe, war er hier gewesen, um dabei zu helfen Ace, Slide, Catcher und Skorpion aus dem Knast zu holen.

Damals haben wir einen vom FBI beschützten Zeugen in deren Safe House umgebracht. Nach dieser Aktion, die mehrere FBI-Agents und drei Cops das Leben gekostet hat, hat mich Ace vom Prospect zum Member ernannt - aber das ist eine andere Geschichte....

Es war eine wilde Zeit, die wir zum Glück alle gut überstanden haben.

Ellen taucht mit Slide an ihrer Seite an der Türe des Clubs auf. Als sie sieht, dass ihr Vater gerade von seiner Maschine absteigt, verdüstert sich ihr Blick.

Ich weiß, dass sie versucht, King zu verzeihen, doch es scheint ihr ganz offensichtlich nicht leicht zu fallen. Es spricht allerdings für sie, dass sie ihn noch nicht erschossen hat. Ellen kann verdammt gut mit Waffen umgehen. Slide hat sie am Anfang immer seine Killerbarbie genannt, ein Spitzname, der wirklich gut zu ihr passt. Im Gegensatz zu den meisten Old Ladys ist sie ein geborenes Bikergirl. Sie ist in einem MC aufgewachsen und weiß daher ganz genau, wie es läuft. Zum Leidwesen ihres Mannes hat Ellen kein Problem damit, zu tun, was getan werden muss. Und wenn das bedeutet ein paar Leben auszulöschen, schreckt sie selbst davor nicht zurück.

Es ist üblich, dass sich befreundete MCs unangemeldet besuchen, wenn sie in der Nähe sind, doch das heißt noch lange nicht, dass King bei den Riders ein gern gesehener Gast ist.

Ich sehe, wie Slide seiner Frau einen beruhigenden Kuss aufs Haar drückt, ehe er auf die Besucher zugeht. Um ihm den Rücken zu stärken folge ich ihm. Jetzt, wo die beiden anderen Devils ebenfalls ihren Helm absetzen und sich das mit einem Totenkopf bedruckte Tuch vom Gesicht ziehen, erkenne ich, dass der kleinere der beiden der neue Vizepräsident der Black Devils ist. Soweit ich weiß, heißt er Moody. Den dritten Typen habe ich noch nie zuvor gesehen.

„Hey Devil, wir hatten hier in der Nähe etwas Geschäftliches zu erledigen und dachten, wir schauen auf dem Rückweg mal bei euch vorbei...“, Kings Blick huscht kurz zu Ellen, „...und sehen nach, wie es euch geht.“

Es ist nichts Ungewöhnliches, dass Außenseiter, also nicht Riders, Slide Devil nennen. In unserer Welt ist er als der Rocker Devil bekannt. Ace wird meist nur Rocker Dämon genannt. Jeder dieser Namen hat etwas zu bedeuten. Sie passen wie die sprichwörtliche Faust aufs Auge.

Trotz der Tatsache, dass Slide versucht freundlich zu sein, ist die Wut, die er ausstrahlt, deutlich wahrzunehmen.

„Meiner Old Lady“, das *meiner* betont er ganz besonders, „geht es bestens!“

King versteht Slides versteckte Warnung und weicht sofort einen Schritt zurück.

Dieser Typ hat einfach kein Rückgrat. Nicht zum ersten Mal wundere ich mich darüber, dass so ein feiges Arschloch der Präsident eines MCs ist.

Ace taucht neben uns auf, er wechselt einen bedeutungsvollen Blick mit Slide, ehe auch er die Devils begrüßt. Nachdem die Begrüßung vorbei ist, führt er sie Richtung Clubhaus. „Wie wäre es mit einem kalten Bier nach der Fahrt?"

„Aye, dazu sagen wir nicht nein."

Ich lasse mich etwas zurückfallen und beobachte den Black Devil, den ich noch nie zuvor gesehen habe. Irgendetwas ist komisch an ihm. Alleine die Tatsache, dass er sich uns nicht vorgestellt hat, macht ihn verdächtig. Entweder ist er einfach ein unhöfliches Arschloch, oder aber er versucht möglichst verdeckt und unauffällig zu bleiben. Bei jedem anderen MC würde ich mir deswegen keine weiteren Gedanken machen. Immerhin ist es nichts Ungewöhnliches, dass so mancher Rocker ein wortkarges Arschloch ist, doch bei den Black Devils bin ich wachsam.

Dieser Haufen zusammengewürfelter Idioten hat nichts von Loyalität und der Brüderlichkeit, die ich bei uns so schätze. In der Vergangenheit ist mir schon oft aufgefallen, dass King seine Männer nicht im Griff hat. Jeder der Devils kocht sein eigenes Süppchen, sie sind keine richtige Gemeinschaft, sondern nur ein geldgeiler Haufen krimineller Arschlöcher. In meinen Augen sind die Devils eine Schande für die Rockerwelt.

Alleine die Art, wie der Typ seinen Blick über unser Gelände schweifen lässt, gefällt mir ganz und gar nicht. Alles an diesem Mann erinnert mich an einen Cop.

Die letzten fünfzehn Jahre meines Lebens waren sehr turbulent. Ich habe mich noch nie an das Gesetz gehalten. Regeln waren für mich schon immer zum Brechen da.

Es kam verdammt oft vor, dass ich von der Polizei eingefangen und zurück zu meinen Pflegeeltern oder gleich direkt wieder ins Heim gebracht worden bin.

Dank diesen vielen Begegnungen mit den Gesetzeshütern kann ich einen Bullen zehn Meilen gegen den Wind riechen. Und dieser Black Devil mag ja vieles sein, aber bestimmt kein Rocker. Seine schweren Stiefel, das Tattoo an seinem Arm und die noch ziemlich neu aussehende Kutte können mich nicht täuschen.

Holy Fuck – jetzt stellt sich mir natürlich die Frage, ob King davon weiß. Es ist durchaus möglich, dass sie ihn mit irgendetwas erpressen. Er saß erst für fünf Jahre im Knast, so eine lange Zeit hinter Gittern kann einen Mann verändern, sie kann ihn zu einem Verräter werden lassen. King ist mit der Tatsache, dass Slide sich seine Tochter geschnappt hat, nie wirklich klar gekommen. Ihm wäre es am liebsten, wenn sich Ellen mit einem seiner Leute zusammengetan hätte.

Vielleicht ist das Kings Rache?

Vielleicht denkt er ja, dass Ellen zu den Black Devils zurückkommt, wenn es ihm gelingt, Ace, Slide und noch ein paar andere Dead Riders ins County Gefängnis zu verfrachten.

Aber das kann er vergessen. Ellen ist eine der loyalsten Frauen, die ich kenne, sie würde Slide niemals verlassen, schon gar nicht jetzt, wo sie sein Kind unter dem Herzen trägt.

Dieser ganze Mist ist wirklich das Letzte, was unser MC gerade braucht.

Ich werde diesen Wichser nicht mehr aus den Augen lassen und herausfinden, ob ich mit meiner Vermutung richtig liege. Es wäre fatal, wenn ich diese Verdächtigung ausspreche und sich im Nachhinein herausstellt, dass ich mich getäuscht habe. Die Lebenserwartung von einem enttarnten Undercover Bullen, der sich auf dem Gelände der Dead Riders befindet, beträgt maximal sechzig Sekunden, wenn nicht sogar weniger....

So scheiße ich die Black Devils auch finde, ich werde niemanden ohne hundertprozentige Sicherheit verdächtigen, ein Spitzel zu sein.

Tick räumt gerade die neue Lieferung in die Bar ein. Nachdem er uns allen ein Bier gegeben hat, begeben sich Ace und Slide mit den Black Devils zu der Sitzecke hinten bei den Billardtischen.

Das Clubhaus füllt sich langsam. Immer mehr Bitches treffen ein und beteiligen sich nur zu gern an den Partyvorbereitungen. Die Zeit vergeht wie im Flug, um uns herum wird die Stimmung immer ausgelassener. Ich habe keine Ahnung, wie spät es ist. Die Sonne ist schon längst gen Westen verschwunden und hat der Dämmerung Platz gemacht. Im Hof wurden bereits die ersten Feuer angezündet. Laute Musik dröhnt über das Gelände, der vom Meer kommende Wind weht eine salzige Brise bis zu uns.

Loco geht an mir vorbei, ich schnappe ihn mir am Arm und ziehe ihn zu mir her.

„Hey Kleiner, tu mir einen Gefallen und lass diesen Wichser“, ich deute mit meinem Kinn auf den verdächtigen Black Devil, „nicht aus den Augen. Wenn er irgendetwas Verdächtiges macht, oder versucht, in eines der Büros zu kommen, gib mir sofort Bescheid.“

Der Prospect sieht mich neugierig an.

„Verrätst du mir auch wieso?“

„Nein!“

Er schüttelt lachend den Kopf, ehe er sich auf den Barhocker setzt, auf dem ich bis gerade eben noch gesessen habe.

„Warum dachte ich mir schon, dass du das antwortest, Razzor?“
Ich schnalze laut mit der Zunge und wuschle ihm durch seine viel zu langen Haare – er hasst das....
„Na, ganz einfach, weil du gar nicht so blöd bist, wie du aussiehst.“
Mit diesen Worten lasse ich ihn da alleine sitzen und mach mich auf den Weg zu meiner Süßen - jetzt habe ich sie wirklich lange genug schlafen lassen.
Noch bevor ich an der Treppe angekommen bin, fängt mich Spider ab.
„Razzor, hast du einen Moment? Es ist dringend.“
So komme ich nie zu meiner Lady....
„Klar, Bro. Was ist los?“
Seite an Seite gehen wir raus auf den Hof, hier ist die Musik nicht ganz so laut und wir können uns besser unterhalten. Kaum dass wir uns auf eine der Bänke, die sich in unmittelbarer Nähe von einem der Lagerfeuer befindet, gesetzt haben, zündet er sich fluchend eine Kippe an und starrt in die lodernden Flammen.
„Es wird Zeit, dass ich aufbreche, ich kann nicht länger bleiben, Bro.“
Überrascht sehe ich ihn an, auch wenn Spider nichts in der Hinsicht gesagt hat, bin ich dennoch davon ausgegangen, dass er dieses Mal etwas länger hierbleiben würde.
„Gibt es einen Grund für deine Eile?“
„Aye, den gibt es, Razzor.“
Ich tue es ihm nach und zünde mir ebenfalls eine Zigarette an. Irgendwie habe ich das Gefühl, dass diese Unterhaltung etwas länger dauern wird. Da Spider nicht weiterspricht und ich ihn nicht drängen will, schweigen wir für ein paar Minuten.
„Wenn ich jetzt nicht gehe, verliere ich die Kontrolle.“
Auch wenn ich es mir denken kann, frage ich sicherheitshalber noch mal nach.
„Abigail?“
„Ja Mann, dieses Mädchen lässt mich einfach nicht mehr los.“
Vor Nicki hätte ich nicht gewusst, wie er das meint, jetzt verstehe ich ihn nur zu gut.
„Und wo ist das Problem an der Sache?“
Spider sieht mich kopfschüttelnd an.
„Das fragst du mich jetzt nicht echt, oder? Dieses Mädchen ist nicht das Problem, sondern ihr Alter und ihre Unerfahrenheit. *Verdammt, Bro!* Die Kleine ist gerade einmal sechzehn Jahre, sie ist ein Kind und noch lange nicht bereit für einen Kerl wie mich.“
Er schüttelt verzweifelt den Kopf, schnippt den Stummel seiner Kippe in die Flammen und zündet sich sofort eine neue an.

„Wenn ich jetzt nicht gehe, nehme ich sie mir einfach und dann wird mich Catcher erschießen. Und bei Gott, Razzor, das wäre die erste Kugel, die ich wirklich verdient hätte. An Catchers Stelle würde ich ganz genauso handeln."

Das wehmütige Lächeln, zu dem sich sein Gesicht verzieht, verrät mir, wie schwer es ihm fällt, das Richtige zu tun. Spider ist ein guter Mann, ein loyaler Rider und ein verlässlicher Bruder, doch er ist auch genau wie ich ein Mann, der es nicht gewohnt ist, sich um Richtig oder Falsch zu kümmern. Wir Riders sind dafür bekannt, dass wir uns einfach nehmen, was wir wollen, doch in diesem speziellen Fall scheint sein Gewissen das nicht zuzulassen. So ungern ich es auch zugebe, aber Spider hat Recht, fucking sixteen ist schon verdammt jung.

„Und was ist mit ihr? Wie sieht sie das?"

Er gibt ein frustriertes Schnauben von sich.

„Abigail ist ein Engel. Sie ist jung und dumm und glaubt ernsthaft, dass sie sich in mich verliebt hat. *Pahhh...* alleine das Wort *verliebt* passt nicht in meinen Wortschatz. Im Gegensatz zu ihr bin ich alt genug, um zu erkennen, was sie in Wirklichkeit empfindet – Dankbarkeit. Ich war derjenige, der sie nach wochenlanger Gefangenschaft in die Arme genommen und sie in Sicherheit gebracht hat. Uns trennen verdammte zehn Jahre, wie soll das jemals funktionieren? "

Er fährt sich mit der Hand über den Kopf, ehe er weiterspricht.

„Wenn du sie an meiner Stelle gerettet hättest, wärst jetzt wahrscheinlich du derjenige, dem ihr Herz gehören würde. Ehrlich Mann, ich kann ihr das nicht mal übel nehmen. In ihrem Alter weiß sie es einfach nicht besser..."

„Hör mal, Alter, ich habe mit der Kleinen noch nicht viel zu tun gehabt. Aber kann es sein, dass du sie unterschätzt? Vielleicht ist sie reifer, als du denkst, weiß ganz genau, was sie will."

Ein trockenes Lachen löst sich aus seiner Kehle.

„Ganz ehrlich, Bro? Das würde meine Situation nur verschlimmern. Es fällt mir jetzt, wo ich denke, dass sie sich ihre Gefühle nur einredet, schon schwer genug zu gehen.

Wenn ich allerdings wüsste, dass sie mich wirklich will, weiß ich nicht, ob ich noch immer die Kraft hätte, das Richtige zu tun, indem ich auf meine Maschine steige und von hier verschwinde.

Nicht sicher, was ich darauf antworten soll, winke ich mit einer schnellen Handbewegung eine der Bitches zu uns und beauftrage sie, uns eine Flasche Whisky und zwei Gläser zu holen. In so einer Situation hilft nur eines, eine durch Ahornholzkohle gefilterte bernsteinfarbende Flüssigkeit mit 45 Umdrehungen.

„Hör mal Spider, ich kann verstehen warum du so schnell wie möglich von hier verschwinden willst, aber heute ist es schon zu spät. Bleib noch eine Nacht, genieß die Party und gönn dir eine feuchte Muschi. Nach den vergangenen Tagen hast du dir das wirklich verdient."

Wie befohlen taucht die Bitch mit der Jacky-Flasche und den Gläsern auf. Sie mustert Spider mit einem begehrlichen Augenaufschlag, doch der würdigt sie keines Blickes.

„Jetzt geh wieder zurück zur Bar und sag Loco, er soll ja nicht auf die Idee kommen und sich amüsieren, sondern schön an seinen Auftrag denken."

Als sie sich nicht sofort in Bewegung setzt, verpasse ich ihr einen Schubser, der sie endlich in Schwung bringt. Kopfschüttelnd sehe ich der Bitch nach, um zu überprüfen, ob sie auch ja macht, was ich von ihr will.

Dieser Black Devil darf auf gar keinen Fall die Chance erhalten, sich unbeobachtet durch unseren Club zu bewegen. Großzügig schenke ich uns die Gläser randvoll ein und reiche Spider das seine.

Er nimmt es mir ab und gönnt sich einen großen Schluck.

„Von welchem Auftrag hast du gerade gesprochen?"

Ich stelle die Flasche neben der Bank auf den Boden, zünde mir eine Kippe an und überlege mir, wie viel ich Spider erzählen kann. Ich beschließe, mich erst mal bedeckt zu halten.

„Es schadet vielleicht nicht, dass du noch bleibst. Es kann durchaus sein, dass es heute Nacht noch Ärger gibt."

Spider zieht fragend eine Augenbraue nach oben. Als ich nicht mehr dazu sage, sondern meinen Blick wieder auf das im Ölfass brennende Feuer richte, folgt er meinem Beispiel und entspannt sich endlich etwas.

Ich kann verstehen, warum er so durcheinander ist, er steckt in einer verdammten Zwickmühle. Soweit ich das mitbekommen habe, wird Abigail nicht zurück zu ihrer Tante gehen, bei der sie bis vor der Entführung gelebt hat. Es ist durchaus möglich, dass sie zukünftig bei Susan und Catcher bleiben wird. Und wenn das tatsächlich der Fall ist, wird sie ein fester Bestandteil dieses Clubs. Abigail ist ein schönes Mädchen, über kurz oder lang wird sich irgendein Kerl, der sich wegen ihres Alters nicht so viele Gedanken macht wie Spider, an der Kleinen versuchen. Auch wenn ich jeden meiner Brüder respektiere, bedeutet das noch lange nicht, dass ich jeden an Catchers Cousine ranlassen werde. Dieses Mädchen gehört jetzt zu uns, ich werde über sie wachen und für ihre Sicherheit sorgen.

Natürlich sind die zehn Jahre Altersunterschied eine Sache, die man nicht ignorieren darf, doch das bedeutet nicht, dass Spider die Kleine komplett aufgeben muss.

Scheiße. Ich sehe ihm an, dass es ihm unheimlich schwerfällt, das Richtige zu tun.

Aber ist es denn auch wirklich das Richtige?

Zu meinem Glück bin ich noch nie in so einer Situation gewesen.

Ich für meinen Teil denke ja, er sollte Abigail nicht für immer aufgeben, sondern sie für die nächsten Jahre im Auge behalten.

Wenn sich seine Gefühle für sie in der Zeit in Luft auflösen, ist es gut, und wenn nicht, tja, irgendwann wird sie das richtige Alter erreicht haben und das Problem hat sich erledigt. Ihm steht dann nichts mehr im Weg.

Tief in meine Gedanken versunken trinke ich mein Glas leer und beobachte, wie die Party um uns herum immer lauter und wilder wird.

Tick hat sich eine der Schlampen geschnappt. Die Bitch liegt mit weit gespreizten Beinen auf einem der Werkstattautos, während er sie in einem gnadenlosen Rhythmus vögelt.

Ihre immer lauter werdenden Schreie werden von der Geräuschkulisse beinahe verschluckt.

Der Anblick erinnert mich daran, wo ich eigentlich schon längst stecken wollte – bis zum Anschlag in der engen, nassen einfach nur göttlichen Pussy meiner Old Lady.

23. Kapitel

Nicki

Anscheinend bin ich erschöpfter gewesen als es mir bewusst war. Als ich vor knapp zehn Minuten aufgewacht bin, war es vor dem Fenster schon richtig dunkel. Selbst der laute, wummernde Bass der Musik hat mich ganz offensichtlich nicht beim Schlafen gestört.

Nach einem kurzen Blick aus dem Fenster habe ich Razzor mit einem anderen Rocker an einem der Feuer entdeckt. Um ehrlich zu sein, hab ich überhaupt keinen Bock auf diese Party. Am liebsten würde ich mich für eine ganze Woche unter der Bettdecke verstecken und so tun, als ob ich nicht da wäre, aber ohne Razzor verliert dieser Plan seinen Reiz. Also was tun? Alleine im Bett bleiben oder mich an der Seite von meinem Kerl ins Getümmel stürzen?

Ich entschließe mich kurzerhand für die Party und suche in meinem Rucksack nach einem passenden Outfit.

Selbstredend haben all die blöden Tussis, die da unten halb nackt, arschwackelnd und auf High Heels vor den Augen der Männer herumstolzieren, nichts mit meiner Entscheidung, mich an Razzors Seite zu heften, zu tun.

Ganz bestimmt nicht. Ich bin ich ja nicht besitzergreifend oder eifersüchtig..... nö....mhmh... gar nicht...

Prüfend sehe ich an mir herab und werfe einen letzten Blick in den Spiegel.

In Anbetracht der Tatsache, dass ich mich auf einer Bikerparty befinde, habe ich beschlossen, dass das Sprichwort *‚weniger ist mehr'* heute Nacht nicht gilt.

Meine Wimpern wirken dank des schwarzen Mascaras doppelt so lang wie zuvor.

Mein moosgrüner Lieblingslidschatten betont das grün-grau meiner Augen auf eindrucksvolle Weise.

Die perfekt gezogene Linie des kohlschwarzen Kajals in Kombination mit meinem schimmernden Lipgloss, runden mein Make-up perfekt ab.

Anstatt meine Haare hochzustecken habe ich beschlossen, sie nur gründlich zu bürsten und sie dann in offenen Wellen über meine Schultern fallen zu lassen.

Razzor liebt es, wenn ich sie offen trage, und ich genieße es jedes Mal, wenn er seine Finger in ihnen vergräbt.

Alles in allem denke ich, dass ich mit meinem ultra knappen schwarzen Ledermini und der dazu passenden Korsage dem Anlass entsprechend gekleidet bin.

Vorfreude pulsiert durch meine Venen. Ich bin gespannt, wie Razzor reagieren wird, wenn er mich so sieht. Bis jetzt hatte ich noch nie die Möglichkeit, mich so richtig für ihn rauszuputzen.

Mit wild klopfendem Herzen und einem Schmetterlingsschwarm, der wie wild durch meinen Bauch fliegt, schlüpfe ich in meine Overknee-Stiefel und verlasse das Apartment. Kaum dass ich die erste Stufe hinabgestiegen bin, lasse ich meinen Blick über die feiernde Menschenmenge schweifen.

Oh verdammt...., das nenne ich mal eine Party.

An den Poledance Stangen rekeln sich leichtbekleidete Frauen mit wiegenden Hüften im Takt zur Musik. Auf einem der Billardtische liegt eine rothaarige Schönheit, nackt wie Gott sie schuf. Tick und Poker, einer der Nomads, dekorieren eine Billardkugel nach der anderen auf ihrem Körper. Die schwarze Acht haben sie, wie sollte es auch anders sein, direkt zwischen ihren weit gespreizten Beinen platziert.

Der Lärmpegel ist unglaublich.

Das laute Lachen der Frauen verbindet sich mit dem grellen Piepen der Flipperautomaten....

Vor einer Sekunde war ich noch fest entschlossen, diese Nacht zu genießen, jetzt bin ich mir da komischerweise nicht mehr ganz so sicher.

Nervös zwinge ich mich dazu, die Treppe komplett nach unten zu gehen.

Kaum dass ich die große Halle, die der Hauptraum des Clubs ist, betrete, spüre ich die vielen Blicke der anwesenden Männer auf meinem Körper.

Bis auf das langsam verblassende Mal an meinem Hals deutet nichts darauf hin, dass ich keine der vielen Bitches bin.

Im Gegensatz zu den Old Ladys trage ich keine Lederkutte mit dem Schriftzug ‚*Property of*' auf dem Rücken. Nervös bahne ich mir meinen Weg durch die Menge, fest entschlossen, so schnell es geht zu Razzor zu kommen.

Irgendjemand zwickt mir in den Arsch, ich schlage die Hand weg und gehe noch etwas schneller. Kurz bevor ich an der Bar angekommen bin, bricht links neben mir eine Schlägerei aus. Gerade eben war noch alles friedlich, und jetzt prügeln mehrere Männer mit geballten Fäusten aufeinander ein. Ich staune nicht schlecht, als ich Loco mitten im Trubel erkenne. Ich dachte eigentlich immer, dass er eher der ruhigere Typ ist.

So wie ich das sehe, müssen die alle schon eine ganze Menge Alkohol intus haben.

Einer der Zuschauer weicht einem durch die Luft fliegenden Stuhl aus und schubst mich unabsichtlich auf die Seite. Dank der hohen Absätze meiner Stiefel verliere ich das Gleichgewicht und stolpere immer weiter nach hinten. Ace und Slide eilen neben mir vorbei, ohne zu zögern stürzen sie sich mitten in die Schlägerei. Für einen Moment denke ich, dass sie sich ebenfalls prügeln wollen, doch dann erkenne ich, dass sie versuchen, die Streithähne voneinander zu trennen.

Mit schnell klopfendem Herzen und einer gesunden Portion Angst stütze ich mich an einem der Ledersessel ab und verhindere so, dass ich auf den Boden falle.

Ich habe diese Sache hier unterschätzt. Ich habe ja schon vieles erlebt, aber eine Bikerparty ohne Razzor an meiner Seite ist mir echt zu heftig. Unentschlossen überlege ich, ob ich lieber wieder umdrehen, oder doch versuchen soll Razzor zu finden?!

Gerade als ich mich dazu entschieden habe, draußen auf dem Hof nach meinem Rocker zu suchen, schlingt sich von hinten ein starker Arm um meine Mitte.

Ein gezischtes: „Was zur Hölle hast du denn hier zu suchen Nicki“, lässt mich erschrocken zusammenzucken.

Es gab eine Zeit in meinem Leben, in der hätte ich alles dafür gegeben, diese Stimme zu hören, doch die ist längst vorbei.

„Ethan?“

Meine Stimme ist nicht lauter als ein Wispern, und dennoch hat er mich gehört.

„Ja Sugar, ich bin es.“

Die Tatsache, dass Ethan hier ist, raubt mir die Luft zum Atmen.

Und das nicht nur, weil ich, um ehrlich zu sein, nicht damit gerechnet habe, ihn jemals wiederzusehen, sondern auch, weil ich weiß, dass es für ihn verdammt gefährlich ist, hier zu sein.

Ethan ist mein Ex. Wir hatten zwölf Monate lang eine heiße, sehr innige on/off/fick – Beziehung. Als ich dann aber festgestellt hatte, dass er mir immer wichtiger geworden ist, bekam ich Panik und bin eines Nachts, während er in der Arbeit war, abgehauen.

Im Nachhinein weiß ich, dass das so richtig beschissen von mir gewesen ist, aber damals war mir das nicht bewusst.

Razzor ist der erste Mann in meinem Leben, bei dem ich mutig genug bin, Gefühle zuzulassen....

Wenn sich an Ethans Beruf nichts geändert hat, dann ist er immer noch ein verdeckter Undercover-Ermittler. Damals war er beim Los Angeles Police Department und, was soll ich sagen, er war verdammt gut!

Dass er jetzt hier ist, bedeutet definitiv nichts Gutes.

„Komm mit, ich bringe dich hier raus.“

Er packt mich am Arm und versucht mich mit sich zu ziehen.
Ich wehre mich gegen ihn, sehe ihm direkt in die Augen und schlucke schwer.

Scheiße! Er ist immer noch genauso attraktiv wie früher....

„Verdammt noch mal, Ethan, ich gehe nirgendwo hin, bevor du mir nicht gesagt hast, was zur Hölle du hier zu suchen hast?“

Seine Augenbrauen ziehen sich finster zusammen.

„Dafür ist jetzt keine Zeit, Nicki.“

Ich muss das Offensichtliche einfach aussprechen, ansonsten kapiere ich die ganze Tragweite seiner heutigen Anwesenheit einfach nicht.

„Du bist beruflich hier!“

Prüfend lasse ich meine Augen über seine Sachen gleiten. Die Kutte, die er trägt, unterscheidet sich von der, die die Dead Riders tragen. Auf Ethans linker Brust befindet sich ein ‚Member'-Patch, darüber steht in einem Bogen geschrieben ‚MC Black Devils'. Seine derzeitige Identität ist also die eines Black-Devil-Members. Sofort stelle ich mir die Frage, ob die Black Devils wissen, wer und was er ist. Oder ob er diesen MC ganz genauso täuscht wie die Riders? So oder so riskiert Ethan mit seiner Anwesenheit sein Leben...

Mir ist klar, dass die Zeiten, in denen ich mir Sorgen um ihn gemacht habe, längst vorbei sind, doch so manche alte Angewohnheit kann man nicht so einfach ausschalten.

„Ja, das bin ich. Und du, meine Liebe, solltest gar nicht hier sein!“

Anscheinend fällt es nicht nur mir schwer, die alten Gewohnheiten abzulegen, denn er versucht ganz genau wie früher, mich zu beschützen.

In meinem Kopf rattert es wie wild - was zur Hölle soll ich nur tun?

Ethan hat mir vor langer Zeit viel bedeutet, ihn jetzt wiederzusehen, weckt eine Menge vergessener Erinnerungen. Ich will nicht, dass er mit seiner Arbeit Razzor oder irgendeinem anderen Mitglied der Riders schadet - ich kann ihn aber auch nicht einfach auffliegen lassen. Wenn seine wahre Identität bekannt werden würde, wäre das sein Todesurteil. Seit dem Vorfall mit den beiden Polizisten vor ein paar Tagen weiß ich, dass keiner der Rocker ein Problem damit hat, einen Cop abzuknallen.

Ich stecke in einer total beschissenen, unlösbaren Zwickmühle....

Das Dumme an der Sache ist, ich, die Queen der falschen Entscheidungen, werde, völlig egal, wie ich mich entscheide, einen Fehler machen.

Wenn ich zwischen Ethan und Razzor wählen muss, dann werde ich nicht zögern und mich vor Razzor stellen. Dennoch hoffe ich, dass es erst gar nicht so weit kommt.

„Du musst von hier verschwinden, Sugar. Diese Männer hier sind gefährlich.“

Ohne meinen Blick freizugeben, langt er sich in die Hosentasche. Ehe ich mich versehe, hebt er mit mehrere hundert Dollar vor die Nase.

„Nimm das Geld und verschwinde von hier."

Manche Sachen werden sich wohl nie ändern...

Der unangenehme Druck in meinem Herzen wird so stark, dass ich kaum noch atmen kann. Ich schüttle verneinend den Kopf.

„Du verstehst mich nicht, Ethan, ich bin nicht wegen der Party hier...."

Es braucht zwar einige Sekunden bis er versteht, was ich ihm gerade gesagt habe, doch ich erkenne in seinen blauen Augen, wann ihm die Tragweite meiner Worte bewusst wird.

„Fuck Sugar... du schaffst es auch immer wieder, dich in die Scheiße zu reiten."

Er schüttelt verärgert den Kopf, fährt sich mit der linken Hand durch seine kurzen schwarzen Haare und flucht leise vor sich hin.

„Zu welchem Rider gehörst du?"

„Razzor."

Urplötzlich weicht alle Farbe aus seinem Gesicht. Sofort wird mir klar, dass er wohl ausgerechnet hinter meinem Rocker her ist.

„Ethan, ich bin hier sicher. Razzor, Ace, Slide und all die anderen beschützen mich. Sie passen auf mich auf", ich streiche mit meinen Fingern, genau wie früher, über die Narbe auf seiner rechten Wange, „es geht mir hier gut. Also hör auf, dir Sorgen zu machen."

Die Schlägerei neben uns wird immer wilder, keiner der Anwesenden schenkt uns seine Aufmerksamkeit. Trotzdem muss es mir irgendwie gelingen, Ethan davon zu überzeugen, schnellstens von hier zu verschwinden und nie wieder zurückzukommen.

Auf einmal packt er mich fest an den Schultern und schüttelt mich grob. Meine Zähne schlagen aufeinander, ich beiße mir auf die Zunge.

„Lass mich sofort los, Ethan. Du tust mir weh."

Als er endlich aufhört, mich wie eine Puppe zu schütteln, ist mir schwindelig und schlecht.

„Verdammt, Nicki. Diese Männer sind gesuchte Verbrecher, sie sind Killer. Was glaubst du wohl, aus welchem Grund ich hier bin? Dein Kerl hat vor nicht allzu langer Zeit zusammen mit seinen Brüdern ein Safehouse des FBIs ausfindig gemacht und alle anwesenden Agents und den geschützten Zeugen abgeschlachtet. Selbst vor den drei Zivilbullen haben sie nicht Halt gemacht, sie lagen von Kugeln durchsiebt im verdammten Vorgarten - es war das reinste Blutbad! Solchen Männern kannst du nicht trauen, Sugar."

Das, was er da gesagt hat, ist heftig, dennoch zweifle ich keine Sekunde am Wahrheitsgehalt seiner Worte. Seit Kanada weiß ich, zu was die

Riders fähig sind. Ich ignoriere meine aufsteigende Angst, sehe Ethan direkt in die Augen und schlage ihn mit seinen eigenen Argumenten.

„Du sagst also, dass ich Mördern nicht trauen kann?“

„So ist es, Nicki.“

„Dann kann ich dir auch nicht vertrauen, Ethan. Wie viele Menschen hast du schon getötet? Einen? Zwei? Zehn? Und jetzt sag mir nicht, dass das etwas anderes gewesen ist, nur weil du ein“, die letzten Wort flüstere ich nur, „Bulle bist.“

Kaum dass ich die Worte ausgesprochen habe, verändert sich Ethan schlagartig. Plötzlich steht nicht mehr mein Ex vor mir, sondern ein wildfremder Mann, ein Cop, dessen Augen immer dunkler werden. Jetzt wirkt er nicht mehr besorgt, sondern unkontrollierbar und verdammt wütend. Zwischen uns bildet sich eine Kluft und ich weiß nicht, wie ich diese jemals wieder überbrücken kann, falls ich das überhaupt will.

Blitzschnell beugt er sich über mich. Seine Hände umfassen meine Taille, er reißt mich an seinen harten Oberkörper.

„Wenn er dich wirklich beschützt, dein Killer, wo ist er denn dann jetzt? Ich könnte dir Gott weiß was antun, und niemand hier würde sich dafür interessieren.“

Kaum dass Ethan fertig geredet hat, sehe ich, wie Razzor hinter ihm auftaucht.

Wenn man vom Teufel spricht ...

Heilige *Scheiße!* Der Ausdruck auf dem Gesicht meines Rockers kann nur als mörderisch bezeichnet werden. Das laute, wütende Knurren, das sich aus Razzors Kehle löst, warnt Ethan. Doch noch bevor dieser sich zu Razzor umdrehen kann, hat der ihn schon gepackt und ihn an die ein Meter entfernte Wand geschleudert.

Das dumpfe Geräusch, als Ethans Kopf gegen den Beton schlägt, lässt mich würgen.

Ehe Ethan wieder zu Atem gekommen ist, packt Razzor ihn sich schon wieder, presst ihn mit seiner linken Hand aufrecht gegen die Betonwand und rammt ihm seine rechte Faust immer wieder in den Magen.

Das erstickte Gurgeln, das sich aus Ethans Mund löst, lässt mein Herz gefrieren.

„Du willst wissen, wer dieses Mädchen beschützt? Ja? Na, dann schau mich gut an, du kleiner Wichser. Die Frau, der du gerade Gott weiß was antun wolltest, ist mein Eigentum, sie gehört mir und ich kann es auf den Tod nicht ausstehen, wenn sie jemand anrührt, bedroht oder gar verletzt!“

Ein starker Adrenalinschub flutet meine Adern, setzt meinen Kreislauf regelrecht unter Strom. Das Zittern, das meinen Körper erbeben lässt, wird noch stärker, als ich sehe, wie zwei weitere Rocker, deren Kutten mit der von Ethan identisch sind, neben mir auftauchen.

Was wird jetzt passieren?

Wie werden sie reagieren?

Ich kann nur hoffen, dass sie Razzor nichts antun werden.

Unsicher sehe ich zu Ethan, der mich unter halb geschlossenen Augen, mit blutender Nase ansieht.

Instinktiv weiß ich, dass heute Nacht jemand sterben wird. In der Luft hängt so ein gewisses Flirren, so als ob der Sensenmann bereits da wäre, und nur darauf warten würde, dass die Scheiße hier so richtig eskaliert.

Unsicher schlinge ich mir die Arme um den Oberkörper – was soll ich denn jetzt machen? Ich kann doch nicht untätig dastehen und dabei zusehen, wie Razzor Ethan zu Tode prügelt?!

Vor wenigen Stunden habe ich in den Armen meines Rockers gelegen, Razzor hat mich ganz fest an sich gezogen und mir versprochen, dass die nächste Zeit ruhiger wird.

Oh ja - im Augenblick ist es wirklich unglaublich ruhig.

Natürlich weiß ich, dass ich Razzor und den anderen Dead Riders keine Vorwürfe machen kann, keiner von ihnen ist schuld daran, dass Ethan hier aufgetaucht ist.

Endlich hat Ace mitbekommen, was hier los ist, er stürzt sich auf Razzor und reißt ihn, gerade als der Ethan seine Faust mitten ins Gesicht schlagen will, von ihm weg.

„Shit, Razzor! Was ist hier los?“

„Lass mich los, Präs, das hier geht dich nichts an.“

„Das sehe ich anders, Bro.“

Slide stellt sich neben mich, seine rechte Augenbraue hat einen tiefen Cut, er lässt seine Augen über mein Outfit gleiten, sieht kurz zu Ethan und dann zu Razzor, ehe sich ein wissendes Lächeln auf seinen Lippen ausbreitet.

„Amüsierst du dich Nicki?“

Wie kann er mich so einen Scheiß fragen? Er sieht doch ganz genau, was hier los ist!

Ich sehe ihn verständnislos an.

„Sehe ich etwa so aus?“

„Du siehst verdammt scharf aus.“

Razzor gibt einen lauten Fluch von sich, ehe er sich von Ace los reißt und sich zwischen Slide und mich stellt.

„Jetzt ist nicht der richtige Augenblick für irgendwelche Spielchen, Slide.“

Aces Warnung scheint auch Razzor etwas zu beruhigen.

Skorpion kommt mit Loco auf uns zu. Er zwinkert mir zu, ehe er sich eine Kippe anzündet.

„Ja, piss doch die Wand an, heute sind doch alle verrückt."

„Du sagst es, Skorpion."

Erst als Razzor seine Hände in einer entwaffnenden Geste in die Luft hält, entspannt sich Ace ebenfalls etwas.

Ethan hat sich die ganze Zeit über keinen Zentimeter von der Wand wegbewegt.

Der Präsident der Riders sieht mich eindringlich an.

„Hör mal, Nicki, ich denke, es ist besser, wenn du zu den anderen Old Ladys in die Küche gehst. Catcher und Spider passen dort auf euch auf."

Auf meine Antwort muss er nicht lange warten.

„Keine Chance, Ace, ich werde mich hier nicht wegbewegen!"

Um meinen Standpunkt noch etwas zu untermauern, stemme ich meine Hände in die Hüften und erwidere seinen Blick ohne mit der Wimper zu zucken.

Die Spannung, die in der Luft liegt, ist beinahe greifbar.

Irgendetwas über störrische Ladys murmelnd, gibt Ace Skorpion mit einem Zeichen zu verstehen, dass er auf mich aufpassen soll.

Der rückt noch etwas näher an mich ran und grinst mich blöd an.

„Na, dann wollen wir mal hoffen, dass die kleine Lady hier keine Angst bekommt."

„Sei mal unbesorgt, Skorpion, nach der Sache in Kanada schockt mich so schnell nichts mehr."

„Das werden wir ja sehen, Püppchen."

Unsicher sehe ich kurz zu Ethan, der mich überrascht ansieht. Vielleicht hat er ja endlich kapiert, dass die Dead Riders nicht die gefühllosen Monster sind, für die er sie hält.

„Würde mir jetzt bitte endlich einer erklären, was zum Teufel hier eigentlich los ist?"

Razzor dreht sich zu seinem Präsidenten um.

„Dieser Wichser da", er deutet auf Ethan, „hat sich an meiner Frau vergriffen!"

Skorpion spannt sich sofort an, es kommt mir so vor, als würde die Raumtemperatur schlagartig um 10 Grad sinken. Wenn es um ihre Frauen geht, verstehen die Riders keinen Spaß.

Vielleicht sollte ich sagen, dass Ethan mich nicht angegriffen hat, aber dann müsste ich auch erklären, worum es in unserem Gespräch ging, und das würde Ethan wohl kaum weiterhelfen.

Razzor wird ausflippen, wenn er erfährt, dass er mein Ex ist, wahrscheinlich will er ihn schon alleine deswegen umbringen. Wenn er dann noch erfährt, dass er ein Cop ist... – das will ich mir gar nicht erst vorstellen....

Einer der anderen beiden Black Devils meldet sich zu Wort.

Anstatt ihn aussprechen zu lassen, fährt Ace ihm sofort ins Wort.

„Was soll ich jetzt mit deinem Mann machen, King? Wissen deine Männer nicht, wie man sich in einem anderen MC verhält?“

King erwidert eine Sekunde lang Aces Blick, ehe er den seinen untergeben abwendet.

Was ein feiges Arschloch...

„Lass ihn am Leben, Ace, Brian ist noch nicht so lange ein Teil meines MCs, er braucht noch etwas Zeit, um die Regeln zu lernen.“

Brian? Kein besonders origineller Deckname.

„Wenn er neu ist, warum trägt er dann die Kutte eines Members und nicht die eines Prospects?“

Auch wenn ich mich in der Welt der Rocker noch nicht so gut auskenne, finde ich, dass das eine berechtigte Frage ist. Selbst ich weiß, dass sich jedes Mitglied erst ein Jahr lang als Prospect beweisen muss.

„Wie du sehr wohl weißt, habe ich erst vor kurzem die Hälfte meiner Männer verloren. Die muss ich ersetzen.“

Skorpion gibt ein undefinierbares Zischen von sich.

Ganz offensichtlich kann keiner der Riders Kings Verhalten nachvollziehen.

Razzor sieht mich an, unsere Blicke treffen sich. Ohne dass ich es verhindern kann, gehe ich auf ihn zu und schlinge meine Arme um seine Mitte.

Slide sieht King mit einer so offensichtlichen Abneigung an, dass ich mich sofort frage, was in der Vergangenheit zwischen den beiden vorgefallen ist. Skorpion stellt sich neben Slide, er sieht King direkt an und ergreift das Wort.

„Da es hier um Razzors Lady geht, muss er auch entscheiden, was mit Brian passiert.“

Ace nickt zustimmend.

King versucht ein letztes Mal, Ethan alias Brian zu retten.

„Kommt schon, Männer, woher hätte Brian denn wissen sollen, dass sie eine Old Lady ist? Immerhin trägt sie kein Leder.“

Razzor presst mich noch fester an sich, sieht mich an und küsst mich sanft auf die Stirn.

„Das mit dem Leder ist reine Formsache.“

Die vielen Emotionen, die in seiner Stimme mitschwingen, lassen mein Herz schneller schlagen.

Ace zuckt gelangweilt mit den Schultern, ehe er Razzor ansieht.

„Wie sieht es aus, Bro? Dein Mädchen, deine Entscheidung! Aber entscheide dich schnell, ich habe keinen Bock, meinen ganzen Abend mit dieser Scheiße zu verplempern.“

King flucht laut, Slide zündet sich erst eine Zigarette an, ehe er den Deckel seines Zippos immer wieder auf- und zuschnappen lässt. Eine Angewohnheit, die ich jetzt schon des Öfteren bei ihm beobachtet habe.

Ich spüre Ethans Blick in meinem Nacken. Es kostet mir unheimlich viel Kraft, dass ich mich nicht zu ihm umdrehe.

Nervös lecke ich mir die Lippen und sehe zu meinem Rocker hoch.

„Komm schon, Razzor, sei nicht so hart. Mir ist nichts passiert, ehrlich nicht. Schick diesen Idioten einfach weit weg und bring mich nach oben, damit wir unsere eigene kleine Party feiern können.“

Als Reaktion auf meine Worte weiten sich seine Pupillen, so dass seine karamellfarbenen Augen beinahe schwarz wirken.

„Baby, so leicht ist das nicht. Dieser Wichser hat dich angegriffen und dafür muss er bezahlen. Wenn ich einem dieser Hurensöhne so eine Respektlosigkeit durchgehen lasse, dann verliert das System seine Ordnung. Ganz davon abgesehen hatte ich schon die ganze Zeit so ein komisches Gefühl bei diesem Kerl. Irgendetwas stimmt mit ihm nicht.“

Jetzt sieht er direkt zu Ace.

„Wir sollten ihn uns mal genauer vornehmen und seine Personalien checken. Wenn wir nichts über seine Identität finden, wissen wir ja, mit wem oder was wir es hier zu tun haben.“

System? Ordnung?

Typisch Mann - er macht alles viel komplizierter, als es in Wirklichkeit ist.

Und von was für einem Verdacht spricht er da eigentlich?

Oh mein Gott ... kann es sein, dass Razzor Ethan durchschaut hat?

Wahrscheinlich ist es für einen Vollblutrocker wie Razzor ein Leichtes, einen verdeckten Ermittler zu enttarnen.

So oder so habe ich das Gefühl, dass ich gerade dabei zusehe, wie sich die Schlinge um Ethans Hals immer fester zuzieht. Wenn nicht bald ein Wunder geschieht, werden ihm die Riders, genauer gesagt Razzor, eine Kugel zwischen die Augen jagen.

„Slide, check die Polizeidatenbank und finde sämtliche Informationen über Brian...“ er sieht kurz zu Ethan, dem, jetzt wo ihm klar wird, dass er aus dieser Sache keinesfalls lebend rauskommt, Schweißperlen über die Stirn rinnen.

„Wie ist dein Nachname, Devil?“

Ethan zögert einen Moment, seine Augen huschen kurz zu mir.

„Hanson.“

Da ich hundertprozentiger Sicherheit weiß, das Ethan mit Nachnamen nicht Hanson heißt, weiß ich auch, wie Slides Internetrecherche für meinen Ex ausgehen wird – tödlich!

Eine bittere Panik breitet sich in mir aus, ich beginne zu zittern, meine Kehle schnürt sich immer weiter zu. Ich fühle mich so hilflos....

Wie um alles in der Welt soll ich mich jetzt verhalten?

Razzor spürt meinen inneren Aufruhr, legt mir zwei Finger unters Kinn und hebt meinen Kopf so weit an, dass ich ihm in die Augen sehen muss.

„Hör mal, Baby, du musst das nicht mit ansehen, geh hoch und warte im Bett auf mich."

Automatisch schüttle ich verneinend meinen Kopf.

„Nein, ich will bei dir bleiben."

Seine Augen verengen sich zu Schlitzen, doch er flucht nur laut, küsst mich hart und besitzergreifend auf den Mund und lässt mich bei sich bleiben.

Mir ist klar, dass es völlig schwachsinnig ist. Doch ich habe das Gefühl, dass ich, wenn ich jetzt gehe und Ethan mit den Riders alleine lasse, ihn verrate. Und das will ich nicht. Wenn ich ihn schon nicht retten kann, kann ich zumindest bei ihm bleiben.

„Skorpion packt Ethan am Arm und zerrt ihn durch den Club raus auf den Hof. King und der andere Black Devil, der bis jetzt kein einziges Wort gesagt hat, folgen den beiden.

Als ich mich ebenfalls in Bewegung setze, hält mich Razzor am Arm zurück.

Ich sehe ihn fragend an.

„Das kann jetzt ziemlich unschön werden, bist du dir sicher, dass du da dabei sein willst?"

Nein! Das bin ich mir ganz und gar nicht!

„Verdammt Razzor, das habe ich dir doch vorhin schon gesagt."

Mein Rocker schüttelt fluchend seinen Kopf, er murmelt irgendetwas über störrische Ladys und unkomplizierte Bitches, schickt mich jedoch nicht weg.

Während wir den anderen raus aufs Gelände folgen, spüre ich, wie mein Puls in die Höhe schnellt.

Der leichte Wind weht mir die angenehm kühle Nachtluft ins Gesicht, ich inhaliere sie, sauge sie tief in meine Lunge und versuche einen klaren Kopf zu bewahren.

Als Ethan sich dazu entschlossen hat, verdeckt gegen die Riders und die Devils zu ermitteln, wusste er ganz genau, worauf er sich eingelassen hat. Dass sein Beruf gefährlich ist, ist nichts Neues für ihn.

Seit ich ihn kenne, sind viele seiner Kollegen während ihrer Ermittlung spurlos verschwunden oder wurden Tage nachdem man sie vermisst hat, irgendwo tot aufgefunden.

Es scheint eine gefühlte Ewigkeit her zu sein, aber ich weiß noch, wie er mir eines Nachts, nachdem wir uns geliebt hatten, erzählte, dass jeder seiner Aufträge seinen Tod bedeuten kann. Damals hatte ich ihm gesagt, dass er einfach nur gut sein muss, und dass ich darauf vertraue, dass er immer wieder zu mir zurückkommt.

Es ist schon eine äußerst beschissene Ironie, dass ich jetzt, wo er tatsächlich auffliegt, dabei bin.

24. Kapitel

Razzor

Im Gegensatz zu Nicki weiß ich, dass dieses Arschloch, das sie bedrängt hat, diese Nacht, völlig egal, was bei diesem Identitätscheck rauskommt, nicht überleben wird.

Nach all der Scheiße, die sie in Kanada schon mit ansehen musste, bin ich wirklich der Meinung, dass sie raufgehen sollte.

Ich packe sie am Arm und halte sie zurück.

„Das kann jetzt ziemlich unschön werden, bist du dir sicher, dass du da dabei sein willst?“

Noch bevor sie etwas gesagt hat, kenne ich ihre Antwort.

Nicki ist ein verdammter Sturkopf, wenn sie sich einmal etwas in den Kopf gesetzt hat, kann sie nichts und niemand mehr davon abbringen.

Sie legt den Kopf leicht schief und funkelt mich aufgebracht an.

„Verdammt Razzor, das habe ich dir doch vorhin schon gesagt.“

Auch wenn mich ihre Reaktion nicht überrascht, bedeutet das noch lange nicht, dass sie mich nicht ärgert.

Fluchend schüttle ich den Kopf, gehe weiter und ziehe sie hinter mir her.

„Warum zum Teufel musste ich mich ausgerechnet für eine Old Lady entscheiden. Mit all den willigen Bitches wäre mein Leben um ein Tausendfaches leichter...“

Leise vor mich hin schimpfend ziehe ich mein Mädchen an den brennenden Ölfässern vorbei, bis wir hinter der Werkstatt angekommen sind.

Nicht zum ersten Mal fällt mir auf, wie Nicki diesen Devil ansieht. Bilde ich es mir nur ein, oder sehe ich da etwa Trauer und Mitgefühl in den grünen Tiefen ihrer Augen?

Ich verwerfe diesen Gedanken sofort wieder, woher sollte Nicki dieses Arschloch schon kennen?

Skorpion stellt den Devil an die Wand und dreht sich zu mir um. Er entdeckt Nicki an meiner Seite und spuckt grunzend auf den Boden neben seine Stiefel.

„Glaubst du echt, dass das eine gute Idee ist, Bro?“

Ich weiß sofort was er meint – Nickis Anwesenheit.

„Keineswegs Alter, aber das ist ihre Entscheidung.“

Skorpion zieht belustigt eine Augenbraue in die Höhe, sagt jedoch kein Wort mehr. In Anbetracht meiner derzeitigen Verfassung ist das auch besser so für ihn.

Dank der Anspannung, die meinen Körper fest im Griff hat, und der Wut, die noch immer in meinem Inneren brodelt, sehne ich mich geradezu nach einem richtigen Kampf. Es würde mir nur zu gut tun, meine Faust in das dämlich grinsende Gesicht meines Bruders zu rammen.

Mit einem leisen Lachen zieht er eine Schachtel Kippen aus der Innentasche seiner Weste und fummelt sein Feuerzeug aus der hinteren Hosentasche.

Belustigt sehe ich zu, wie ihm erst die Zigarettenschachtel auf den Boden fällt, und kaum dass er sich wieder aufgerichtet hat, sein Sturmfeuerzeug

„Brauchst du etwa Hilfe, Bro?“

„Ach halt's Maul, Alter, von einem Kerl, der seine Lady nicht im Griff hat, brauche ich bestimmt keine Hilfe.“

Während wir uns gegenseitig aufziehen und auf Slide und die Rechercheergebnisse warten, holt sich Nicki einen der weißen Plastikstühle.

Als ich sie daraufhin fragend ansehe, deutet sie nur auf die hohen Absätze ihrer Stiefel.

Nicht zum ersten Mal an diesem Abend fällt mir auf, wie verdammt geil sie aussieht. Die enge Ledercorsage, die vorne nur von zwei dünnen Schnüren zusammengehalten wird, betont ihre vollen Brüste. Es juckt mich in den Fingern, endlich an den Bändern zu ziehen und meine Süße wie ein Geschenk auszupacken. Doch bevor ich mich mit meiner Lady beschäftigen kann, muss ich diese Angelegenheit hier klären. Sterben wird dieser Pisser so oder so. Aber bevor ich ihm eine Kugel in den Kopf jage, muss ich wissen ob er ein Bulle ist. Wenn er es nicht ist, kann ich beruhigt schlafen und falls doch, müssen wir Riders in nächster Zeit ganz besonders vorsichtig sein.

Kaum dass sie sich gesetzt hat, schlägt sie ihre Beine übereinander – schlagartig wird mein Schwanz hart wie Stein.

Das Adrenalin in meinem Körper vermischt sich mit meinem Verlangen zu einer explosiven Mischung.

Knurrend gehe ich auf sie zu, vergrabe meine Finger in ihren Haaren und küsse sie hart auf den Mund. Erst als sie keuchend und stöhnend ihre kleinen Finger in meiner Kutte vergräbt, ziehe ich mich etwas zurück und erlaube ihr nach Luft zu schnappen.

Holy Fuck! Ich kann es kaum erwarten, mich bis zum Schaft in ihr zu vergraben. Warum zum Teufel braucht Slide nur so lange?

King und sein Vize stehen etwas abseits, sie halten respektvoll Abstand. So wie ich das sehe, ahnen die beiden schon, dass diese Nacht nicht gut für die Black Devils enden wird.

Drei sind gekommen und nur zwei werden wieder fahren....

Ace, der kurz nach den Ladys in der Küche gesehen hat, gesellt sich zu uns.

„Lasst uns dieses Arschloch doch einfach abknallen, ich bin hundemüde, die Fahrt von Burnaby hierher steckt mir noch immer ziemlich in den Knochen."

Mir entgeht nicht, dass Nicki bei seinen Worten leicht zusammenzuckt.

Wieder beschleicht mich das ungute Gefühl, dass mir meine Süße irgendetwas verheimlicht.

Ich sehe sie prüfend an, die Tatsache, dass sie meinem Blick plötzlich ausweicht, verrät mir so einiges. Noch bevor ich sie packen und ausfragen kann, kommt Slide ums Eck.

Seine Miene ist finster. Da er keine Unterlagen bei sich hat, gehe ich davon aus, dass er nichts zu einem Brian Hanson gefunden hat. Völlig egal, ob Gutbürger oder Krimineller, wenn man im Polizeiregister nach einem Menschen sucht, findet man immer etwas über ihn.

Dass Slide nichts über diesen Kerl herausfinden konnte, ist der beste Beweis dafür, dass ich mit meinem Verdacht absolut richtig gelegen habe.

„Dieser Devil mag ja vieles sein. Aber er ist nicht Brian Hanson."

Ace zückt sofort seine Waffe, King weicht noch einen Schritt weiter zurück – feiges Arschloch - und ich, tja, ich sehe kurz zu Nicki, lasse meine Fingergelenke knacksen und gehe auf die Ratte, die unserem MC schaden wollte, zu.

Ich weiß ja nicht, wie das die anderen sehen, aber in meinen Augen haben wir schon zu viel Zeit mit diesem Arschloch verschwendet.

Jetzt, wo klar ist, dass er nicht der Mann ist, für den er sich ausgibt, werden wir ihn nicht schnell und schmerzlos abknallen, sondern herausfinden, wer er wirklich ist und was er hier will.

Wenn uns schon die Bullen am Sack hängen, will ich zumindest wissen, was sie uns vorwerfen und für welche Tat sie uns drankriegen wollen.

„Willst du es auf die leichte, oder auf die harte Tour?"

Dieser Dreckskerl hat doch echt genug Nerven, um mich herausfordernd anzugrinsen.

„Alles klar, du hast es so gewollt."

Mit aller Kraft ramme ich ihm meine Faust in den Magen. Die Ratte alias Brian kippt röchelnd nach vorne um und hält sich mit schmerzverzerrtem Gesicht den Bauch.

Kaum dass er wieder Luft bekommt, richtet er sich auf und sieht mich erneut herausfordernd an.

„Wie? Mehr hast du nicht drauf?"

Ich gehe auf seine Provokation ein und verpasse ihm einen rechten Hacken.

Sein Kopf schnellt nach links, ein Schwall Blut spritzt aus seiner Nase.

Ich höre Nickis entsetztes Aufkeuchen, doch ich ignoriere es.

Verdammte Scheiße!

Jetzt weiß sie auch, aus welchem Grund ich sie nicht dabeihaben wollte.

Das Bullenschwein schüttelt leicht den Kopf, ich sehe, wie er ein paar Mal blinzeln muss, ehe sich sein Blick wieder fokussiert.

„Dass du ein verdammtes Bullenschwein bist, wissen wir ja schon. Wenn du uns jetzt noch verrätst, aus welchem Grund du hier bist, gewähre ich dir die Gnade eines schnelles Todes."

Zufrieden beobachte ich, wie er einen Mundvoll Blut auf den Boden spuckt.

Der unechte Devil wischt sich mit dem Handrücken über die aufgeplatzte Lippe und wirft einen kurzen Blick an mir vorbei auf Nicki. Wieder überkommt mich das dumme Gefühl, dass sich die beiden irgendwoher kennen....

„Ob schnell oder langsam, der Tod wird uns früher oder später alle einkassieren. Also tu dir keinen Zwang an, Razzor, und lass dir ruhig Zeit. Verraten werde ich dir eh nichts. Es wird mir eine Freude sein, deine Schläge einzukassieren und mit dem Wissen, dass dich meine Kollegen hinter Gitter bringen werden, zu sterben. Sie werden nicht ruhen, bis sie dich und deinen MC ausgelöscht haben!"

Seine Worte lösen eine unbändige Wut in mir aus.

Dieser Wichser muss lebensmüde sein:

Erst betritt er als vermeintlicher Devil unser Gelände, anschließend nutzt er unsere Gastfreundschaft aus und belästigt mein Mädchen. Jetzt steht er blutend an der Wand und grinst mich dreist an, während er mich auffordert ihn zu erschlagen.

Diesen Gefallen werde ich ihm nicht tun.

Ace hat Recht, mit diesem Idioten haben wir weiß Gott schon genug Zeit verschwendet.

„Es wird euch Cops nie gelingen, die Riders zu schnappen. Während deine Überreste von unseren Prospects in der kalten Erde vergraben werden, werde ich mich bis zum Anschlag in der süßen Pussy meiner Frau versenken und dabei an dich denken."

Kaum dass ich ausgesprochen habe, springt er auf mich zu, packt mich an der Kehle und schubst mich rückwärts auf den Boden.

Vor Überraschung braucht es einen Augenblick, bis ich reagiere. Schnell springe ich wieder auf die Beine, greife automatisch unter meine Weste und will meine Waffe ziehen, doch die ist nicht mehr da. Perplex hebe ich meinen Kopf und sehe in das schief grinsende Gesicht des Verräters. Dieser steht breitbeinig und mit meiner Magnum in der Hand vor mir.

Verfluchte Scheiße!

Sofort ziehen sämtliche meiner Brüder ihre Pistolen.

Nicki springt von ihrem Stuhl und rennt auf mich zu. Sie will sich zwischen mich und den Schützen stellen, doch Skorpion erwischt sie Gott sei Dank am Arm und hält sie zurück.

„Verdammt. Lass mich sofort los, Skorpion!“

„Vergiss es, Baby. Razzor schlitzt mich vom Sack bis zur Nasenspitze auf, wenn ich zulasse, dass du dich in Gefahr begibst.“

Brian oder wie der Drecksack in Wirklichkeit heißt, ist von Nickis Gezeter abgelenkt. Loco, der sich von hinten an den Cop schleicht, nutzt die Chance und versucht ihn zu entwaffnen.

Shit! Eigentlich sollte er zusammen mit Spider auf die Ladys aufpassen.

Warum kann dieser vermaledeite Prospect nicht einmal tun, was man ihm sagt. Hätte er vorhin auf meinen Befehl gehört und den falschen Devil nicht aus den Augen gelassen, wäre die Sache hier nie so eskaliert. Aber nein, er musste sich an dieser beschissenen Schlägerei beteiligen...

Gerade als ich denke, dass es ihm gelingt, den Bullen zu entwaffnen, dreht dieser sich blitzschnell um seine eigene Achse, zielt und drückt ab.

Der Knall des Schusses ist ohrenbetäubend laut.

Noch bevor ich reagieren kann, sehe ich, wie sich das Geschoss direkt in Locos Brust bohrt. Mit einem erstickten Gurgeln und weit aufgerissenen Augen sieht Loco zu mir, ehe er einfach umkippt.

Nickis lauter Schrei vermischt sich mit drei weiteren Schüssen. Ace hat nicht gezögert und dem Bullen dreimal in den Rücken geschossen. Wie eine Puppe, aus der die Luft rausgeht, sinkt dieser jetzt zu Boden. Sein lautes Röcheln wird immer leiser. Mit letzter Kraft dreht er seinen Kopf auf die Seite und sieht zu Nicki. Die jedoch kniet neben dem stark blutenden Prospect und streicht ihm zärtlich über den Kopf, während sie ihm leise etwas ins Ohr flüstert.

Mit dem, was jetzt geschieht, hätte ich nie im Leben gerechnet. Der sterbende Polizist sieht wieder zu mir und flüstert mit rauer Stimme: „Pass gut auf sie auf, Razzor.“

Sprachlos sehe ich den sterbenden Mann an. Jetzt bin ich mir tatsächlich sicher, dass er mein Mädchen von irgendwoher kennt.

Offensichtlich haben ihm diese Worte seine letzte Kraft geraubt, er atmet ein letztes Mal röchelnd ein, ehe sein Kopf kraftlos auf die Seite fällt.

Der Glanz des Lebens erlischt - der vor Schmerz angespannte Körper entspannt sich, als er sein Leben aushaucht.

Die gespenstische Stille des Todes legt sich über uns. Nickis leises Flüstern verwandelt sich in ein lautes Weinen. Nicht nur der Cop hat den Kampf ums Überleben verloren, sondern auch Loco.

Fluchend sehe ich zu Ace und Slide. Beide sehen müde und geschafft aus, in ihren Augen erkenne ich Trauer und Wut. Loco war ein Rider, auch wenn er noch kein Member war, so war er doch ein Teil von uns. Dass er in so jungen Jahren einen so sinnlosen Tod sterben musste, ist einfach nur grausam und scheiße. Wenn dieser Junge besser auf unsere Anweisungen gehört hätte, wäre er jetzt wahrscheinlich noch am Leben.

Tief durchatmend stoppe ich die vielen Gedanken, die wie ein Schwarm Fische durch meinen Kopf huschen, und gehe zu meinem Mädchen.

Nicki kniet noch immer leise schluchzend neben dem leblosen Körper Locos auf dem kalten Betonboden. Ich beuge mich zu ihr nach unten, packe sie an den Schultern und ziehe sie zu mir hoch.

Sofort wirft sie sich mir in die Arme. Schützend presse ich sie an mich, trockne ihre Tränen und gebe ihr die Geborgenheit, die sie nach diesem schrecklichen Erlebnis braucht.

„Warum zur Hölle hat er das nur getan?“

Ich bin mir nicht sicher, ob sie Loco oder den Cop meint, und das ist in diesem Augenblick auch gar nicht wichtig.

Die heutige Nacht wird eine Menge Probleme nach sich ziehen. Erstens müssen wir uns um den toten Prospect kümmern und zweitens liegt da ein toter Bulle auf unserem Parkplatz.

Beide müssen so schnell wie möglich spurlos verschwinden.

Am besten zünden wir die Leichen an, bevor wir sie vergraben.

Es wäre eine Katastrophe, wenn wir an dem toten Polizisten irgendwelche Beweise, wie Haare oder Fingerabdrücke hinterlassen würden.

Falls er jemals gefunden wird, wäre das schon beschissen genug. Aber es wäre der Untergang des MCs, wenn sein Tod mit uns in Verbindung gebracht werden kann.

Es ist ein Unterschied, ob die Cops wissen, dass wir ihn erschossen haben, oder ob sie es uns nachweisen können. Dank unseres Rechtssystems reichen eine Leiche und ein Verdacht längst nicht aus, um jemanden zu verhaften oder gar zu verurteilen.

Nicki hängt völlig kraftlos in meinen Armen, ihr verschwommener Blick liegt auf dem Gesicht des toten Polizisten.

Irgendwann, nicht heute, aber irgendwann werde ich sie nach diesem Kerl fragen, und ich kann ihr nur raten, mir dann die Wahrheit zu sagen....

„Bring dein Mädchen hoch, wir kümmern uns um den Rest.“

Ich nicke Ace dankbar zu, hebe Nicki in meine Arme und trage sie hinauf in den ersten Stock.

Wenn mir jemand vor zwei Stunden gesagt hätte, wie diese Nacht ausgeht, hätte ich ihm nicht geglaubt.

Das Schicksal ist ein mieser Verräter, der einen erst in trügerischer Sicherheit wiegt, nur um dann mit aller Kraft zuzuschlagen.

Kaum dass ich die Apartmenttüre hinter uns geschlossen habe, beruhigt sich meine Süße wieder etwas.

„Razzor?“

„Ja, Baby.“

„Wird es jetzt immer so sein? Hört dieses Töten niemals auf?“

Wenn ich ehrlich zu ihr sein will, dann müsste ich ihre Frage jetzt mit einem einfachen ‚nein' beantworten. Doch das kann ich nicht, ich will sie nicht belügen...

Zukünftig werde ich es so wie Ace, Slide, Catcher und Skorpion machen. Ich muss meine Lady mehr schützen, sie von der blutigen Seite meines Lebens trennen. Frauen vertragen all das Blut und die vielen Toten nicht so gut wie wir Männer. Sie sind sensibler und lassen das alles viel zu nah an sich ran.

Natürlich trauere ich um Loco, aber nicht so wie Nicki. Jeder Mann, der sich für das Leben als Dead Rider entscheidet, weiß, worauf er sich einlässt. Das war bei mir so, das war bei meinen Brüdern so, und bei Loco war es auch so. Er hat sich für diese Seite des Gesetzes entschieden. Er kannte die Risiken und wollte dennoch ein Teil dieses Clubs werden.

Sobald du dich mit deinem Leben aus dem gesellschaftlichen Netz entfernst, gibst du auch die Sicherheiten auf, die die Gesellschaft bietet. Es passiert schleichend, aber irgendwann sind fliegende Kugeln die einzige Sicherheit, auf die du dich verlassen kannst.

Wenn man an diesen Punkt erst mal angekommen ist, ist die Gewalt ein unausweichlicher Teil deines Lebens....

Diese Tatsache muss Nicki im Laufe der Zeit erst noch lernen, sie wird wie Amy und Nora erst lernen müssen, dass auf dieser Welt nur die Stärksten überleben.

Bei Ellen sah die Sache anders aus. Sie ist in einem Motorcycle Club aufgewachsen, sie kennt die Regeln schon seit frühester Kindheit.

„Razzor?“

Nicki sieht mich fragend an, ich bemerke erst jetzt, dass ich ihr noch immer nicht geantwortet habe. Ich balanciere ihr Gewicht in meinen Armen anders aus, setzte mich aufs Bett und bette sie auf meinen Schoß.

Sachte streiche ich mit meinen Fingern über ihr zartes Gesicht und verliere mich in den Tiefen ihrer wunderschönen Augen.

Der köstliche Apfelduft, der sie immer umgibt, beruhigt meine angespannten Nerven.

„Ich kann dir nicht sagen, was du hören willst, und ich werde dich auch nicht belügen."

Nicht in der Lage, ihr auch nur einen Herzschlag länger zu widerstehen, beuge ich mich zu ihr hinunter und küsse sie sanft auf den Mund.

Unsere Zungen umschlingen sich, wir verschmelzen miteinander, verlieren uns in unserer Liebe. Sachte löse ich mich wieder von ihr und suche ihren Blick.

„Fürchte dich nicht, Baby, ich werde über dich wachen. Mein Körper wird der Schild sein, der alle Kugeln abfängt. Ich werde dich für den Rest meines Lebens beschützen - für den Rest meines Lebens und darüber hinaus ..."

Eine einzelne Träne rinnt ihr über die Wange, ich fange sie mit meinen Lippen, ehe ich mein Mädchen sachte aufs Bett lege. Nachdem ich meine Boots ausgezogen habe, kümmere ich mich um ihre Stiefel. Langsam und ehrfürchtig ziehe ich sie aus, liebkose jeden Zentimeter ihrer entblößten Haut und verliere mein Herz endgültig an sie.

Diese kleine Frau ist zum Mittelpunkt meines Lebens geworden. Sollte ihr jemals etwas zustoßen, werde ich ihr in den Tod folgen.

Eine Welt ohne Nicki verliert für mich jeden Reiz...

Nachdem ich die lederne Korsage geöffnet habe, liegt sie nur noch in schwarzen Spitzendessous vor mir. Der transparente Stoff überlässt meiner Fantasie nicht viel Spielraum. Bei dem Anblick stockt mir der Atem.

Als sie dann auch noch langsam ihre Schenkel für mich spreizt, bleibt mein Herz stehen. Plötzlich ist nichts anderes mehr für mich wichtig.

Irgendwo im hintersten Winkel meines Verstands ist mir durchaus bewusst, dass sich der Club in wenigen Stunden mit der Tatsache auseinandersetzen muss, dass wir einen verdeckten Ermittler unter uns hatten. Die Black Devils, besonders King, werden sich erklären müssen. Locos Tod hat mir gezeigt, dass wir zukünftig noch vorsichtiger sein müssen.

Das Versprechen, das ich Nicki gegeben habe, in dem es darum ging, dass die nächste Zeit etwas ruhiger wird, werde ich wohl nicht halten können. Was ich aber durchaus tun kann, ist, meine Lady zu schützen, indem ich sie zukünftig von all dem Ärger möglichst weit fernhalte.

25. Kapitel

Nicki

Tief in meinem Inneren ist es eiskalt, es fühlt sich so an, als ob ich bei lebendigem Leib von innen heraus einfrieren würde.

Wie konnte dieser Abend nur so schrecklich enden?

Nicht nur Loco hat heute sein Leben völlig sinnlos verloren, sondern auch Ethan.

Mir ist klar, dass Ethan versucht hat, seinen Arsch zu retten, aber musste er dabei wirklich jemanden töten?

Ein heftiger Schauer lässt mich erbeben.

Unter halb geschlossenen Augen beobachte ich meinen Rocker dabei, wie er mich Stück für Stück auszieht. Seine großen Hände streichen über meine kühle Haut, fassen besitzergreifend zu, vertreiben die Kälte aus meinem Inneren.

Seine Worte hallen noch immer in meinem Herzen nach.

„Fürchte dich nicht, Baby, ich werde über dich wachen. Mein Körper wird der Schild sein, der alle Kugeln abfängt. Ich werde dich für den Rest meines Lebens beschützen - für den Rest meines Lebens und darüber hinaus ...“

Trotz all der schlimmen Dinge, die in den letzten Tagen passiert sind, fühle ich mich bei Razzor sicher und geborgen.

Er ist mein Fels in der Brandung, ohne ihn würde ich verkümmern wie eine Blume, der das Sonnenlicht entzogen wird.

Dank ihm weiß ich, wie es sich anfühlt, wahre Liebe zu empfinden.

Ich weiß nicht, was die Zukunft für mich bereithält, aber ich weiß, dass ich sie an Razzors Seite erleben will.

Wenn ich daran denke, wie das zwischen ihm und mir begonnen hat, kann ich nichts gegen das Lächeln tun, das sich auf meine Lippen legt.

Es hat etwas von einem romantischen Märchen.

Erst hat er mich wie ein Ritter unter Einsatz seines Lebens vor Mike, dem Ungeheuer, gerettet. Anschließend hat er mich auf seinem Bike in Sicherheit gebracht, um mich dann zu der seinen zu machen.

In dem Augenblick, in dem er sich zwischen meine weit gespreizten Beine kniet und seine Lippen durch den dünnen Stoff meines Strings auf meinen Kitzler presst, stieben meine Gedanken in alle Himmelsrichtungen auseinander. Mit einem kraftvollen Ruck zerfetzt er meinen Slip, seine Finger spreizen meine Schamlippen. Heiß und feucht erobert Razzors Mund meine Pussy.

Stöhnend schließe ich meine Augen, genieße den Kontrast seiner weichen Lippen zu den kratzigen Bartstoppeln, die leicht über die empfindliche Haut an den Innenseiten meiner Schenkel kratzen. Hilflos vergrabe ich meine Finger im Bettlaken und presse ihm meine Hüften entgegen.

Trotz der Tatsache, dass der Tod zurzeit allgegenwärtig zu sein scheint, fühle ich mich dank des Rockers, der mich so gekonnt Richtung Höhepunkt leckt, so lebendig wie noch nie.

„Yeah, Baby, ich liebe es, wie du dich mir hingibst."

Er dringt mit zwei seiner langen Finger tief in mich ein, krümmt sie leicht und touchiert so meinen G-Punkt. Mein Unterleib zieht sich heftig zusammen, meine Nervenbahnen fangen Feuer.

Razzor verschlingt mich wie ein Raubtier seine Beute. Süchtig nach seiner Nähe streiche ich mit meinen Fingern über seine Schultern. Seine Muskeln spannen sich an, arbeiten unter meinen Fingern. Ich spüre, wie ich immer erregter und somit auch immer feuchter werde, ich zerfließe unter seiner geschickten Zunge regelrecht.

Der Druck in meinem Bauch wird immer stärker, das Zucken in meinen Beinen verrät mir, dass es nicht mehr lange dauern wird, bis ich schreiend komme.

„Razzor, bitte..."

Knurrend löst er seinen saugenden Mund von meinem Kitzler und fickt mich immer gnadenloser mit seinen Fingern.

Ein feiner Schweißfilm überzieht meinen Körper, meine Atmung stockt und meine Sinne prickeln wie verrückt. Immer und immer wieder rammt er seine zwei Finger tief in mich.

„Komm für mich, Baby. Jetzt!"

Mein Körper folgt seinem Befehl....

Ich verliere den Bezug zur Realität, vergesse meinen Namen und schreie seinen laut und heiser in das dunkle Schlafzimmer.

Glühende Hitze pulsiert wellenartig durch meinen Unterleib.

Ich spüre, wie sich Razzor bewegt und vor meiner Öffnung in Position bringt.

Bereitwillig spreize ich meine Beine noch etwas weiter, spüre sein hartes Glied an meiner Mitte und versuche frischen Sauerstoff ich meine Lungenflügel zubekommen.

Ich will diesen Mann – ich brauche diesen Mann – für immer!

Ich keuche laut, unsere Blicke treffen sich.

Knurrend senkt er seinen Kopf, streift mit seinen Lippen über meinen Mund, ehe er mir hart in die Brustwarze beißt.

Ein bittersüßer Schmerz flutet mein Nervensystem.

„Du. Gehörst. Nur. Mir. Baby."
Die Intensität und die Bestimmtheit, mit der er gesprochen hat, gehen mir unter die Haut. Instinktiv weiß ich, dass er Recht hat - wir sind füreinander geschaffen.

„Sag es. Ich will es aus deinem Mund hören!"

Ich lecke mir über die trockenen Lippen, umfasse mit beiden Händen sein Gesicht und küsse ihn sachte auf den Mund. „Ich gehöre nur dir, Razzor – für immer!"

Kaum dass ich diese Worte ausgesprochen habe, sehe ich, wie sich etwas an ihm verändert. Bis gerade eben hat er aufgewühlt und angespannt gewirkt. Jetzt entspannt er sich etwas. In seinen Augen lodert ein gefährliches Verlangen.

Instinktiv weiß ich, dass er mich am liebsten auf den Bauch drehen und mich erbarmungslos ficken will, doch er macht es nicht. Er schenkt mir die Zeit, die ich brauche, um mich richtig fallen lassen zu können.

Süchtig nach mehr, reibe ich meine nasse Spalte an seinem harten Schwanz, vergrabe meine Fingerspitzen in seiner Schultermuskulatur und verschlinge ihn mit derselben Besitzgier, mit der er mich überschüttet.

Seine große Hand legt sich besitzergreifend auf meinen Bauch, sein Daumen legt sich auf meinen Kitzler und reibt ihn kreisend und rhythmisch.

Laut stöhnend suche ich seinen Blick. Seine Augen sind schwarz, seine Lippen hat er zu einer dünnen Linie zusammengepresst, während er seinen Blick auf meine pulsierende Mitte getackert hat.

Sein Finger streift durch meine Pussy, findet meine Öffnung und dringt erneut in mich ein. Wie jede normale Frau liebe ich ein langes Vorspiel, doch *jetzt* will ich ihn einfach nur tief in mir. Wenn er mich nicht bald fickt, verliere ich noch den Verstand. Ich will, dass er sich in mich rammt, mich ausfüllt und bis aufs Äußerste dehnt.

Er entzieht mir seinen Finger und schiebt ihn mir in den Mund. Ich schmecke mein eigenes Aroma und züngle über seine Fingerspitze, ehe ich sie tiefer in meinen Mund sauge.

Sein geknurrtes „Fuck, Baby", erfüllt mich mit weiblichem Stolz. Er mag noch so ein harter Dead Rider sein, hier in diesem Bett gehört er nur mir. Ich habe die Macht, ihn völlig in den Wahnsinn zu treiben.

Razzor fängt meinen Blick, fesselt ihn an den seinen.

Ich spüre, wie sich sein kompletter Körper anspannt und seine Muskeln hart wie Stein werden. Jetzt, in dieser Sekunde, geht es um alles oder nichts. Es geht um Hingabe, Unterwerfung, Lust und die unzertrennbare Verbindung eines Mannes und einer Frau, die ihre Herzen aneinander verloren haben.

Ich liebe diesen Mann so sehr....

Süchtig nach seiner Nähe lege ich ihm meine Hände auf seine nackte Brust, zeichne mit meinen Fingerspitzen die Konturen seines Tattoos nach und spüre seinen kraftvollen Herzschlag unter meinen Fingern.

Ich brauche diesen Mann dringender als den nächsten Atemzug....

Intensive Gefühle, verwirrende Sehnsüchte und harte Hände – ich bin verloren!

Endlich spüre ich seine dicke Eichel an meiner Öffnung.

Ohne meinen Blick freizugeben, schiebt er sich tief und langsam in mich.

Ich spüre, wie er mich ausfüllt. Mein Körper dehnt sich, passt sich dem seinen an, verschlingt ihn. Jetzt sind wir endlich eins.

Plötzlich packt er meine Hände und presst sie über meinem Kopf auf die Matratze. Gepfählt von seinem dicken Glied und dank seines unnachgiebigen Griffs hat er mich vollständig unter seiner Kontrolle.

Erst als er sich bis zum Anschlag in mir versenkt hat, beugt er sich zu mir herunter und küsst mich stürmisch auf den Mund.

Als er sich wenige Atemzüge später wieder aufrichtet, sehe ich den unverhohlenen Besitzerstolz in den Tiefen seiner Karamellfarbenen Augen funkeln.

„Du bist meine Frau!“

Seine Stimme klingt heiser und rau, durchtränkt von seinen Emotionen.

„Und du bist mein Mann!“

„Yeah, Baby, so sieht es verdammt noch mal aus.“

Endlich beginnt er sich zu bewegen.

Seine kraftvollen Stöße pressen mich tief in die Matratze. Ich höre, wie das Kopfteil des Bettes gegen die Wand kracht. Sein lautes Knurren vermischt sich mit meinem Wimmern, während er sich immer wieder in mich rammt.

Seine linke Hand scheibt sich unter meinen Po, er kippt mein Becken etwas nach hinten, so dass ich ihn noch etwas tiefer in mir aufnehmen kann.

In dieser Position spüre ich jeden noch so harten Millimeter seines Körpers.

Dieser Rocker bringt mich dazu, mich fallen zu lassen, er zwingt mich, nur zu fühlen und nicht zu denken.

Intuitiv spürt er, was ich brauche und gibt es mir dann ohne zu zögern.

Dick und groß schiebt sich seine breite Eichel tief in meine Mitte.

Ich spüre, wie er mich dehnt, wie sein Glied über meinen besonders erregbaren Punkt streicht. Atemlos komme ich seinen Stößen entgegen. Ich will ihn und ich brauche ihn noch etwas tiefer und fester.

Leise stöhnend genieße ich die köstlichen Empfindungen, lasse mich fallen und verliere mich in einem alles verschlingenden Orgasmus.

Vor meinen Augen wird es schwarz, mein Herzschlag stoppt für einen gefährlich langen Moment, ehe es langsam wieder zu schlagen anfängt.

Oh mein Gott ...

Losgelöst und angespannt zugleich spüre ich, wie sich alles um mich herum zu drehen beginnt.

„Yeah, Baby, lass dich fallen – ich fang dich auf."

Langsam entzieht er mir sein Glied, seine Finger legen sich auf meinen Venushügel, reiben über meinen pulsierenden Kitzler.

Seine Finger erhöhen den Druck, hinter meinen geschlossenen Lidern zucken grelle Blitze, während es in meinen Ohren zu rauschen beginnt.

Glühende Hitze durchzuckt meinen Unterleib, meine immer lauter werdenden Schreie hallen durch sein Apartment und meine Muskeln spannen sich krampfartig an.

„Ich liebe dich, Nicki Nox."

Ich höre seine Stimme, jedoch klingt sie so, als wäre sie Lichtjahre von mir entfernt.

Plötzlich verschwinden seine Finger, er rammt sich wieder tief in meine Pussy und jagt seinen eigenen Höhepunkt.

Wild, tabulos und ohne Rücksicht nimmt er sich, was er braucht.

Zitternd schnappe ich nach Luft, versuche, meine Sinne wieder zu sammeln, doch dieser Mann hat mich in tausend Teile zerlegt.

Meinem Verstand sind die Lichter ausgegangen, mein Körper fühlt sich an wie das Epizentrum eines Erdbebens.

Wenige Atemzüge später verlässt ein animalisches Brüllen seine Kehle.

Schub für Schub pumpt er seinen Samen tief in meine Scheide.

Es dauert eine kleine Ewigkeit, bis das Zittern, das ihn erbeben lässt, weniger wird.

Liebevoll streicht Razzor über meine Stirn, fährt die Konturen meiner Lippen nach und reibt mit seiner dicken Eichel ein letztes Mal über meinen überempfindlichen G-Punkt, ehe er sich aus mir zurückzieht.

Ich bin völlig erschöpft und habe nicht mal mehr genug Kraft, um meine Augen zu öffnen.

Razzor legt sich neben mich, zieht mich bestimmend an seinen Oberkörper und breitet eine Decke über uns aus. Wie so oft nach dem Sex schiebt er seine Finger zwischen meine Beine und dringt erneut in mich ein. Er liebt es sein Sperma in mir zu spüren. Auch wenn er es nie laut ausgesprochen hat, weiß ich ganz genau, warum er meine geschwollenen Schamlippen und meinen Anus mit seinem Saft einreibt. Er markiert mich so jedes Mal aufs Neue als die Seine...

26. Kapitel

Razzor

Die Nacht war kurz – zu kurz.

Nicki liegt halb auf mir. Ihr gleichmäßiger Atem verrät mir, dass sie noch immer tief und fest schläft. Der heutige Tag wird lang und anstrengend. Der Club muss sich nicht nur mit Locos, sondern auch mit dem Tod des verdeckten Ermittlers auseinandersetzen. Jetzt, wo wir wissen, dass die Bullen uns beobachten, müssen wir unsere Geschäfte neu planen. Der Waffentransport, der nächsten Monat stattfindet, muss nun noch vorsichtiger über die Bühne gebracht werden als sonst.

Wenn uns die Cops mit 400 fertig montierten Kalaschnikows und mehr als zwei Dutzend Kisten Munition erwischen, sind wir geliefert.

Ich habe zwar keinen spießigen Fünf-Jahres-Plan, wenn es um meine Zukunft geht, aber eines weiß ich definitiv, ich habe keinen Bock, die nächsten zwanzig Jahre im Hochsicherheitstrakt des County-Gefängnisses zu sitzen.

Die Anspannung- die meinen Körper schon seit Wochen im Griff hat, will einfach nicht weichen.

Zum ersten Mal in meinem Leben sehne ich mich nach etwas Ähnlichem wie Normalität.

Dank dem Mädchen, das so friedlich auf mir schläft, geht es nicht mehr nur um mich.

Ich habe die Verantwortung für sie übernommen, es liegt an mir, ihr ein schönes Zuhause zu bieten.

Dieses Apartment mag für mich alleine gereicht haben, für uns beide wünsche ich mir allerdings etwas Besseres.

Loco ist für diesen Club gestorben, jetzt liegt es an uns, das Leben für ihn mit zu genießen. Sein Opfer soll nicht umsonst gewesen sein.

Langsam lasse ich meine Finger über die zarte Haut an ihrem Rücken gleiten, streiche durch ihre Haare und inhaliere ihren köstlichen Apfelgeruch.

Unwillkürlich stelle ich mir die Frage, wo Liebe endet und Besessenheit beginnt?

„Razzor?“

„Ja, Baby....“

Sie seufzt leise und dreht sich so, dass sich unsere Blicke treffen.

Ganz ohne Vorwarnung und mit noch halb geschlossenen Augen legt sie ihre kleine Hand direkt auf mein Herz und sagt die magischen drei Worte, die meine Welt jedes Mal aufs Neue zum Einstürzen bringen.

„Ich liebe Dich!“

Ich verberge das Emotionschaos, das in meinem Inneren herrscht. Es wäre nicht gut, Nicki zu zeigen, wie sehr sie mich in der Hand hat.

„Das will ich dir aber auch geraten haben!“

Ihre vollen Lippen verziehen sich zu einem zufriedenen Grinsen.

„Heute bist du aber wieder sehr anmaßend ...“

„Anmaßend? Ich geb dir gleich anmaßend...“

Blitzschnell schiebe ich meine Hände unter ihr durch, ziehe sie komplett auf mich und beginne sie zu kitzeln.

Lachend und prustend windet sie sich auf mir. Ihre harten Nippel reiben über meine Haut, welch süße Folter.

„Ok, du hast gewonnen – ich ergebe mich.“

„Sorry Baby, heute gibt es keine Gnade!“

Ich kitzle sie so lange weiter, bis sie vor Kichern zu weinen anfängt. Ihr süßes Lachen hallt von den nackten Wänden, ich fange das Glück dieses Augenblicks ein und speichere es in meiner Seele ab.

Ich hätte niemals gedacht, dass ein Bastard wie ich zu einer so tiefen Liebe fähig ist – Nicki hat mich eines Besseren belehrt...

Erst als sie japsend nach Luft schnappt, habe ich Mitleid mit ihr.

Ich drehe mich mit ihr im Arm um, so dass sie nun unter mir liegt, erobere ihren Mund und tackere meine Lippen auf die ihren.

Innerhalb weniger Herzschläge verändert sich die Stimmung zwischen uns. Die entspannte Heiterkeit schlägt blitzschnell in knisternde Erotik um.

Suchende Hände - knabbernde Zähne und verlangende Küsse...

Wer behauptet, dass Liebe nicht messbar ist, lügt.

In meinem Fall ist sie 174 Zentimeter lang und ca. 64 Kilogramm schwer. Sie riecht nach Apfel, ist wankelmütig, unberechenbar und absolut perfekt.

Wahre Liebe ist die Summe von schönen Erinnerungen, zärtlichen Küssen und liebevollen Berührungen. Ich spüre, wie unsere Herzen im Gleichtakt schlagen, während wir uns in unserer Lust verlieren.

Vor Nicki konnte ich nicht verstehen, warum manche Männer wegen ihrer Frauen in den Krieg gezogen sind – jetzt verstehe ich es.

Unsere Körper finden sich, verschmelzen und werden zu einem.

Die Besprechung in Aces Büro hat ganze drei Stunden gedauert.

Die einzige Familie, die Loco hatte, war der MC. So traurig das auch ist, für uns ist es gut. Es herrscht eine gedrückte Stimmung. Seine Leiche muss, genau wie die Überreste des Cops, spurlos verschwinden. Eine richtige Beerdigung würde zu viele Fragen auf werfen, Fragen, die wir nicht beantworten können, ohne dabei unseren Hals zu riskieren.

Die gespenstische Stille, die sich über das Clubhaus gelegt hat, zerrt an meinen Nerven.
Am liebsten würde ich Nicki packen, sie hinter mir aufs Bike setzen und die nächsten Stunden mit einer höllischen Geschwindigkeit durchs Land fahren, doch das geht nicht.
Dank der Sache mit Kanada ist viel Arbeit liegen geblieben....
Die Werkstatt ist voller Wagen, die repariert werden müssen. Die Waffenlieferung muss organisiert und die Leichen müssen vergraben werden.
Ace sitzt bereits in seinem Büro und versucht, unsere Quellen bei den Cops anzuzapfen, um herauszufinden, was genau sie uns nachweisen wollen.
Catcher kommt auf mich zu. Seiner Schulter scheint es heute etwas besser zu gehen.
„Hey Razzor, Slide hat dich vorhin gesucht. Es geht um irgendetwas, das er für dich erledigen sollte."
„Danke, Bro. Was macht die Schusswunde?"
„So langsam glaube ich wirklich, dass ich zu alt für fliegende Kugeln bin. Früher habe ich so eine Scheiße besser weggesteckt. Heute reicht eine Kugel aus, um mich völlig auszuknocken."
Er schüttelt genervt den Kopf, während er sich mit der linken Hand umständlich seine Kippenschachtel aus der Hosentasche zieht.
„Aye, wir werden alle nicht jünger, Bro."
„Da hast du ja gut reden. Fuck, Razzor, in deinem Alter wäre ich am nächsten Tag wieder fit gewesen. Merk dir meine Worte. Bring deine Schäfchen ins Trockene, fick deine Lady und mach dir ein ruhiges Leben. Die paar Dollar sind den Stress nicht wert."
Da ich keinen Bock habe, mir weitere Ratschläge von ihm anzuhören, selbst wenn sie noch so gut gemeint sind, wechsle ich das Thema.
„Wie geht es Abigail?"
Kaum dass ich meine Frage ausgesprochen habe, verdüstert sich seine Miene.
„Dieses Mädel raubt mir den letzten Nerv."
„Warum, was ist los?"
Endlich ist es ihm gelungen, sich eine Zigarette anzuzünden. Er inhaliert den ersten Zug tief in seine Lunge, ehe er den Rauch aus der Nase wieder ausatmet.
„Spider!"
Dieser eine Name reicht aus, damit ich mir eine Vorstellung davon machen kann, was Sache ist.
„Die beiden scheinen sich gut zu verstehen."
Ein trockenes Lachen löst sich aus seiner Kehle.

„Holy Fuck! Sie ist gerade mal sechzehn.... Wie zur Hölle soll ich ihr erklären, dass ein Mann wie Spider nicht der Richtige für sie ist? Vor allem, weil ich mir verdammt noch mal sicher bin, dass er das Beste ist, was ihr passieren kann."

Seine Worte überraschen mich. Ich hatte keine Ahnung, dass er die Sache so sieht.

„Hast du schon mit ihm darüber gesprochen?"

„Aye, das habe ich, er und die anderen beiden Nomads werden sich heute auf den Weg nach Nevada machen."

Wir schweigen ein paar Sekunden – was für eine beschissene Situation. Wenn ich an Spiders Stelle wäre, weiß ich nicht, ob mich Nickis Alter davon abgehalten hätte, sie mir zu nehmen....

„Dir ist klar, dass Spider zurückkommen wird."

„Scheiße Razzor, er ist ein verdammter Nomad. Du weißt so gut wie ich, was das bedeutet."

Oh ja, das weiß ich. Ein Nomad hat keinen festen Wohnsitz, er ist Tag ein, Tag aus damit beschäftigt, irgendwelche Aufträge für den MC zu erledigen. Als Rider leben wir alle gefährlich, doch die Lebenserwartung eines Nomads ist noch mal erheblich kürzer.

„So wie ich das sehe, ist sein Interesse an ihr aufrichtig:"

Er schnippt den Stummel seiner Kippe auf den Boden, ehe er ihn mit seinem Stiefel austritt.

„Wenn es nicht so wäre, hätte ich ihn längst kalt gemacht."

Tief durchatmend lehnt er sich an die Wand des Flurs.

„Ich werde Spider ein Jahr Zeit geben. Ein Jahr, in dem er sie besuchen darf. Wenn sein Interesse an ihr nach Ablauf der zwölf Monate unverändert ist, und sie immer noch der Meinung ist, das er der Richtige für sie ist, werde ich den beiden nicht länger im Weg stehen. Zumindest unter der Voraussetzung, dass er fest zu unserem Chapter wechselt."

An seiner Stimme erkenne ich, dass ihm diese Entscheidung nicht leicht gefallen ist.

Er stößt sich von der Wand ab, nickt mir kurz zu und verschwindet in Aces Büro.

Für einen Moment starre ich auf die hinter ihm ins Schloss fallende Türe, ehe ich mich auf die Suche nach Slide mache.

Der Vize unseres Clubs sitzt hinter seinem Schreibtisch. Vor ihm stapeln sich Straßenkarten, Seerouten und Pläne von Lagerhallen.

„Ich klopfe kurz gegen den Rahmen der offen stehenden Bürotüre, ehe ich auf ihn zugehe.

„Du suchst nach mir?"

Slide sieht zu mir auf.

„Donald hat mir eben deine Bestellung geliefert."

Donald ist der Kerl, der die Lederwesten für unseren MC anfertigt.

Als ich seinen Namen höre, beschleunigt sich automatisch mein Herzschlag.

Slide bückt sich, öffnet die unterste Schublade seines Tisches und holt ein in braunes Papier eingewickeltes Päckchen hervor.

Bevor er es mir überreicht, lehnt er sich in seinem Sessel zurück und sieht mich prüfend an.

„Und du bist dir ganz sicher, Bro?“

„So sicher wie irgend möglich!“

„Ich dachte mir schon, dass du das sagen wirst.“

Mit einem breiten Grinsen im Gesicht reicht er mir das Paket, in dem sich die Lederweste für Nicki befindet. Allein bei der Vorstellung, dass meine Süße zukünftig mit einem Property-of-Razzor-Patch auf dem Rücken durch die Gegend rennen wird, durchzuckt mich ein heißer Blitz der Erregung. Meine Eier kribbeln ungeduldig, während mein Schwanz hart gegen den unnachgiebigen Stoff meiner Lederhose drückt.

„Ganz ehrlich, Bro, ich freue mich sehr für dich.“

„Danke, Slide.“

„Zum Teufel... wer hätte gedacht, dass wir alle unsere Freiheit für eine Old Lady opfern werden?“

Auch wenn ich verstehe, wie er das meint, stimme ich nicht mit ihm überein. Ich weiß ja nicht, wie das zischen ihm und Ellen ist. Aber ich opfere nichts, schon gar nicht meine Freiheit. Nicki ist für mich der Inbegriff für Freiheit – Glück und ein bestimmtes Leben!

„Wann wirst du sie ihr geben?“

„Schnellstmöglich!“

„Du kannst dich glücklich schätzen, Bastard. Nicki ist eine tolle Frau. Sie passt gut in den Club.“

„Ja, das tut sie.“

Mit diesen Worten stehe ich auf und mache mich auf die Suche nach ihr.

Als erstes schaue ich in die Küche, doch da finde ich nur Amy, Abigail und Susan.

„Habt ihr Nicki gesehen?“

„Nein, sie wollte mit Nora und den Kindern draußen im Hof die Sonne genießen.“

Amys Blick fällt auf das Päckchen, das ich mir unter den Arm geklemmt habe. Als sie mich wieder ansieht, sehe ich aufrichtige Freude in ihren Augen.

Die Lady meines Präsidenten wird immer einen festen Platz in meinem Herzen haben, das, was ich für sie empfunden habe, hat sich nicht in Luft aufgelöst, es hat sich eher verändert. Amy ist mir wichtig, sie ist wie eine kleine Schwester für mich. Dank Nicki weiß ich, wie sich aufrichtige Liebe anfühlt, dieses Gefühl will ich nie wieder missen.

Ein Mann, der nicht liebt, verpasst das größte Abenteuer seines Lebens....

Ich drehe mich um und kehre der Frau, die ich in der Vergangenheit begehrt habe, den Rücken zu, um mich auf den Weg zu der Frau zu begeben, die für mich die Zukunft bedeutet.....

Bonusmaterial

Nicki

Es fühlt sich so unfassbar gut an, wenn die Welt mal nicht kurz davor ist einzubrechen.

Abigail geht es gut, Catcher wird auch wieder ganz der Alte und zwischen mir und Razzor ist alles bestens.

Wenn mir vor ein paar Monaten jemand gesagt hätte, was in nächster Zeit alles auf mich zukommt – ich hätte es nicht geglaubt.

Doch jetzt, wo wir alles erfolgreich hinter uns gebracht haben, kann ich mich endlich darauf konzentrieren, meine Zukunft als Old Lady von Razzor, dem Dead Rider, zu planen.

Ich habe nicht nur ein festes Zuhause, sondern auch gleich eine Familie gefunden.

Und auch wenn sie etwas unkonventionell, rau und wild ist, kann ich mir keine bessere vorstellen.

Nora sitzt mit ihrem Kleinsten Owen im Schatten eines dicken Baumes, während ich mich auf eine Bank in der Sonne gesetzt habe. Ryan und Mason toben laut kreischend über den Hof. Beide tragen ihre Kutten, Miniaturausgaben von der ihres Vaters, während sie sich gegenseitig fangen.

Ein innerer Frieden, wie ich ihn noch nie zuvor gespürt habe, breitet sich in mir aus.

Es fühlt sich verdammt gut an, hier zu sein. Zum ersten Mal in meinem Leben habe ich das Gefühl, dass einfach alles möglich ist.

Glücklich schließe ich meine Augen, entspanne mich und recke mein Gesicht den warmen Sonnenstrahlen entgegen.

Völlig zeitlos hänge ich meinen Gedanken nach, keine Ahnung, wie lange ich so dagesessen bin. Plötzlich verschwindet die Sonne, blinzelnd öffne ich wieder meine Augen und stelle fest, dass Razzor direkt vor mir steht.

„Hey Sonnenanbeterin, ich habe dich überall gesucht."

„Jetzt hast du mich ja gefunden."

Seine Mundwinkel zucken amüsiert, was das Salamandertattoo auf seinem Gesicht zum Leben erweckt.

Mein Rocker beugt sich zu mir nach unten, küsst mich schnell und stürmisch auf den Mund, ehe er mich packt und hochhebt.

Nachdem ich kurz durch die Luft gewirbelt wurde, finde ich mich auf Razzors Schoß wieder. Seine Arme hat er besitzergreifend um mich geschlungen, während er mich fest gegen seinen Brustkorb presst.

Instinktiv lehne ich mich an ihn, streiche mit meiner Nase an seinem Hals entlang und sauge seinen berauschenden Duft nach Mann, Leder und Motoröl tief in mich auf.

Unsere Münder finden sich wie von selbst. Saugend, knabbernd und leckend verschmelzen unsere Lippen.

Süchtig nach mehr, umfasse ich das Revers seiner Kutte und halte mich an ihm fest.

Fuck! Razzors Küsse bescheren mir feuchte Höschen.

Als er mich wieder freigibt, schnappe ich japsend nach Luft.

„Eigentlich habe ich dich gesucht, weil ich eine Überraschung für dich habe. Aber wenn du so weitermachst, Baby, werde ich dich stattdessen ficken."

Ich lecke mir nervös über die Lippen. Der Klang seiner Stimme verrät mir, dass er es kaum erwarten kann, sie mir zu geben.

„Eine Überraschung?"

„Jep ..."

Unruhig rutsche ich auf seinen Beinen ein wenig hin und her, bis ich mich bequemer hingesetzt habe. Razzors Augen wirken, als ob in ihnen ein Sturm tobt, seine Pupillen sind geweitet und zwischen seinen Augenbrauen befinden sich zwei tiefe Falten.

Kann es sein, dass mein böser Rocker nervös ist?

„Zur Hölle, wenn du jetzt nicht sofort stillhältst ..."

Razzor muss den Satz nicht zu Ende sprechen, ich spüre den harten Beweis seiner Erregung nur zu deutlich gegen meinen Po drücken.

Da ich unbedingt wissen will, was meine Überraschung ist, halte ich sofort still.

„Braves Mädchen."

Schnell und kurz presst er seine Lippen auf meine Stirn, ehe er sich zurücklehnt und etwas unter seiner Kutte hervorzieht.

Neugierig starre ich auf seine Finger, als ich erkenne, was er da zwischen seinen Händen hält, beginnt mein Herz vor Freude und Aufregung wie wild zu rasen.

Sprachlos sehe ich ihn an.

Auch ohne dass ich etwas gesagt habe, versteht er meine Frage und nickt nur leicht.

Mit zitternden Fingern nehme ich ihm das schwarze, noch ganz glatte Leder aus der Hand.

Vorsichtig, so als ob sie zerbrechen könnte, falte ich sie auseinander und starre ehrfürchtig das große Patch auf der Rückseite meiner Kutte an.

In großen weißen Lettern steht da ‚Property of Razzor'. Ohne dass ich es verhindern kann, steigen mir dicke Tränen in die Augen. Früher dachte ich immer, dass der bedeutendste Augenblick meines Lebens der sein wird, in dem ein Mann vor mir auf die Knie geht und mir einen Ring an den Finger steckt, jetzt weiß ich, dass ich mich getäuscht habe.

Das Hier und Jetzt – dieser Rocker und diese Kutte – ist viel besser als irgendein dämlicher Diamantring. Das, was mir Razzor da gerade anbietet, ist viel wertvoller als alle Diamanten und alles Gold auf der ganzen Welt zusammengenommen.

Diese Kutte bedeutet etwas. Wenn ich sie annehme, gehöre ich unwiderruflich und für immer zu diesem Dead Rider. Er wird für mich sorgen und mich mit seinem Leben beschützen. Jetzt, in ganz genau diesem Augenblick, bietet er mir alles, was er ist und was er hat, an. Und ich? Tja ... ich bin so völlig überwältigt, dass ich nur ein leises Grunzen von mir geben kann.

Weinend und mit schnell schlagendem Herzen schlinge ich ihm meine Arme um den Nacken und verberge mein Gesicht an seinem Hals.

Am liebsten würde ich ihm sagen, wie wichtig er mir ist und was er mir bedeutet. Dumm nur, dass es dafür nicht die richtigen Wörter gibt. Das Wort Liebe kann nicht annähernd beschreiben, was ich für diesen Mann empfinde.

Razzor ist mein Leben, mein Atem und meine Welt.

Er streicht mir mit seinen großen rauen Händen über den Rücken, hält mich fest und wartet, bis ich mich wieder gefangen habe.

Schniefend wische ich mir über die Augen und versuche mich etwas zu beruhigen.

Razzor würde für mich, ohne zu zögern, in den Krieg ziehen. Ich kenne keinen Mann, der so mutig und tapfer ist wie er. Aber typisch harter Mann bekommt er, wenn er mich weinen sieht, Panik.

Ich schlucke schluchzend, versuche zu grinsen und scheitere kläglich.

„Sorry, ich wollte wirklich nicht weinen. Es ist nur so, dass ich einfach so schrecklich glücklich bin.“

Seine Mimik drückt pure Erheiterung aus.

Langsam hebt er seine rechte Hand und streicht mir sanft über die linke Gesichtshälfte. Dank der Tränen ist meine Schminke bestimmt total verschmiert, was bedeutet, dass ich jetzt aussehe wie ein verdammter Waschbär. Doch Razzor sieht mich an, als wäre ich die schönste Frau auf der ganzen Welt.

Ich küsse ihn sanft und zärtlich, versuche all meine Emotionen in diesen Kuss zu legen und ihm so zu zeigen, was ich nicht in Worte fassen kann – meine grenzenlose, überwältigende Liebe.

Langsam, jedoch bestimmend beendet er unseren Kuss, mit geschlossenen Augen lehne ich meine Stirn an die seine.

„Erweise mir die Ehre und werde meine Old Lady, Nicki Nox. Ich bin weiß Gott nicht perfekt. Aber ich werde alles in meiner Macht Stehende tun, um dir das perfekte Leben zu ermöglichen."

„Du bist perfekt, Razzor. Für mich bist du der perfekte Mann!"

Mein Puls dröhnt mir in den Ohren. Ich setze mich etwas aufrechter hin und lasse meine Finger über das weiche Leder *meiner* Kutte gleiten.

Ich spüre seinen eindringlichen Blick auf meinem Gesicht und weiß, dass er auf meine Antwort wartet.

„Ja! Ja, ich will deine Old Lady werden, Razzor. Bei Gott, ich werde dich bis zu meinem letzten Atemzug lieben."

Seine Augen wirken verräterisch feucht, als er mir die Kutte aus der Hand nimmt und sie mir überzieht.

Sie fühlt sich etwas ungewohnt, jedoch wirklich gut an.

Gegen das überdimensionale Grinsen, zu dem sich mein Mund verzieht, machtlos, halte ich mich an ihm fest, küsse ihn erneut lang und tief.

Mit einem gemurmelten „Herrgott, Weib" steht Razzor auf und trägt mich durch den Hof Richtung Clubhaus.

„Was machst du?"

„Ich bringe dich in unser Apartment."

„Warum?"

Jetzt sind es seine Lippen, die breit grinsen.

„Weil ich es kaum erwarten kann, dich zu ficken, während du diese, und zwar nur diese Kutte trägst. Zur Hölle! Ich werde dich jetzt über den Küchentisch beugen und so lange von hinten ficken, bis der verdammte Tisch zusammenbricht. Und dabei werde ich ununterbrochen auf das Property of Razzor starren."

Oh ja, er ist der geborene Romantiker ...

Unfassbar glücklich und zutiefst erregt lasse ich mich von meinem Mann durch den Club bis hinauf in unser Apartment tragen. Wie angekündigt zieht er mich aus und beugt mich über den Tisch. Erregt spreize ich die Beine und warte darauf, dass er sich endlich mit einem harten Stoß in mich rammt.

Endlich spüre ich seine dicke Eichel an meiner Öffnung und schließe zufrieden meine Augen.

Und während er sich Zentimeter für Zentimeter in mich schiebt, verliere ich mich nicht nur in meiner Lust, sondern auch in der Gewissheit, dass das hier der Anfang vom Rest unseres gemeinsamen Lebens ist.

Buchempfehlung
Erotische Romane von Bärbel Muschiol

„Rockerclub“

Klappentext:
Hart und dominant, die Welt der Biker ist von Gewalt geprägt, ihre Auseinandersetzungen mit der Russenmafia sind nichts für schwache Nerven. Aber Darmian, Snake und die anderen Clubbrüder der Dead Angels haben auch eine ganz andere, eine weiche und beschützende Seite, nämlich dann, wenn es um ihre Rockerfamilie und ihre Ladys geht. Bärbel Muschiols Rocker-Geschichten machen süchtig, das sind erotische Lovestorys einer ganz besonderen Art knallhart und verdammt sexy!

Taschenbuch ISBN: 978-3-95573-311-7
eBook ISBN: 978-3-95573-319-3

„Rocker Dämon - Ace und Amy“

Klappentext:
Es ist ein Deal, um ihren Vater zu retten. Amy liefert sich Ace, dem dämonischen Präsidenten der Dead Riders aus. Doch schon bald geniesst sie diese neue und gefährliche Welt des gefürchteten Rockerclubs. Das vollkommene Ausgeliefertsein, Aces Gier und der harte, bedingungslose Sex führen sie in immer neue Höhen. Aber die Schatten der Vergangenheit drohen das neue Glück zu zerstören. Gewalt bricht über die Familie der Riders herein und führt in ein tödliches Blutbad. Prickelnde Erotik, gnadenlose Härte und Dominanz und wahre Freundschaft zeichnen diese spannende Geschichte aus, die mehr als eine Lovestory ist: furchteinflössend, dabei sexy, verdammt heiss und voller Gefühl!

Taschenbuch ISBN: 978-3-95573-549-4
eBook ISBN: 978-3-95573-550-0

„Rocker Devil - Slide und Ellen“

Klappentext:
Slide und Ellen, das ist die unwiderstehliche Anziehungskraft zwischen dem gefürchtetsten aller Rocker und dem schwarzhaarigen sexy Biest. Doch es ist ihnen nicht vergönnt, ihre Beziehung zu geniessen, Gewalt und blutige Kämpfe bestimmen ihr Leben, Angst und Verzweiflung statt Ruhe und Frieden. Aber es gibt Atempausen, die ihnen Entspannung schenken. Sie geniessen sie in erregenden Stunden voller Lust, hartem Sex und dem unglaublichen Gefühl der bedingungslosen Hingabe...

Tauchen Sie ein in eine Liebesgeschichte, die Sie nicht loslassen wird. Zwei starke Persönlichkeiten, Seelenverwandte, die ihr Glück suchen und dabei immer wieder durch die Hölle von Unbarmherzigkeit und Gewalt gehen müssen.

Taschenbuch ISBN: 978-3-95573-562-3
eBook ISBN: 978-3-95573-563-0

„Biker Club“

Klappentext:
Die junge und attraktive Maja ist hin- und hergerissen. Es ist eine ausgemachte Sache, dass sie die Lady von Logan, dem Anführer des Bikerclubs Dead Bastards, werden soll. Von dem dominanten Biker fühlt sie sich auch angezogen, aber andererseits ist er furchteinflößend und der brutalste aller Dead Bastards. Heimlich trifft sich Maja mit Jack, Mitglied eines anderen Bikerclubs. Die verbotenen Treffen sind ein Spiel mit dem Feuer das schiefgeht, denn Logan kommt dahinter ... Dies ist der Beginn eines großen Abenteuers spannend, hart und vor allem verdammt sexy!

Taschenbuch ISBN: 978-3-95573-366-7
eBook ISBN: 978-3-95573-365-0

Klarant Verlag

Lernen Sie die Titel des Klarant Verlages kennen und besuchen Sie uns im Internet unter:

www.klarant.de

Sie können dort Näheres über unsere Autoren erfahren, viele weitere interessante Bücher und eBooks finden und Leseproben herunterladen.

Mit dem kostenlosen Newsletter unter

www.liebe-lesen.de

erhalten Sie aktuelle Informationen rund um das Verlagsprogramm, wie beispielsweise spannende Neuerscheinungen und Gewinnspiele.